kathryn hughes

os segredos que nos cercam

Copyright © 2021, Kathryn Hughes.
Título original: The Secret
Publicado originalmente em inglês por HEADLINE PUBLISHING GROUP em 2015
Tradução para Língua Portuguesa © 2018, Marcia Blasques.
Todos os direitos reservados à Astral Cultural e protegidos pela Lei 9.610, de 19.2.1998.
É proibida a reprodução total ou parcial sem a expressa anuência da editora.
Este livro foi revisado segundo o Novo Acordo Ortográfico da Língua Portuguesa.

Produção editorial Aline Santos, Bárbara Gatti, Fernanda Costa, Jaqueline Lopes, Mariana Rodrigueiro, Natália Ortega, Renan Oliveira e Tâmizi Ribeiro
Capa Aline Santos e Marina Ávila
Ilustração Shutterstock Images

Dados Internacionais de Catalogação na Publicação (CIP)
Angélica Ilacqua CRB-8/7057

H888s

Hughes, Kathryn
  Os segredos que nos cercam / Kathryn Hughes ; traduzido por Marcia Blasques. — Bauru, SP : Astral Cultural, 2020.
  304 p.

  ISBN: 978-65-5566-006-7
  Título original: The Secret

  1. Literatura inglesa I. Título II. Blasques, Márcia

20-4200

CDD 823
CDU 82-3(410)

Índice para catálogo sistemático:
1. Literatura inglesa

 ASTRAL CULTURAL EDITORA LTDA.

BAURU
Av. Duque de Caxias, 11-70
CEP 17012-151
Telefone: (14) 3235-3878
Fax: (14) 3235-3879

SÃO PAULO
Rua Helena, 140 - Sala 13
1º andar, Vila Olímpia
CEP 04552-050
Telefone: (11) 3048-2900

E-mail: contato@astralcultural.com.br

Para minha mãe e meu pai.

*Se há luz em seu coração,
você encontrará o caminho de casa.*
Rumi

1

Junho de 1975

A primeira vez que ela se casou com Thomas Robert foi no recreio da escola, quando tinha cinco anos de idade. A cerimônia levou dias para ser planejada, e quando chegou a hora, ela usava uma das cortinas de renda da mãe transformada em um véu improvisado, coberto por uma grinalda de margaridas, e todo mundo concordou que parecia uma noiva de verdade. Thomas a presenteou com um pequeno buquê de flores silvestres colhidas à mão, que ele tinha pegado no caminho da escola, e eles ficaram parados, de mãos dadas, enquanto o pequeno Davy Stewart realizava a cerimônia. O discurso de Davy foi prejudicado por uma gagueira incapacitante, e seus óculos fundo de garrafa aumentavam seus olhos do tamanho de um gálago, mas ele participava do coro da igreja e era o mais próximo que tinham de um vigário.

Mary sorriu com a lembrança ao virar-se de lado e apreciar seu perfil de corpo inteiro no espelho. Passou a mão carinhosamente pelo inchaço da barriga, admirando o modo como ele se projetava logo abaixo dos seios e formava uma abóbada perfeita. Colocou as mãos na parte inferior das costas, inclinando-se para frente, e observou sua aparência, em busca de qualquer sinal visível em seu corpo. Os sapatinhos que tinha comprado em Woolworths, com um tom neutro de limão, estavam sobre a cômoda. Enterrou o nariz na lã, mas, sem os pezinhos para aquecê-los, os sapatinhos tinham um cheiro novo e estéril. Ao som do marido subindo as escadas, ela guardou os sapatinhos na gaveta e mal conseguiu tirar o travesseiro debaixo do vestido antes de ele abrir a porta do quarto.

— Aí está você, meu amor. O que está fazendo aqui em cima?

— Nada, só arrumando um pouco. — Ela afofou o travesseiro e o colocou de volta na cama.

— O quê? De novo? Venha aqui. — Ele a puxou para perto, empurrou seus cabelos loiros de lado e beijou seu pescoço.

— Ah, Thomas, e se eu não estiver grávida? — Mary tentou evitar o tom de lamento na voz, mas já tinha experimentado a decepção tantas vezes que era difícil permanecer positiva.

Ele a segurou pela cintura com as duas mãos e a jogou na cama.

— Então vamos ter que continuar tentando. — Thomas enterrou o rosto no pescoço dela, e ela detectou o cheiro familiar e persistente de poeira de carvão em seu cabelo.

— Thomas?

— O que foi? — Ele se apoiou nos cotovelos e olhou para ela.

— Você vai pedir demissão se eu estiver grávida, não vai?

— Se é isso o que você quer, sim, eu vou. — Thomas suspirou.

— Não posso cuidar de um bebê e administrar a hospedaria sozinha, posso? — argumentou.

Thomas olhou fixo para ela, uma ruga de preocupação marcava sua testa.

— Mas vai ser duro, Mary. Quero dizer, acabamos de ter uns trinta e cinco por cento de aumento no salário. É muita coisa para abrir mão, não dá para negar.

— Eu sei, meu amor, mas é um trabalho tão perigoso, e você odeia a longa descida até a mina.

— Você não deixa de ter razão — ele concordou. — Que horas é a consulta no médico?

— Às três. — Ela passou um dedo pelo rosto de Thomas. — Eu gostaria que você pudesse vir comigo.

Ele beijou a ponta de seu dedo.

— Eu também, Mary, mas estarei pensando em você, e podemos comemorar quando eu chegar em casa, não podemos?

— Odeio quando você tem que trabalhar no turno da noite.

— Não é exatamente uma coisa divertida do mundo para mim também. — Isso foi dito com um sorriso que tirava qualquer traço de rancor de suas palavras.

Ele se sentou na cama e calçou as botas, e Mary se aconchegou ao seu lado.

— Eu te amo tanto, Thomas.

— Também amo você, Mary, e sei que você vai ser uma mãe incrível. — Ele segurou a mão dela e enlaçou seus dedos.

Desde a noite oficial do casamento deles, há três anos, estavam tentando engravidar. Mary não imaginava que pudesse ser tão difícil e, aos trinta e um anos de idade, estava mais do que ciente de que o tempo estava passando. Ela nascera para ser mãe, sabia disso, sempre soubera, e não conseguia entender por que Deus a punia dessa maneira.

Cada mês que passava, quando a sensação familiar de desconforto tomava suas entranhas e as cólicas começavam, mais um pouco de seu otimismo diminuía, e seu desejo de ter um bebê se tornava ainda mais forte. Ela sonhava ser acordada às quatro da manhã pelo choro infantil, adoraria ter um balde de fraldas sujas no canto da sala. Queria olhar nos olhos de seu bebê e ver o futuro. Mais do que tudo, queria ver Thomas embalando o filho com ternura em seus braços fortes — menino ou menina, não importava — e ouvi-lo ser chamado de "papai".

Ela ficava encarando tempo demais os bebês na rua e olhava feio para as mães que gritavam com os filhos. Uma vez, pegou um lenço e limpou o nariz de um garotinho quando percebeu que a mãe parecia alheia às longas faixas de ranho que a criança tentava alcançar com a língua. Não é necessário dizer que sua interferência não foi bem vista. Certa vez, na praia, encontrou um menino sentado sozinho à beira-mar, tentando controlar os soluços profundos e trêmulos que toda criança solta quando chora demais. Acontece que ele tinha derrubado o sorvete na areia depois da primeira lambida, e a mãe se recusava a comprar outro. Mary o levou pela mão até o carrinho do sorveteiro e comprou uma casquinha para ele, e o rosto radiante da criança foi o único agradecimento de que precisou.

Seus instintos maternos nunca estavam muito distantes da superfície, e estava cada vez mais desesperada em cuidar do próprio filho — dela e de Thomas. Enquanto ouvia o marido movendo-se pela cozinha no andar de baixo, arrumando-se para seu turno, Mary rezou para que aquele fosse o dia no qual seu sonho pudesse começar a tornar-se realidade.

Era pouco depois da hora do almoço quando o trem parou na estação, e o barulho estridente do freio fez Mary cobrir os ouvidos. Thomas pegou a mochila e a pendurou nas costas. Ele odiava se despedir tanto quanto ela, mas sempre tentava manter-se otimista. Ele a segurou em um abraço de partir os ossos e apoiou o queixo no ombro dela.

— Tenho certeza de que teremos boas notícias no médico, Mary. Estou de dedos cruzados. — Inclinou o queixo e a beijou de leve nos lábios. — E dou minha palavra que vou entregar meu pedido de demissão no minuto em que esse pequenino aparecer por essas bandas.

— Sério? Você promete? — Mary apertou as mãos, os olhos arregalados de alegria.

— Prometo, Mary. — Ele fez o sinal da cruz no peito.

— Obrigada. — Ela deu um beijo no seu rosto, com a barba por fazer. — Ah, Thomas — ela suspirou. — A despedida é uma doce amargura.

— Como é?

— *Romeu e Julieta.*

— Desculpe, não sei do que você está falando. — Ele balançou a cabeça.

— Ah, Thomas. — Mary riu, dando um tapinha brincalhão no ombro dele. — Você é mesmo um inculto. Julieta diz para Romeu que a despedida amarga deles também é doce porque faz com que pensem na próxima vez em que se encontrarão.

— Ah, entendo. — Ele franziu o nariz. — Faz sentido, imagino. Nosso Bill sabia do que estava falando.

Ele entrou no trem, fechou a porta e abriu a janela, para poder inclinar-se para fora. Beijou os dedos e pressionou-os no rosto dela.

Ela segurou a mão dele onde estava, lutando para conter as lágrimas que sabia que ele tanto odiava.

— Você se cuide, Thomas Roberts. Me ouviu bem?

Ela sacudiu o dedo no rosto dele, e ele respondeu com uma continência enfática.

— Sim, chefe.

O guarda soprou o apito, e o trem avançou pela plataforma. Mary correu ao lado por alguns passos, Thomas acenava seu lenço branco e secava os olhos. Ela sabia que ele a estava provocando, e não pode deixar de sorrir.

— Vejo você daqui alguns dias — ela gritou, enquanto o trem ganhava velocidade e sumia na distância.

A sala de espera do consultório médico estava lotada e sufocante de tão quente. A mulher sentada à sua esquerda segurava um bebê adormecido que, pelo cheiro, acabara de encher a fralda. O homem à sua direita assoava o nariz em um lenço e, na sequência, teve um violento acesso de tosse. Mary se virou e começou a folhear uma revista que parecia bem velha. Já passava quinze minutos da hora marcada, e ela já tinha roído duas unhas. Por fim, a recepcionista colocou a cabeça pela porta.

— Sra. Mary Roberts? O médico está pronto para atendê-la agora.

— Obrigada. — Mary ergueu os olhos da revista.

Ficou em pé lentamente e bateu com cuidado na porta do médico. No instante em que entrou no consultório, no entanto, toda sua apreensão se dissipou. O médico estava sentado atrás de uma grande mesa de mogno, mas tinha afastado a cadeira, cruzado as mãos no colo e tinha um sorriso nos lábios.

Mary decidiu fazer o caminho mais bonito até a hospedaria. Uma caminhada à beira do mar daria cor ao seu rosto, e uma lufada de ar do mar salgado limparia sua mente. Mas descobriu que não andava, na verdade; era mais algo entre flutuar e saltitar, e, quando chegou em casa, estava atordoada e sem fôlego. Repetia as palavras do médico sem parar em sua cabeça.

— Fico feliz em lhe dizer, Sra. Roberts, que a senhora está, de fato, grávida.

Por fim, depois de três anos de dores de cabeça, alarmes falsos e decepções esmagadoras, eles seriam uma família. Ela não podia esperar para contar para Thomas.

2

Foi o toque incessante do telefone no corredor do andar de baixo que a arrancou de um sono profundo e sem sonhos. Grogue e desorientada, olhou para o lado de Thomas na cama; não havia nada além de um lugar vazio. Passou a mão pelo lençol frio, confirmando que ele não tinha dormido ali, e, quando sua mente começou a clarear, lembrou-se de que ele estava trabalhando no turno da noite. Olhou de relance para o relógio na mesa de cabeceira e viu que os números mostravam 3h37. A primeira sensação de pavor tomou conta de seu estômago; ninguém ligava a essa hora para bater papo. Saiu cambaleando da cama e em disparada pelas escadas, sem se incomodar que podia acordar seus hóspedes. Agarrou o receptor escuro e desajeitado do aparelho, sua respiração curta e ofegante.

— Alô, Mary Roberts falando.

— Olá, Sra. Roberts. Sinto muito acordá-la. — A voz desconhecida soou rouca e áspera, como se a pessoa do outro lado da linha precisasse pigarrear.

— Quem fala? — Toda a saliva tinha evaporado de sua boca, e sua língua se recusava a cooperar. Pontos escuros dançavam diante de seus olhos na escuridão do corredor, e ela segurou o corrimão com força.

— Estou ligando da mina de carvão. — A pessoa fez uma pausa, e Mary o ouviu lutar para respirar. — Houve uma explosão, e alguns mineiros ficaram presos. Sinto muito dizer que Thomas é um deles.

Instintivamente, ela levou uma mão à barriga e fechou os olhos.
— Estou a caminho.

Depois de pegar a primeira coisa que encontrou à mão, Mary escreveu apressadamente um bilhete para Ruth. A jovem trabalhava para ela há um ano e era mais do que capaz de servir o café da manhã para os hóspedes. Pelo menos foi o que Mary disse para si mesma, porque não tinha tempo para pensar na quantidade de peças de porcelana que a garota derrubara ou na quantidade de vezes que tinha deixado o bacon passar do ponto. Uma chefe menos paciente a teria demitido há muito tempo, mas Ruth era o sustento de uma família formada por um pai viúvo asmático e um irmão mais novo que só conseguia andar com ajuda de órteses. Mary nunca teve coragem de aumentar os problemas da moça.

A chuva castigava o asfalto quando ela abriu a porta do carro, rezando em silêncio para que o motor pegasse. O fedor de combustível subia pelo carpete encharcado do piso do veículo. O velho Vauxhall Viva deles nunca fora um veículo muito confiável. Era mais cor de ferrugem do que azul-claro, e o escapamento expelia algum tipo de nuvem escura e desagradável de fumaça que, em geral, era vista saindo de uma chaminé. Mary conseguiu persuadir o motor na quarta tentativa, e chegou na mina de carvão em pouco mais de uma hora. Mal se lembrava do caminho, mas sabia que havia ultrapassado todos os limites de velocidade e tinha medo de pensar se tomara cuidado de parar em algum semáforo vermelho.

Uma pequena multidão se reunia perto da entrada da mina, os homens parados de cabeça baixa, silenciosos sob a chuva, simplesmente observando e esperando. O céu ganhou uma tonalidade damasco quando o amanhecer irrompeu no horizonte, o único som vinha do elevador que puxava lentamente sua carga apavorante. Uma arfada coletiva emergiu da multidão quando dois corpos foram retirados de sua tumba. Mary correu na direção deles, mas sentiu que estava sendo puxada para trás.

— Deixe-os fazer seu trabalho. — Um homem de ar sombrio, usando um capacete com uma lanterna na frente, segurou-a pelos ombros. Seus olhos e dentes se destacavam do rosto enegrecido de carvão, e um filete de sangue escorria de um corte profundo logo abaixo da sobrancelha esquerda. Evidentemente, era um dos que tinham tido sorte.

— Por que demora tanto? — Mary implorou.

— Ocorreram muitas explosões lá embaixo, querida, mas pode ter certeza de que todo mundo quer que os mineiros sejam trazidos aqui para cima tanto quanto você. Estamos trabalhando juntos nisso. — Sua tosse profunda soou como se um de seus pulmões fosse sair pela boca, e ele cuspiu o glóbulo resultante de fleuma no chão ao lado de Mary, que não conseguiu esconder o nojo. — Perdão. — Ele se desculpou. — Está esperando seu marido?

Mary assentiu.

— Thomas Roberts. Você o conhece?

— Sim, conheço. É um bom homem, e um dos fortes. Não tem medo do trabalho pesado. Eu não ficaria surpreso se uma promoção estivesse a caminho. — Ele colocou uma mão tranquilizadora em seu braço e acenou com a cabeça na direção da entrada da mina. — O capelão está logo ali. Se acredita nesse tipo de coisa, rezar pode ajudá-la.

Alguns membros da banda da mina de carvão chegaram e começaram a tocar hinos, mas as músicas fúnebres só aumentavam a tristeza desesperadora, e Mary se afastou para um canto tranquilo, a fim de esperar mais notícias. Não tinha certeza se rezar ajudaria em algo. Certamente, se havia um Deus, em primeiro lugar, não teria ocorrido explosão alguma. Mesmo assim, mal não ia fazer. Apertou as mãos com força e fechou os olhos, enquanto dizia uma oração silenciosa para o retorno seguro de seu marido, fazendo todo tipo de promessa em troca, mesmo sabendo que jamais as cumpriria. Tentou não pensar em Thomas preso sob seus pés, nas entranhas profundas da terra, em um lugar que certamente era tão assustador e inóspito quanto o próprio inferno.

A chuva tinha diminuído, e o céu começava a clarear, mas Mary sentiu no fundo do peito o ruído alto de trovão, que logo explodiu em seus ouvidos, e ela ergueu os olhos para o céu. A multidão na entrada da mina avançou toda de uma vez, mas os bombeiros que coordenavam o resgate abriram os braços e impediram o avanço.

— Por favor, todos para trás. Vamos lá, pessoal, todo mundo para trás. — A voz do bombeiro era firme, mas gentil.

Mary correu e se juntou à multidão, querendo repentinamente o conforto de outros que estavam na mesma posição.

Um velho com uma jaqueta de couro surrada tirou o boné e apertou-o de encontro ao peito. Virou-se para ela e balançou a cabeça.

— Ouviu isso?

— Você está falando do trovão?

— Não foi um trovão, moça. Foi outra explosão.

— Ah, Deus, não. — Ela agarrou o braço do desconhecido. — Mas vão tirá-los de lá, não vão? — A voz dela se transformou em um sussurro. — Eles precisam tirá-los.

Ele tentou sorrir.

— Só podemos ter esperanças e rezar. Por quem está esperando, querida?

— Pelo meu marido, Thomas. — Ela deu um tapinha na barriga e acrescentou. — Estamos esperando um bebê.

— Bem, isso é muito bom para você. Meu rapaz está lá embaixo, nosso Billy. — Ele fez sinal com a cabeça. — A mãe dele está lá no alto da encosta, por conta do estado em que se encontra. Perdemos nosso Gary em um acidente de moto no ano passado, e ela ainda não superou. — Fez uma pausa e balançou a cabeça. — Isso vai acabar com ela, vai sim. — Olhou de relance para a barriga de Mary. — Para quando é seu bebê?

— Ah, acabo de descobrir que estou grávida. Thomas nem sabe ainda. — Ela sentiu o queixo oscilar, e as palavras ficaram presas em sua garganta quando começou a tremer. — Ele é minha vida. Não tenho certeza se poderia suportar se alguma coisa acontecesse com ele. Eu o amo desde que tinha cinco anos de idade. Não posso perdê-lo agora.

O velho estendeu a mão retorcida.

— Meu nome é Arnold. O que me diz de enfrentarmos isso juntos, hein, moça? — Ele tirou a tampa de uma garrafinha e ofereceu para ela. — Um gole de conhaque vai aquecê-la, Hmmm... Qual é seu nome?

Ela recusou o conhaque com a cabeça.

— Meu nome é Mary. Mary Roberts.

Arnold tomou um gole da garrafinha, estremecendo quando o conhaque atingiu o fundo de sua garganta.

— Vou dizer uma coisa para você, Mary. Aqueles mineiros lá embaixo merecem cada centavo do aumento de salário que tiveram. É um trabalho muito perigoso. — Seu tom amargo expôs a raiva crescente. — Mas o que podemos fazer? A mineração está no sangue da minha família. Nosso Billy nasceu com poeira de carvão nos cabelos.

Mary envolveu os braços ao redor do próprio corpo.

— Também odeio, mas Thomas, meu marido, já me prometeu que iria pedir demissão quando o bebê finalmente chegasse. Administramos uma hospedaria, sabe, então, preciso dele por perto. — Ela olhou para seus pés que estavam congelando. Na pressa de se vestir e sair de casa, calçou um par de sandálias, e agora a lama escorria entre os dedos de seus pés.

O elevador voltou mais uma vez, e a multidão ficou em silêncio. Os dois bombeiros que trouxeram a gaiola para a superfície trocaram um olhar, e então um deles se voltou para o comandante e balançou a cabeça.

— Não! — gritou Mary. — É meu Thomas?

Ela tentou correr, mas Arnold a segurou com força.

— Mary, querida, venha aqui. É melhor não olhar.

Era meio da tarde quando um sol insípido finalmente atravessou as nuvens, e mesmo assim Mary tremia. Suas costas doíam e seu estômago roncava, mas só de pensar em comida tinha vontade de vomitar.

O chefe dos bombeiros, com rosto sujo de carvão e expressão grave, tirou o capacete e passou a mão pelos cabelos emplastados. Colocou um megafone nos lábios.

— Por favor, podem se aproximar todos vocês?

A multidão ficou em silêncio e avançou alguns passos. Mary se segurou em Arnold.

O bombeiro limpou a garganta.

— Como todos sabem, ocorreram várias explosões no túnel principal, a cerca de seiscentos metros da superfície. Estima-se que ainda tenhamos cerca de oitenta mineiros presos atrás de um incêndio no setor principal. Fizemos algum progresso, mas está claro que o fogo tomou conta. — A multidão murmurou assustada, interrompendo momentaneamente a fala do bombeiro. Ele ergueu a mão, pedindo silêncio, antes de continuar em tom solene. — O ar no túnel está levando monóxido de carbono em quantidades perigosas. — Passou a língua nos lábios e engoliu em seco. — Acredita-se que seja altamente improvável que alguém possa ter sobrevivido em tais condições. — O megafone soltou um assobio longo e penetrante, e Mary cobriu os ouvidos.

De repente, ela sentiu um calor e teve medo de desmaiar. Suas mãos apertavam a barriga quando se virou para Arnold:

— Do que ele está falando?

Arnold secou os olhos, e depois olhou ao longe sem piscar.

— Acho que ele está tentando nos comunicar que nossos rapazes estão mortos.

Os joelhos de Mary se dobraram, e ela afundou na lama.

— Não — gritou. — Não Thomas, não, meu Thomas.

Passaram-se mais quatro horas antes que as buscas fossem oficialmente encerradas. Com medo de arriscar a segurança das equipes, os socorristas foram retirados da mina, e o capataz aconselhou que as famílias fossem para casa descansar um pouco. Enquanto a multidão começava a diminuir, Mary sentou-se teimosa na encosta enlameada e abraçou os joelhos. De jeito algum deixaria Thomas quando ele mais precisava dela. Sentiu o aperto gentil de Arnold em seu ombro.

— Vamos, moça, fique em pé. Não vai fazer bem ficar sentada aí, e você tem um bebê no qual pensar.

Já era tarde da noite quando Mary finalmente chegou em casa. Ruth, abençoada seja, tinha feito um trabalho admirável no café da manhã, depois lavado todas as panelas e arrumado os quartos. Ela estava sentada em uma cadeira na cozinha, lendo o jornal, quando Mary abriu a porta e entrou.

— Ah, Sra. Roberts. O que posso dizer? Ouvi no rádio. Falaram que não há sobreviventes. — Ela se levantou e estendeu os braços para sua empregadora.

Mary ignorou o gesto; qualquer sinal de gentileza certamente seria a gota d'água.

— Vou para meu quarto, Ruth. Obrigada por tudo que fez hoje. Nos vemos depois.

Sozinha no quarto, ela abriu o guarda-roupa e pegou uma das camisas de Thomas. Apertou-a no nariz, obrigando o cheiro dele a entrar em suas narinas. Queria embeber-se dele, ficar impregnada para sempre daquele cheiro familiar. Tirou as roupas e vestiu a camisa. Era grande demais naquele momento, mas ela sentiu certo conforto em saber que em poucos meses serviria perfeitamente. Mary cuidaria do bebê de Thomas e se asseguraria de que ele ou ela soubesse que homem corajoso era, e quanto ansiava por ser pai.

Quando a exaustão tomou conta, Mary se deitou no travesseiro e fechou os olhos, mas foram apenas alguns segundos antes que imagens de Thomas engasgando atrás de uma parede de fogo a fizessem ficar em pé e correr para o banheiro. Jogou água fria no rosto e encarou seu reflexo no espelho manchado sobre a pia. Suas bochechas estavam riscadas com manchas de lágrimas lamacentas, e seus olhos estavam vermelhos, com pequenas bolsas embaixo. Ela começou a arrumar os cabelos bagunçados, pensando por um instante que não queria que Thomas a visse naquele estado desgrenhado. Parou e agarrou a beirada da pia. Não tinha ideia de como continuaria sem ele, agora que teria de criar o bebê deles completamente sozinha. Era tudo o que sobrara de Thomas, mas era a coisa mais preciosa. Ela se perguntou se isso seria o bastante para atravessar os tempos sombrios que tinha pela frente.

Mary acordou algumas horas mais tarde, esparramada sobre a cama, ainda vestida com a camisa de Thomas. Sua boca estava seca, a cabeça latejava e o fedor da fumaça estava impregnado em seu cabelo. Seu braço esquerdo pendia sobre a beirada da cama e formigava com pontadas. Foram necessários vários segundos para lembrar que sua vida jamais seria a mesma novamente.

Caminhou até o banheiro e parou de costas para o vaso sanitário, enquanto levantava a camisa. Abaixou a calcinha, olhou fixamente para a mancha vermelha no tecido e gritou.

3

Março de 2016

Um raio de luz do sol penetrou nas árvores sem folhas e ricocheteou na placa metálica do caixão de cerejeira. Beth formou uma aba com a mão para proteger os olhos e pestanejou para afastar a cegueira temporária. Esmagou a geada na grama sob seus pés, enquanto olhava para as outras pessoas presentes no enterro, cabeças baixas, muitas secando os olhos. Pegou um lenço que tinha guardado e pressionou-o na boca, abafando o grito que ameaçava destruir a reunião sombria. O vigário lhe entregou uma caixa com terra e Beth pegou um punhado para jogar gentilmente sobre o caixão. O som da terra caindo na madeira endurecida ecoou em sua cabeça. Amava tanto a mãe, mas não devia ter acabado assim. Havia muita coisa que não fora dita, mas agora já era tarde demais.

As palavras do vigário atravessaram o vento frio de março, suas vestes brancas ondulando ao seu redor, e o cabelo mais comprido de um lado da cabeça, penteado para esconder a careca, levantado comicamente na raiz.

— Por mais que o Todo Poderoso Deus tenha ficado feliz em levar a alma de Mary Roberts deste mundo, nós agora devolvemos seu corpo para o chão, terra para terra, cinzas para cinzas...

Michael segurou a mão dela com mais força, em um gesto de solidariedade, e Beth aceitou o amparo dele de bom grado. Não era a primeira vez que se perguntava onde estaria sem o apoio constante do marido. Mas ambos estavam desamparados agora, e a única mulher que poderia ter vindo em seu auxílio estava enterrada tão fundo quanto os segredos que levara consigo.

Jake estava sentado na cama do hospital, com um quebra-cabeça espalhado na bandeja diante de si, quando Beth e Michael retornaram. Não tiveram tempo de se trocar, suas roupas escuras contrastando de modo conspícuo com o ambiente claro e estéril da ala hospitalar.

Beth se inclinou na cama e beijou o filho na testa.

— Voltamos o mais rápido que pudemos.

Michael iniciou um dos complicados cumprimentos que ele e Jake levaram semanas para aperfeiçoar, e terminaram com ambos estalando os dedos e batendo os punhos um no outro.

— Como vai, amigão? — Ele bagunçou o cabelo do menino.

— Olhe, papai! — Jake deu um tapinha no quebra-cabeça finalizado. — Eu terminei, e a enfermeira disse que é para crianças de sete a oito anos, e eu só tenho cinco. — Seus imensos olhos cor de chocolate brilhavam de prazer.

Michael virou a bandeja para olhar melhor.

— Você é realmente um garoto inteligente, Jake. Parabéns, estou muito orgulhoso.

— O funeral da vovó foi bom?

Michael olhou de relance para a esposa.

— Sim, foi. Tudo correu bem, acho. Mas você não teria gostado. Muito comprido e chato para você, filho.

— Eu queria ter ido. Eu amava a vovó e teria gostado de ir à festa depois do enterro.

Michael riu.

— Eu não chamaria de festa, Jake. Não tinha brincadeiras, nem gelatina ou sorvete.

Beth se espremeu na cama ao lado de Jake.

— Sei que você amava a vovó, e ela amava você também, mas é importante que você melhore. Está um gelo lá fora e não queremos que pegue... — Ela deixou a frase sem terminar e ocupou-se em guardar o quebra-cabeça antes de mudar de assunto. — De toda forma, seu lanche vai chegar a qualquer momento, Jake. Consegue lembrar o que vai ser?

Jake apertou os olhos por um instante.

— Não, mas aposto que vai ter aquele purê de batatas sem graça de novo.

Michael riu.

— Você não sabe a sorte que tem, filho. Eu não vi uma batata de verdade até os sete anos de idade. Minha mãe achava que purê de batata saía de um saquinho, e isso quando se dava ao trabalho de cozinhar qualquer coisa.

Beth e Jake trocaram um olhar cúmplice antes de começarem a tocar seus violinos imaginários.

Michael estendeu a mão embaixo das cobertas e fez cócegas nas costelas de Jake.

— Sim, tudo bem, vocês dois. Muito engraçado.

As gargalhadas foram interrompidas abruptamente pelo som do Dr. Appleby limpando a garganta. O nefrologista estava parado ao pé da cama com uma prancheta na mão.

— Desculpe interromper. Como está se sentindo hoje, Jake? Certamente parece muito melhor. Talvez precisemos pensar em mandá-lo logo para casa.

— Sim! Eu quero ir para casa. Posso, mamãe? — Jake ficou de joelhos e pulou na cama.

— Cuidado, Jake. Você precisa pegar leve, lembra? — Beth colocou uma mão no ombro do filho, para acalmá-lo. Virou-se para o Dr. Appleby. — Sério, doutor? Acha que ele pode estar pronto?

— Jake já vai tomar um lanche agora. Por que vocês não vêm até meu consultório para conversarmos um pouco?

O interior do consultório do Dr. Appleby era tão familiar para Beth e Michael quanto a própria sala de estar. Embora o médico estivesse cercado por um aparente caos, evidenciado pelas pilhas de arquivos e infinitas xícaras de café, o casal confiava completamente nele para cuidar da saúde de seu único filho.

— Como foi o funeral de sua mãe, Beth?

— Tão bem quanto esperado, acredito que essa seja a resposta adequada. — Beth ficou tocada pela consideração dele.

O médico empurrou os óculos de leitura para o alto da cabeça e passou as mãos pelos grossos cabelos brancos. Beth notou suas unhas cuidadosamente cortadas. Não sabia qual era a idade dele, mas imaginava que não devia estar distante de se aposentar. Empurrou o pensamento para o fundo da mente.

— Hmmm... basicamente. Bem, como vocês sabem, o procedimento de Jake correu muito bem ontem, e estou feliz que o cateter esteja firme no lugar. Ele tem um pequeno corte logo abaixo e à direita do umbigo, que obviamente está coberto por um curativo no momento. — Ele consultou a prancheta novamente. — Os resultados do exame de sangue estão bons; os níveis de creatinina diminuíram, embora a pressão arterial esteja um pouco alta, mas isso é esperado em um menino nas condições dele.

— Quando a diálise vai começar, doutor? — Michael se inclinou para frente e apoiou os cotovelos na mesa entre eles.

— Precisamos esperar que o tecido cicatricial se forme ao redor do cateter para mantê-lo no lugar, e é claro que vocês dois precisam terminar o treinamento da diálise. Jake fará algumas sessões no hospital antes, e a enfermeira da diálise vai repassar tudo com vocês em detalhes antes que ele tenha alta. A coisa principal a se observar neste estágio é a peritonite, uma inflamação que afeta o peritônio. Novamente, a enfermeira vai repassar os sinais com vocês e o que fazer caso tenham alguma preocupação. — Ele deixou as anotações de lado e juntou as mãos. — Percebo como isso é difícil para vocês. Jake é um menino robusto, considerando a situação, mas como eu disse antes, devem se preparar para o fato de que agora ele vai precisar de um transplante. Desde o dia em que nasceu, todos tememos que isso fosse acontecer em algum momento, mas sei que não torna a situação mais fácil para vocês.

— O que for necessário, Dr. Appleby. — Beth balançou a cabeça.

— É claro. Agora, um transplante de rim de um doador vivo funciona melhor do que um de um doador falecido, e dura mais. Mas, como sabem, nenhum de vocês é compatível, então, talvez precisemos pensar em ampliar um pouco mais o alcance da rede.

Ele falava com um tom de voz tão baixo e contido que era difícil para Beth ouvi-lo claramente. Os olhos dela estavam ressecados e coçavam atrás das lentes de contato; queria esfregá-los com as mãos para conseguir algum alívio. Sabia que não era justo fazer a próxima pergunta, mas saiu antes que pudesse se controlar.

— Você pode passá-lo na frente na fila de espera?

— A lista de espera não é uma fila, Beth. — A resposta do médico foi firme, mas gentil. — Você não espera sua vez e então fica com o próximo rim disponível.

Beth sentiu o rosto corar.

— Sinto muito, Dr. Appleby. É que me sinto tão impotente.

— Entendo sua frustração e tentarei tranquilizá-la. Crianças e jovens adultos têm prioridade em algum grau, mas realmente é o caso de encontrar o paciente certo para o rim certo. Isso vale tanto para o doador quanto para quem vai receber o órgão. Como vocês podem imaginar, a demanda é muito maior do que a oferta, e precisamos minimizar o número de rejeições. Enquanto isso, a diálise peritoneal fará o trabalho dos rins.

— Pobre criança. — Michael balançou a cabeça. — E ele vai ter que fazer isso toda noite?

— Temo que sim, Michael. Contudo, vocês ficarão surpresos em ver como ele vai se adaptar rápido. Não deixo de ficar ao mesmo tempo surpreso e humilhado com o modo como algumas crianças lidam com isso. Será um estilo de vida para ele e para vocês por um tempo, e o apoio que demonstrarem uns pelos outros ajudará a tornar isso o mais indolor possível para Jake.

Beth notou que Michael estava roendo a pele ao redor do polegar. A preocupação estava entalhada no rosto dele, e ela tentou lembrar-se da última vez que o vira rir. Não as risadinhas que ambos compartilhavam com Jake para manter o ânimo elevado, mas uma gargalhada de verdade, daquelas que aliviam o estresse. O tipo de expressão espontânea de felicidade não adulterada que a maioria das pessoas tomava por certa. Mesmo sob a iluminação suave do consultório do Dr. Appleby, Michael parecia muito mais velho do que seus quarenta e seis anos. Seu cabelo ainda era cheio e escuro em sua maioria, mas os fios grisalhos começavam a aparecer nas laterais, e as linhas ao redor de seus olhos pareciam mais pronunciadas. "Distinto" era como sua mãe costumava chamá-lo, mas Beth sabia que isso era só uma palavra elegante para "velho". Ela estendeu o braço e segurou as mãos dele entre as dela.

Ele lhe deu um olhar tranquilizador antes de continuar.

— Sabemos que Jake está recebendo o melhor tratamento possível, Dr. Appleby, e somos gratos. — Apertou os lábios e acrescentou enfaticamente. — Realmente gratos.

Um feixe de luz iluminou o pequeno consultório quando uma enfermeira abriu a porta e enfiou a cabeça.

— Dr. Appleby, o senhor vai... Ah, sinto muito. Não percebi que estava em consulta.

— Está tudo bem; acho que estamos quase terminando aqui. — Ele se levantou e apertou as mãos de Beth e de Michael. — Por favor, liguem a qualquer momento, dia ou noite, se estiverem preocupados com qualquer coisa, qualquer coisa mesmo. Vocês não estão sozinhos nessa; vamos passar por isso junto com Jake.

Assim que voltaram ao corredor, Beth sentiu a urgência usual em voltar para o filho. Não se lembrava da última vez que simplesmente caminhara por algum lugar sem uma sensação de pavor puxando-a em direção ao seu destino. Michael a chamou.

— Vou pegar café para nós.

Ela se virou e acenou com a mão, concordando, enquanto seus saltos altos soavam no chão recém-seco. Viu o aviso de perigo que havia sido colocado, advertindo as pessoas para o risco de escorregar, mas não diminuiu o ritmo. Seu pé direito foi para o lado de um jeito que teria sido cômico em outras circunstâncias, mas ela conseguiu permanecer em pé e continuou a seguir em frente, deixando uma longa marca negra de derrapagem no chão até então impecável. De algum modo, conseguiu manter o equilíbrio e seguir em frente. "Era tudo o que precisava fazer", disse para si mesma; "era tudo o que precisava fazer."

Jake estava sentado na cama, tomando suco de laranja, o prato limpo na bandeja diante de si.

— Você comeu tudo? O que tinha de lanche?

— Peixe com ervilhas e purê de batata, mas espremi os pedaços que não estavam bem amassados com meu garfo. Também tinha farelo de maçã com sorvete, mas as maçãs estavam muito quentes e queimei a língua.

Beth espiou a boca do filho.

— Ah, querido, tudo o que consigo ver é que você tomou sorvete. Morango, não é? — Tirou um lenço da manga. Já estava bem amassado, mas ela passou a língua pelo tecido e limpou o bigode cor-de-rosa do menino.

Michael voltou com os cafés. Beth pegou o copo de papel que ele lhe ofereceu, mas, como sempre, estava quente o bastante para derreter aço, então, ela o deixou na mesa de cabeceira, longe do perigo.

— Quer que eu fique com Jake esta noite, meu amor? Você parece acabada.

Ela deixou a cabeça cair no travesseiro de Jake e fechou os olhos. Michael tinha percebido sua exaustão, então, não era mais necessário fingir.

— Se eu puder fechar os olhos por alguns minutos, vou ficar bem. — Sabia que não era verdade. Mesmo se dormisse direto pelas próximas doze horas, ainda se sentiria drenada quando acordasse. Suas reservas de energias física e mental estavam severamente avariadas, e não tinha ideia de como conseguiria reabastecê-las de novo. Com esforço monumental, ergueu a cabeça e falou com Jake.

— Gostaria que o papai passasse a noite com você? — Era uma pergunta retórica, e ela não precisava esperar uma resposta.

— Sim, papai! — Ele bateu palmas como se estivesse recebendo Michael no palco. — Papai é o melhor.

— Venha aqui e me dê um beijo. — Beth se levantou da cama e estendeu os braços para o filho.

Jake ficou de joelhos e envolveu os braços magros ao redor do pescoço dela. Seu corpo pequeno era quente, mas frágil, e ela tinha medo de apertá-lo com muita força. Em vez disso, enfiou a mão por baixo da blusa do pijama do filho e passou as unhas compridas com gentileza nas costas dele. Era como costumava fazê-lo dormir quando bebê, e ele gostava da sensação até hoje. Ela o balançou de um lado para o outro, lembrando-se de como a vida deles era simples, feliz e descomplicada antes do diagnóstico devastador de Jake.

    Seus pensamentos se voltaram mais uma vez para sua mãe. Mary também amava Jake. Ele era seu único neto, e dizer que ela o adorava seria um eufemismo. Ela entediava as amigas com histórias sobre ele, mantinha uma foto dele na bolsa, a qual enfiava na cara das pessoas em toda oportunidade que tinha, e oferecia-lhe o maior presente de todos — seu tempo. Enquanto Jake estava com ela, as panelas ficavam sem lavar e o serviço doméstico podia esperar. Por isso, o motivo pelo qual Mary havia escondido informação que potencialmente poderia salvar a vida de Jake era algo que Beth jamais seria capaz de entender, um mistério que a mãe tinha levado para o túmulo.

4

A casa estava em completa escuridão quando Beth chegou. Acendeu a luz do *hall* e apertou os olhos, enquanto se acostumava com o brilho súbito. Na cozinha, o cheiro de um buquê de flores, entregue naquela manhã, enchia o aposento e mascarava o odor antisséptico de hospital que parecia ter impregnado seu olfato. Tinha estipulado que aceitaria apenas flores da família. Pegou o cartão e leu as palavras tocantes mais uma vez. *Sinto muito por sua perda, Beth. Sua mãe era uma mulher realmente maravilhosa, e sei o quanto vai sentir a falta dela.* Era típico da remetente pensar em si mesma como parte da família.

Sua garganta ficou apertada mais uma vez quando tocou o caule comprido de um lírio branco. Naturalmente, quando uma pessoa morre, ninguém tem nada a dizer que não sejam coisas boas, nada além de banalidades sinceras, superlativos e elogios. Ela olhou para a fileira de cartões enfeitando a lareira e o parapeito da janela. Cartões que chegaram de todas as partes do país, muitos deles de pessoas das quais Beth tinha se esquecido ou sequer conhecia.

A cozinha estava estranhamente silenciosa. Beth não conseguia lembrar-se da última vez que estivera sozinha. Ouvia o zumbido do freezer e as batidas do antigo relógio de estação de trem sobre a lareira, presente de aniversário de Michael. Ela tinha admirado a peça em um antiquário em Harrogate em um fim de semana em que tinham viajado, e ele voltou três dias depois, fazendo todo o caminho de Manchester até lá, para surpreendê-la. Beth serviu-se de uma taça alta de Sauvignon Blanc, caiu no sofá e tirou os sapatos. Alguns goles depois, sentindo-se já meio zonza, lembrou-se de que não comia há várias horas. Na verdade, não comia desde o funeral, e tinham sido só alguns sanduíches cortados em triângulos e metade de um tomate. Levantou-se, estremecendo de dor quando pisou em alguma coisa pontuda embaixo do tapete. Era uma peça do Lego de Jake. Ele amava seu Lego, e Michael passava horas com ele construindo castelos, casas e carros; para alegria e admiração de Jake, Michael era capaz de construir qualquer coisa que o menino quisesse. Beth estava convencida de que era porque Michael era arquiteto; além do fato de que o Lego também fora o brinquedo favorito do marido quando criança, e o próprio pai o ensinara a construir praticamente qualquer coisa com os pequenos tijolos de plástico.

A campainha cortou o silêncio, e Beth deu um pulo, derrubando um pouco de vinho pela borda da taça bem na parte da frente de sua blusa. Elaine estava parada na porta sem casaco, um par de chinelos de pelúcia nos pés, abraçando a si mesma com os braços ao redor do peito e balançando o corpo para cima e para baixo, em um esforço aparente para manter-se aquecida.

— Vi a luz acesa. Como está tudo?

— Entre, vamos para a cozinha. — Beth abriu a porta para ela.

— Obrigada, estou congelando.

— Michael vai ficar com Jake esta noite. Eu estava prestes a subir para tomar um banho.

— Você parece exausta. Eu tomaria uma bebida, se fosse você.

— Você tomaria uma bebida quem quer que você fosse. Vá em frente: tem uma garrafa aberta na geladeira.

Elaine encheu a taça de Beth e serviu uma para si.

— Não vi vocês irem embora do velório.

— Nós saímos de mansinho. Eu queria voltar para o hospital. Mas tenho boas notícias: o médico acha que Jake vai poder vir para casa em alguns dias.

— Isso é ótimo. — Elaine tomou um gole do vinho. — Ele é um batalhador, aquele seu garotinho. Mal posso esperar para vê-lo começar a jogar a bola de futebol no meu jardim, por cima da cerca.

— Obrigada por ter vindo. — Beth sorriu. — Não tem ideia de como é bom simplesmente fazer uma coisa normal, para variar.

— Se tiver algo que eu possa fazer, basta falar.

— Você sabe que ele vai precisar de um transplante.

— Bem, não tenho certeza se posso ajudar com isso. Quero dizer... — Elaine se remexeu na poltrona, parecendo desconfortável.

Beth quase engasgou com o vinho.

— Não estou pedindo para você doar um rim, sua boba. Uma coisa é pedir uma xícara de açúcar para a vizinha. Mas partes do corpo? Pelo amor de Deus, Elaine.

— Isso é um alívio. Ah, desculpe, que horrível falar isso. O que quis dizer é que...

— Elaine, por favor, pare com isso. Você é carta fora do baralho. Ele vai para a lista de espera, mas o médico diz que precisamos começar a pensar em outros membros da família que possam ser compatíveis. — Tomou outro gole de vinho, seu estômago vazio roncando em forma de protesto. — Mas esse é o problema. Nossa família é pequena demais. Nem Michael nem eu temos irmãos. O pai de Michael já morreu, e ele está mais ou menos afastado da mãe... mas em todo caso, ela bebeu e usou drogas a vida toda. Minha mãe acabou de morrer e não pôde ou não quis me contar nada sobre meu pai, mesmo sabendo que a vida do neto dependia disso. — Beth só sentia amor e um afeto profundo pela mãe, mas agora não conseguia disfarçar a raiva na voz. Tomou o resto do vinho de uma vez só.

Elaine ficou em silêncio por alguns instantes, passando o dedo na borda da taça de vinho. Parecia refletir sobre um dilema relativamente difícil.

— O que você sabe sobre ele?

— Meu pai? — Beth balançou a cabeça. — Esse é o ponto: absolutamente nada. E isso nunca me importou, até agora. Posso dizer honestamente que crescer sem um pai não me afetou negativamente em nada. Não de maneira consciente, pelo menos. Tive uma infância incrível, e amei muito minha mãe. Como éramos apenas nós duas, tínhamos uma ligação especial. Ah, falávamos sobre meu pai por cima ao longo dos anos, mas tudo o que ela dizia era que tinha sido um erro e que ela não o amava, mas que isso não significava que não me amasse, e eu acreditava nela. Foi só quando descobrimos que não éramos compatíveis como doadores para Jake que eu a pressionei em busca de mais informações. Só um nome já seria um começo. Com as redes sociais hoje em dia, é relativamente fácil encontrar uma pessoa. — Ela se levantou e encheu as taças das duas novamente. — Mas então era tarde demais. Ela teve o AVC e não conseguiu falar mais. Morreu alguns dias depois.

— E quanto a todos esses cartões? — Elaine foi até a lareira.

— O que têm eles?

— Sabe de quem são todos eles?

— Alguns, mas não todos.

— Me parece um bom lugar para começar. — Elaine ergueu as sobrancelhas de maneira teatral.

— Deus, Elaine, você pode ter razão. — Beth sentiu o coração inchar de esperança quando se levantou do sofá em um pulo.

Ela vasculhou os cartões um a um. Eram setenta e dois no total, e, no fim, tinha duas pilhas, e em uma delas continha apenas dois cartões que podiam ser interessantes. Elas estavam sentadas de pernas cruzadas diante do fogo, Beth cheia de um vigor que não sentia há muito tempo, a exaustão temporariamente esquecida.

Pegou o primeiro cartão.

— Este aqui diz: *Sinto muito saber que sua mãe morreu. Tenho muitas lembranças felizes do tempo que passamos juntos, e sei que ela vai fazer falta para todos que a amavam. Com os melhores cumprimentos, Graham Winterton.*

— Já ouviu esse nome antes? — Elaine questionou.

— Me parece vagamente familiar, sim. — Beth enrugou o nariz e tentou pensar. — Terei que perguntar para Michael. Vamos dar uma olhada no outro.

Pegou o cartão que sobrava. Era maior do que a maioria dos demais, com a imagem de lírios gravada na frente.

— Lírios eram as flores favoritas da minha mãe. Acha que ele sabia disso? Será que é uma pista?

— Não se empolgue demais, Beth. Metade desses cartões tem fotos de lírios. São as flores da morte, você sabe. O que está escrito dentro?

Beth abriu o cartão e leu as palavras com cuidado, em voz alta.

— *Palavras não podem expressar o lamento que senti quando vi a notícia no jornal de hoje. Embora não visse a senhora sua mãe há muito tempo, certa vez fomos próximos, e saber do falecimento dela me entristeceu verdadeiramente. Sempre me lembrarei dela com afeto carinhoso. Com minhas sinceras condolências, Albert Smith.*

— Argh! Não! Smith? Bem, isso reduz um pouco nossas opções. — Beth colocou as mãos na cabeça.

Virou o cartão, procurando mais pistas. O envelope já tinha sido descartado com o resto do lixo reciclável, o que era uma pena, já que o selo postal poderia ter sido útil. Aproximou o cartão do nariz e cheirou o papel. Analisou a letra. A pessoa tinha escrito aquilo com uma caneta-tinteiro, e a letra era pequena, porém uniforme. Ele também usara a expressão "senhora sua mãe", um sinal seguro de que tinha uma idade similar à de sua mãe, que fora ensinada a tratar as pessoas do mesmo jeito.

— Albert Smith — disse Beth em voz alta. Balançou a cabeça. — Nunca ouvi falar dele antes, então, acho que faz sentido. E se é um nome do qual nunca ouvi falar, é porque nunca falamos sobre ele.

— Smith — Elaine repetiu. — É uma pena. Ele não podia se chamar Albert Waverley-Pemberton?

— Quem é esse?

— Ninguém, eu acabo de inventar. O que quero dizer é que teria sido melhor se ele tivesse um nome incomum, seria mais fácil de encontrá-lo.

— De qualquer forma, é um tiro no escuro, Elaine. — Beth suspirou e recolheu os cartões. — E o que eu diria se o encontrasse? Oi, meu nome é Beth, sua filha há muito tempo perdida. Meu filho precisa de um rim, como está o seu?

— Hmmm, quando você coloca desse jeito... De toda forma, ele deve ser velho demais.

— Suponho que seja possível, embora alguém possa ser um doador vivo até os oitenta anos se tiver boa saúde. Minha mãe tinha setenta e dois; ele deve ser um pouco mais velho ou um pouco mais novo. Além disso, ele pode ter tido mais filhos. Neste caso, eu teria irmãos que podem ser de um grupo sanguíneo e um tipo de tecido compatíveis. Trata-se de conseguir um fio de esperança para Jake, em vez de exigir que pessoas abram mão de seus órgãos para um total desconhecido.

— Você já olhou nas coisas da sua mãe? Documentos, papéis, esse tipo de coisa. Pode ter algo lá.

— Farei isso em breve, mas, para ser sincera, não é uma tarefa que me agrada. Ela jogou muita coisa fora quando se mudou para Manchester, mas espero que tenha guardado algo que seja importante. — Beth pegou a garrafa de vinho vazia e levou até o lixo reciclável. — Se não se importar, Elaine, vou subir para tomar aquele banho.

Elaine colocou os braços ao redor dos ombros de Beth.

— Faça isso, gatinha, e amanhã passo por aqui de novo com um dos meus cozidos. — Segurou o rosto de Beth entre suas mãos frias. — Você precisa ficar forte. Precisa, sim.

Quando finalmente submergiu na água quente, Beth fechou os olhos e deixou que o banho de espuma calmante de Jo Malone fizesse sua mágica. Colocara uma dose caprichada, quase esvaziando a preciosa embalagem, mas achou que merecia. Havia enterrado a mãe naquele dia. As duas mal tinham passado um dia sem falar uma com a outra, mesmo assim, tanto ficara sem ser dito. Pensou nos cartões que recebera, nas flores, em todas as pessoas no funeral. Estavam todos certos. Mary fora uma boa mulher e uma mãe amorosa e protetora. Beth mal conseguia acreditar que nunca a veria novamente. Enquanto as lágrimas começaram a escorrer mais uma vez, ela apertou o nariz e deslizou sob a superfície da água.

5

Depois de alguns dias em casa, Jake já parecia muito melhor. A cor havia retornado ao seu rosto, e seus níveis de energia tinham se elevado ao ponto de ele querer ir para fora chutar a bola de futebol na cerca.

— Acho que está frio demais para isso, meu amor. Por que não fica brincando aqui dentro? — Beth sugeriu.

— Mas é chato ficar aqui dentro o tempo todo. — Jake suspirou e se largou no sofá. — Quero brincar lá fora. Preciso praticar para ficar tão bom quanto os outros meninos, para poder ser escolhido para o time antes dos demais. — Ele cruzou os braços sobre o peito, uma ruga profunda na testa demonstrando sua irritação. — Não gosto quando sou o último a ser escolhido.

— É um bom sinal, Beth. — Michael interferiu. — Não podemos envolvê-lo em plástico bolha pelo resto da vida. — Ele se ajoelhou para ficar na altura do rosto de Jake. — Vamos lá, meu homenzinho. Mas só por pouco tempo.

— Ok, então. — Beth se resignou ao fato de que tinha sido derrotada. — Mas não com a bola dura; usem a de espuma.

Jake enrugou o nariz, então, saiu do sofá, correndo pelo corredor para colocar o tênis, reclamando algo sobre bolas de espuma serem para bebês.

— Ele merece levar uma vida o mais normal possível, meu amor. — Michael segurou as mãos de Beth entre as suas.

— Eu sei, mas não consigo deixar de querer protegê-lo. Ele é tão vulnerável.

— Ele está se saindo bem. Contanto que cuidemos do local do cateter, nos certifiquemos de que esteja coberto e não exageremos, acho que ele vai se beneficiar de com pouco de ar fresco.

Ela sabia que Michael estava certo. Ele sempre estava, e não de um jeito irritante.

— Tudo bem — ela cedeu. — Mas antes quero medir temperatura dele.

— Beth! Você fez isso há dez minutos. Está tudo bem.

— Você ouviu o que o Dr. Appleby disse. Um aumento de temperatura pode ser sinal de peritonite. Precisamos estar atentos.

Michael concordou com a cabeça.

— Vá lá então, se isso a faz se sentir melhor.

Ela correu para pegar o termômetro, enquanto Michael falava atrás dela:

— Não se preocupe com minha pressão alta, ok?

Beth acomodou-se diante das janelas do pátio, que davam vista para o jardim. Os bulbos de narciso que plantara nas jardineiras no inverno agora estavam pagando dividendos. Jake estava bem abrigado com casaco, cachecol, gorro e luvas. Michael reclamara que o pobre garoto não conseguiria se mexer, mas ela foi insistente e, enquanto observava o filho e o marido chutarem a bola um para o outro, Beth relaxou um pouco. Pegou as anotações que fizera no hospital e começou a lê-las pela enésima vez. Não tinha estudado para o vestibular de um jeito tão meticuloso quanto revisava aquelas instruções, mas estava determinada a garantir que, quando Jake começasse a diálise, Michael e ela saberiam exatamente o que estavam fazendo. Havia muito o que aprender, mas a maior parte do treinamento tinha sido dado no hospital. Por atuar como fotógrafa de alimentos *freelancer*, Beth podia escolher os trabalhos que fossem mais convenientes, e isso garantia que tivesse tempo suficiente para dedicar ao filho. Michael, no entanto, tinha que cuidar de seu escritório, e por mais que ambos quisessem estar ao lado de Jake vinte e quatro horas por dia, as contas ainda precisavam ser pagas.

Estava tão absorta nas anotações que não ouviu quando os dois entraram novamente, depois de quinze minutos. Ergueu os olhos e viu Michael com Jake nos braços, e se levantou em um segundo.

— O que aconteceu? Ele está bem?

— Ele está bem. Só se sentiu um pouco tonto, foi só isso, Beth. — Michael colocou o filho no sofá e arrumou uma almofada sob sua cabeça.

Beth sentiu a testa do filho.

— Eu sabia que vocês não deviam ter ido lá fora, mas alguém me escuta? — Virou-se para Michael, que estava em pé atrás dela. — Chame o médico, agora.

Ele colocou uma mão tranquilizadora no ombro dela.

— Beth, eu falei para você que ele está bem. Tem que parar de reagir de maneira exagerada a cada pequeno sintoma.

— Só estou com calor, mamãe. — Jake lutava com os botões do casaco. — Posso tirar isso agora, por favor?

Beth se atrapalhou com os fechos.

— Michael, me ajude a tirar essa coisa. Ele está queimando.

— Não me surpreende. Um esquimó vai para a tundra congelada com menos roupa do que isso.

Ela o ignorou e conseguiu aliviar Jake do casaco pesado.

— Você está sentindo náuseas?

— O que isso quer dizer? — Jake franziu o cenho.

— Enjoo. Você sente enjoo? — Beth não conseguiu esconder a impaciência.

— Não. — Jake negou com a cabeça. — Estou bem agora, mamãe.

— Beth, deixe a pobre criança em paz. Você está sufocando ele.

— Estou com sede. Por favor, posso tomar um copo de água? — Jake ergueu os braços e abraçou o pescoço da mãe com força.

Imediatamente, Beth se levantou de um pulo.

— Ele está com sede, Michael. Acha que está desidratado?

— Pelo amor de Deus, Beth! Não, não acho que esteja desidratado. Acho que ele está com sede, como ele disse. Vou buscar um copo de água.

Beth sabia que seu comportamento estava enlouquecendo o marido, e um homem menos paciente teria estourado. Não conseguia mais se lembrar de uma época em que não se sentisse ansiosa e com dor de estômago. Andava tão nervosa ultimamente que achava impossível não reagir com exagero a cada pequeno contratempo. Perdera mais de seis quilos só no último mês, seu cabelo estava visivelmente mais fino e tinha perdido todo o brilho, e seus olhos verdes estavam sempre com olheiras.

Michael aproximou-se dela por trás e massageou seus ombros. Falou de modo gentil:

— Você precisa tentar relaxar, Beth. Olhe seu estado. Não acho que essa preocupação constante esteja fazendo algum bem para Jake. Você precisa ser mais positiva quando está perto dele.

— Sei que você está certo, mas não consigo evitar. — Ela estendeu o braço e segurou uma das mãos do marido. — Não sei o que faria se ele... — Parou abruptamente quando Michael apertou seu ombro.

— Sei que é difícil, amor, mas uma vez que ele começar a diálise em casa, podemos seguir adiante. O médico disse que ele poderá levar uma vida relativamente normal assim que o aparelho começar a fazer o trabalho dos rins.

Enquanto seus pensamentos se voltavam mais uma vez para a possibilidade de um transplante, Beth lembrou-se dos cartões que recebera de Graham Winterton e Albert Smith. Pegou-os na gaveta da cozinha e entregou-os para Michael.

— Esqueci de te mostrar isso. Algum desses nomes significa alguma coisa para você?

Michael pegou os cartões e observou cada um deles.

— Graham Winterton? Sim, o nome lembra alguma coisa. Não era o cara que costumava ser parceiro de bridge da sua mãe, anos atrás?

Beth pegou o cartão e leu novamente. Michael estava certo, e sua mãe só aprendera a jogar bridge depois de uma certa idade, e isso descartava Graham Winterton.

— E quanto a esse outro? Albert Smith?

— Albert Smith... — Michael pensou antes de responder. — Não, não posso afirmar que já ouvi falar dele.

Beth esfregou as mãos lentamente no rosto e gemeu.

— Isso é inútil. — Deu um tapa no balcão da cozinha. — Certo, é isso. Amanhã vou até a casa da minha mãe dar uma olhada nas coisas dela. Já adiei isso tempo demais.

Um vento gelado cumprimentou Beth, quando ela empurrou a porta da frente do bangalô organizado de sua mãe. A porta resistiu aos seus esforços de abri-la porque uma pilha de correspondências e jornais tinha se acumulado do lado de trás. O ar lá dentro estava realmente mais gelado do que fora, e o nariz de Beth começou a escorrer imediatamente. Secou-o com um lenço, fazendo uma anotação mental para ajustar o aquecimento central para funcionar pelo menos duas vezes ao dia. Ligou o interruptor da caldeira, que rugiu ao ganhar vida.

Sua mãe só vivera ali por uns poucos anos, mas o lugar estava impregnado dela. Os chinelos de pele de cordeiro estavam arrumados lado a lado, e seu batom estava na mesa do *hall*. A última coisa que Mary costumava fazer antes de sair de casa era calçar os sapatos e aplicar uma camada de batom olhando-se no espelho do *hall*. Beth tirou a tampa e girou o batom, revelando o tom rosa-claro que a mãe preferia. Estava quase totalmente usado. A maioria das pessoas teria jogado fora há décadas, mas Mary não aceitava desperdício. Mesmo quando só restava o último pedacinho do sabonete, ela guardava para grudar na barra seguinte. A garrafa de detergente sempre passava seus últimos dias de vida virado precariamente de cabeça para baixo, apoiado na tampa, a fim de extrair até a última gota.

Beth pegou o casaco da mãe que estava no gancho do corredor. Tirou alguns fios de cabelo grisalho do colarinho e largou-os no chão. Então fechou os olhos, o pressionou no nariz e inalou o cheiro familiar de White Linen. Colocou o casaco no lugar e foi para a cozinha, onde notou uma antiga lata de biscoitos no balcão. Abriu a tampa para revelar o último pão de ló que a mãe assara, antes fofinho e macio e agora seco e coberto com um bolor azulado. Beth estremeceu e colocou a tampa no lugar. Limpar a casa podia ficar para outro dia, decidiu. Agora sua única preocupação era encontrar alguma pista de quem poderia ter sido seu pai.

O bangalô era pequeno, e Mary fora convencida a jogar fora todo tipo de bagunça quando se mudara para Manchester. "Nunca se sabe quando isso pode ser útil", era seu mantra repetido com frequência, mas quando Beth destacou que a mãe estava a uma caixa de distância de ser assunto de algum documentário, Mary cedera. Aqueles itens potencialmente úteis tinham enchido um contêiner inteiro. Agora, Beth estava parada, com as mãos no quadril, examinando o ambiente cheio de móveis que pareciam elegantes nos aposentos espaçosos da antiga casa vitoriana da mãe, mas que, no bangalô moderno, pareciam deslocados.

Seu olhar parou na escrivaninha antiga; era o lugar mais óbvio para começar. Girou a chave dourada ornamentada e abriu a tampa. Dentro, havia quatro gavetas minúsculas que guardavam itens de costura, clipes de papel, umas duas canetas Parker velhas, um canivete suíço e uma variedade de moedas estrangeiras. Beth pegou as moedas e balançou-as na palma da mão. Embora fosse verdade que o leiteiro de Mary fosse descendente de gregos, Beth não achava que ele devia ser pago com dracmas. Sorriu e guardou as moedas de volta na gaveta antes de fechar a tampa e voltar sua atenção para as gavetas maiores que ficavam na parte de baixo. A de cima estava cheia de arquivos e envelopes de papel pardo contendo vários documentos de seguros, uma cópia do testamento de Mary e papéis relacionados à venda de sua antiga casa. A gaveta de baixo abrigava uma toalha de mesa branca engomada, guardanapos e algumas velas não usadas. Remexer nas coisas da mãe daquela forma parecia incrivelmente invasivo, e Beth temia o dia em que teria de esvaziar o resto da casa. Enquanto revirava a gaveta até o fundo, suas mãos encontraram uma lata quadrada que evidentemente abrigara biscoitos em uma vida anterior. Seus dedos gelados estavam duros e se recusavam a cooperar, enquanto tentava levantar a tampa, que depois de um tempo se abriu para revelar um amontoado de fotos.

Beth pegou a foto de cima e observou as três figuras paradas nos degraus de um coreto. Seus avós tinham morrido antes de seu nascimento, mas Beth reconheceu-os imediatamente, parados atrás de uma versão de sua mãe aos dez anos de idade, os três sorrindo radiantes de orgulho. Ela virou a foto; alguém tinha escrito *Lytham*

1954, na parte de trás. Havia algumas fotos de Mary com Thomas, seu falecido marido, e muitas da própria Beth brincando na praia. Algumas dessas últimas eram coloridas, inclusive a do casamento de Mary e Thomas, em 1972. Ele olhava direto para a lente, mas sua mãe segurava o braço do marido e olhava para ele, rindo.

Beth deu um sorriso carinhoso, enquanto esfregava o polegar sobre o rosto radiante da mãe, congelado no tempo e sem sinal do sofrimento que viria depois. Quando criança, ela sempre olhava o álbum de fotografias do casamento da mãe, fingindo que aquele homem bonito, com sorriso amplo e cabelo ondulado na altura do queixo era seu pai de verdade. Mary lhe contara tantas histórias maravilhosas sobre Thomas e sobre o marido carinhoso que ele era. No dia em que se conheceram e ele se ofereceu para carregar os livros dela até a escola, ela se apaixonara. Beth sabia que a mãe nunca se recuperara realmente depois de perdê-lo tão jovem, então, como acabara concebendo um bebê poucos meses após a morte dele era um mistério. Qualquer tentativa de trazer o assunto à tona, no entanto, era recebida com aceno de mão desdenhoso.

Beth vasculhou as fotos, parando em algumas, olhando outras de relance. Quando chegou ao fundo da lata, suas pernas estavam rígidas e suas costas doíam. Olhar todas aquelas lembranças a deixou melancólica, e ela estava prestes a fechar a tampa quando notou que o fundo da lata tinha sido forrado com um papel de parede floral desbotado, um padrão que reconheceu como sendo da casa de sua infância. Sem muita esperança, cutucou a ponta até que o papel se levantou e revelou escondido embaixo um envelope escrito a mão, endereçado à Mary. O envelope fora cuidadosamente rasgado em cima: Beth espiou dentro e tirou um velho recorte de jornal. A impressão já não era tão clara quanto devia ter sido, e o jornal tinha um tom amarelado. Ela o estendeu com cuidado sobre a escrivaninha. Era do *Manchester Evening News*, de segunda-feira, 26 de julho de 1976, e a manchete dizia: *Passeio no pub termina em tragédia.*

Beth sentiu imediatamente o couro cabeludo formigar, e, apesar da atmosfera fria, o calor subiu desde os dedos de seus pés e irrompeu em um fluxo de ansiedade em seu peito. Não conseguia imaginar por que a mãe guardava aquele recorte de jornal. Pegou a carta que acompanhava a reportagem e a abriu com cuidado. Reconheceu a letra imediatamente, mas as palavras não faziam sentido algum.

Quando terminou de ler pela segunda vez, os sucos gástricos encheram sua boca e sua mente estava totalmente atordoada. Beth se obrigou a correr e seguiu direto para a porta dos fundos. Seus dedos trêmulos lutaram com a chave, mas abriu a porta bem a tempo de vomitar no canteiro de flores.

6

Depois de respirar fundo o ar frio e calmante do lado de fora, Beth voltou para a cozinha e enxaguou a boca com água. Ainda podia sentir o gosto da bílis no fundo da garganta, e tentou — sem sucesso — pigarrear. A Terra tinha sido tirada de seu eixo, e de repente tudo era diferente. Assim como os cientistas procurariam um jeito de desviar o curso de um asteroide que se aproximasse, evitando, assim, uma colisão catastrófica com o planeta Terra, essa carta alterava a trajetória de sua vida. Sentia-se completamente drenada, como uma das plantas da casa da mãe que precisavam de água e estavam visivelmente murchas.

Guardou a carta e o recorte de jornal de volta no envelope e colocou-o na bolsa. Tinha um desejo desesperado de ir para casa, para sua família. Apesar de tudo o que estava acontecendo com seu filho, em casa ela sabia quem era. Era a esposa de Michael e a mãe de Jake. Aquelas eram suas identidades, e ela precisava voltar ao lugar ao qual pertencia, de volta ao lugar em que não havia segredos ou meias verdades para enlamear as águas de sua própria existência.

Fechou a porta da frente da casa da mãe com tanta força que as janelas estremeceram e alguma coisa caiu no chão do lado de dentro. Ligou o carro e pisou fundo no acelerador, fazendo a rotação do motor chiar alto em protesto. No caminho para casa, dirigiu mais rápido do que faria normalmente, e com certeza rápido demais para quem mal podia enxergar através de uma bolha de lágrimas não derramadas.

Os pneus trituraram satisfeitos o cascalho da entrada de sua casa quando parou o carro de uma só vez na porta da frente.

Beth encontrou Michael na cozinha, sentado em um de seus grandes sofás macios, lendo para Jake um livro da coleção *Os cinco*. Apesar de tudo, sorriu para si mesma. O filho amava aquelas histórias, e Beth seria eternamente grata a Enid Blyton por ter sido prolífica o suficiente para escrever vinte e um volumes.

Jake ergueu os olhos quando viu que ela estava parada ali.

— Papai está lendo *Os cinco e os contrabandistas*.

— Ah, é meu favorito.

Jake deu uma risadinha.

— Você diz isso de todos, mamãe.

Era verdade. Todos os volumes eram seus favoritos, e ela ficava imensamente feliz que Jake gostasse deles tanto quanto ela tinha gostado quando criança. Infelizmente, nenhuma quantidade de cerveja resolveria este problema.

— Michael, posso falar com você um segundo?

— Claro, o que foi? — Ele tirou o braço que abraçava o filho.

Ela fez sinal com a cabeça, indicando que a seguisse até a ilha da cozinha.

— Não perca o ponto em que estamos, Jake. Quero ver como Julian vai se sair dessa enrascada em particular.

Beth pegou o envelope na bolsa, entregando para Michael.

— O que é isso?

— Encontrei na casa da minha mãe. — Seu tom de voz comedido desmentia seu tumulto interno. — Leia.

Michael pegou o artigo do jornal primeiro. Enquanto lia, sua respiração se tornava mais profunda, e uma veia pulsava em sua têmpora.

Passeio no *pub* termina em tragédia

Um terrível acidente na rodovia terminou em tragédia no sábado para os frequentadores do pub Taverners, em Manchester. Eles esta-

vam retornando de um dia em Blackpool quando o motorista perdeu o controle do micro-ônibus Ford Transit em que estavam viajando. O motorista, não identificado, e dois outros passageiros morreram no local, e vários outros ficaram feridos. Teme-se que o número de mortos possa aumentar. A causa da batida ainda não é conhecida, mas uma teoria é a de que as recentes temperaturas escaldantes derreteram uma parte do asfalto, o que pode ter causado a derrapagem do veículo. A polícia pede que testemunhas entrem em contato pelo número 061 761 2442.

Michael terminou a leitura e olhou para Beth, a expressão era de incredulidade total.

— O que sua mãe estava fazendo com isso?

— Não tenho ideia, Michael, mas espere até ler a carta que encontrei junto.

7

Julho de 1976

Harry Jones passava os dias vagando pelas ruas de Manchester, carregando consigo todos os seus pertences em sacolas de plástico. A onda de calor se arrastava há semanas. Em algumas partes do país, a água já estava sendo racionada e canos improvisados eram um elemento comum em algumas ruas. Mas Harry não tinha encontrado cano algum, o que era uma pena, já que teria ficado grato por poder lavar os pés em algum lugar. A vida não o tratara exatamente bem, mas ele seguia em frente, sem amargura ou rancor. Viver nas ruas nos últimos seis anos diminuíra seu corpo, mas seu espírito era inquebrável, e mesmo aos setenta e oito anos de idade, ainda tinha esperança de que as coisas podiam melhorar. Era um homem orgulhoso que servira ao país por duas vezes, uma na Primeira Guerra Mundial, quando se alistara apesar do fato de ser menor de idade, e novamente na Segunda, quando, velho demais para lutar, foi trabalhar na empresa de engenharia que fazia os bombardeiros Lancaster. Formar-se como engenheiro elétrico fora uma de suas maiores conquistas. Nada mal para quem nascera prematuro em uma fazenda remota no meio do País de Gales, com a cabeça deformada e a declaração do médico de que jamais seria algo na vida.

Considerando a situação, sua tarde não fora ruim. Tinha conseguido um lugar na calçada do lado de fora de Rumbelows e viu pela janela quando Björn Borg ganhou a final masculina em Wimbledon. Agora, enquanto se arrastava pelas ruas, com o corpo quase dobrado ao meio pelo peso de suas sacolas, notou um carrinho de supermercado abandonado, e seu espírito se animou. Talvez sua sorte estivesse mudando. Harry jamais roubaria um carrinho, mas aquele estava largado ali, parecendo um entulho qualquer. Faria um favor a todos se tirasse aquilo dali. Lutou para tirá-lo dos arbustos, fazendo uma careta quando um galho longo de espinheiro se prendeu em seu braço e fez um arranhão que arrancou pequenas gotas de sangue. Empilhou suas sacolas no carrinho e colocou o grosso casaco por cima. Claro que não ia precisar do casaco nesse clima, mas a peça era útil para deitar em cima durante a noite, e lhe servira muito bem durante os anos nas ruas.

A escuridão se aproximava, enquanto ele seguia para o local escolhido para dormir, lutando para manter o carrinho, que tinha uma tendência irritante de puxar para a esquerda, fora da sarjeta. A entrada do Taverners era um de seus lugares favoritos, e Selwyn Pryce, proprietário e compatriota galês, era muito acolhedor. Mas Harry tomava cuidado para não se aproveitar da natureza boa de Selwyn e tentava oferecer algo em troca, mesmo que fosse apenas recolher o lixo e as bitucas de cigarro ao redor do *pub*, ou arrancar os matos que cresciam entre as rachaduras da calçada.

Prometia ser outra noite abafada, o que só tornava o sono mais difícil. Quando dobrou a esquina e o Taverners ficou à vista, Harry pode ver a figura bastante impressionante de Trisha, a jovem esposa de Selwyn, brigando com um cliente que se recusava a ir embora. Harry riu consigo mesmo. Trisha era muito melhor para se livrar dos bêbados de calçada do que o marido, e não era de surpreender que Selwyn delegasse essa tarefa para ela. Quando ela notou Harry aproximando-se, adotou sua familiar postura de confronto, com as mãos nos quadris estreitos, as belas sobrancelhas arqueadas erguidas e a língua enfiada com firmeza na lateral da bochecha.

— Boa noite, Trisha. — Assentiu, enquanto se aproximava.

— Que maldição, Harry! É a terceira vez na semana que você vem dormir aqui. Não dá para encontrar outro lugar?

— O Midland já está lotado.

Ela ignorou o comentário ridículo e, em vez disso, intensificou seu discurso.

— Você se aproveita de Selwyn, isso sim. Você sabe que ele é mole, mas não é bom para os negócios ter um vagabundo na porta.

Harry tirou o casaco do carrinho, abriu-o sobre o degrau de lajotas e se largou sobre ele.

— Vocês estão fechados agora, Trisha, e eu terei ido embora na hora em que abrirem amanhã — argumentou ele. Odiava ter que discutir seu caso com essa jovem que invadira a vida de Selwyn, destruindo o casamento do proprietário do *pub* com a maravilhosa Babs, e que agora andava por aí como se fosse seu nome na placa sobre a porta, e não o de Selwyn.

Selwyn apareceu na porta do estabelecimento, ainda polindo um copo.

— Por que toda essa gritaria, Trisha? Dá para ouvir lá... Ah, boa noite, Harry.

— Não sei por que me incomodo. — Trisha jogou os braços para o ar e voltou furiosa para dentro do *pub*. — Estou tentando transformar esse lixo em um *pub* de classe e você insiste em ter um vagabundo desarrumado e imundo amontoado na entrada. — Bateu a porta com tanta força que as taças penduradas no balcão do bar estremeceram, enquanto soltava a frase de efeito de despedida. — E, a propósito: ele fede.

— Sério? — Harry enterrou o nariz na axila e inalou profundamente. — Sinto muito. É o calor, é muito difícil se manter refrescado, sabe?

Selwyn se sentou ao lado dele.

— Não se desculpe, Harry. — Acenou com a cabeça na direção da porta. — Sabe como ela é. Gostaria de um banho?

— Nossa, isso seria demais. — Harry gargalhou com gosto. — Trisha adoraria isso.

Selwyn se levantou e ajudou Harry segurando-o pelo cotovelo.

— Deixe Trisha comigo. Ainda sou o chefe por aqui, sabia? — Não disse isso com muita convicção.

Trisha estava atrás do balcão limpando a sujeira das bandejas quando Selwyn entrou com Harry em seu encalço.

— Eu disse que ele pode tomar um banho.

Ela parou o que estava fazendo e encarou Selwyn como se ele tivesse ganho uma segunda cabeça.

— Um banho? Aqui? Bem, é claro, não tem problema, venha. Me dê um minuto que vou colocar uma toalha bem fofinha para você no aquecedor, e posso até ver se tem algum sal de banho sobrando. — Balançou a cabeça e continuou a limpar as bandejas.

Harry percebeu o sarcasmo, mas Selwyn insistiu mesmo assim.

— Estou só ajudando, Trisha. Não dá para mostrar um pouco de compaixão?

— Tem racionamento de água, lembra, Selwyn? Você viu as notícias: "Economize água, tome banho com um amigo".

Selwyn virou-se para Harry e deu uma piscadinha.

— Acho que ela está se oferecendo para tomar banho com você.

Trisha pegou um pano de prato molhado e jogou no marido, acertando-o bem no rosto.

Trisha já convivia com o rótulo de "destruidora de lares" há dois anos. Não a incomodara no início e certamente importava ainda menos agora. Afinal, se Selwyn fosse feliz com Barbara, ele não teria olhado uma, muito menos duas vezes para Trisha. Era um pouco irritante que as pessoas parecessem colocar a culpa inteiramente nela, mas os clientes do Taverners eram mesquinhos assim. Convenientemente se esqueciam de que fora o proprietário do *pub* que cometera adultério, não ela.

Sentou-se na penteadeira e admirou seu reflexo, encarando-a de volta. Tinha vinte e seis anos, estava no auge absoluto, e Selwyn estava apaixonado por ela. E era assim que deveria ser, considerando que ele era um cara de quarenta e cinco anos, com uma ex-esposa e uma filha adolescente e, embora sem dúvida ainda fosse um homem de boa aparência, seus melhores anos tinham ficado bem para trás. Ele devia considerar-se realmente sortudo por ter sido abençoado com uma jovem esposa núbil. Selwyn não era nem de perto tão atraente quanto o ex-noivo dela, Lenny, mas ele fora pego em Strangeways por assalto à mão armada. Trisha prometera esperar por ele, claro, mas vinte anos era tempo demais, uma mulher tinha suas necessidades, e ela não pretendia apaixonar-se por Selwyn e seu *pub*. Trisha era jovem, ágil, cheia de energia e cuidava da parte de trás do balcão, com seus seios enormes sempre ameaçando escapar do confinamento de suas roupas apertadas.

Tirou os cílios postiços e passou os dedos pelos cachos loiros descoloridos. Inclinou-se na direção do espelho para olhar mais de perto, esticando a pele ao redor dos olhos com os dedos, a fim de eliminar o que achava serem os primeiros sinais de rugas. Virou-se para a esquerda e deu uns tapinhas embaixo do queixo com as costas da mão. Não tinha percebido Selwyn parado na porta, com um olhar de diversão silenciosa no rosto.

Quando o marido se aproximou, ela notou seu reflexo no espelho e girou em sua banqueta para encará-lo, deixando o roupão de cetim escorregar aberto até a cintura. Selwyn ajoelhou-se e deu um beijo em seu abdômen liso. Ela passou as mãos pelos cabelos crespos e curtos dele, como se procurasse piolhos.

— Precisamos pintar todos esses cabelos brancos, sabia?

— Desista, sua doida atrevida. Quase não tem nada aí. — Ele se endireitou e olhou-se no espelho.

Ela continuou como se ele não tivesse dito nada.

— É só nas têmporas, na verdade. Vou comprar alguma coisa para isso na Boots, na segunda-feira.

Ela se levantou e o roupão caiu no chão, formando um amontoado de cetim em seus pés. Colocou as mãos nos quadris, enquanto os olhos de Selwyn devoravam sua nudez. Ele a puxou para perto de si e agarrou um punhado de seus cabelos loiros, enquanto a beijava na boca. Ela o afastou com gentileza.

— Espere aí. Não vá tão rápido, mocinho. — Acenou com a cabeça na direção da porta. — Tire aquele vagabundo imundo do meu banheiro, e quando terminar, pode ficar de joelhos e esfregar tudo bem direitinho com Vim.

— Você é só coração, não é mesmo? — Ele deu um beijo de leve na testa dela. — Só vou fazer uma bebida para Harry e depois tenho que alimentar Nibbles. Esqueci de fazer isso mais cedo. Suponho que você não o alimentou, não é?

— O que você acha?

De jeito algum que ela ia chegar perto do maldito coelho da ex-esposa dele. A menos que fosse para deixar a porta da gaiola "acidentalmente" aberta. Para Trisha, o animal era apenas outra desculpa para Barbara visitar o *pub*. Só porque fora obrigada a deixar o Taverners depois que se divorciou de Selwyn e agora vivia em um apartamento sem jardim, Barbara achava que era aceitável deixar o coelho para que Selwyn cuidasse. A pequena gaiola do animal ficava no jardim de cerveja[1] nos fundos do *pub*. Bem, talvez "jardim de cerveja" fosse um pouco de exagero. Era, na verdade, só um pedaço pequeno de grama com uma mesa de plástico e um guarda-sol da Watney's Red Barrel enfiado no meio.

Não era justo, Trisha pensava, enquanto levava a escova ao cabelo e penteava com força para a frente. Selwyn era seu marido agora, e Barbara tinha que engolir. Ela podia até aturar que a filha dele, Lorraine, viesse visitá-los; não era tão irracional assim. Mas Barbara estava sempre aparecendo no bar, rindo e brincando com os fregueses. Trisha tinha certeza de que Barbara ainda se considerava a dona do lugar, e os frequentadores a adoravam por algum motivo que não conseguia entender. Estava respirando fundo agora, lutando para controlar a raiva que sempre se manifestava quando pensava na ex de Selwyn.

Trisha estava sentada na cama quando Selwyn voltou para o quarto, esfregando as mãos.

— Tudo pronto. — Ele colocou os cabelos dela de lado e acariciou seus ombros.

— Estive pensando... — Ela afastou as mãos do marido.

— Ah, não. — Selwyn gemeu. — Odeio quando você começa uma frase com essas palavras.

Ela ignorou o comentário.

— Quero que proíba a vinda da sua ex-esposa.

— Por qual motivo?

---

1 N. da T.: Originados no sul da Alemanha, os jardins de cerveja são áreas ao ar livre onde são servidas cervejas, outras bebidas e comida. Em geral, estão ligados a uma cervejaria, *pub* ou restaurante.

Os segredos que nos cercam

— Pelo motivo que ela me irrita.

— Trisha, metade dos meus clientes irrita você. Eu não teria um *pub* se trabalhasse segundo essa lógica.

Tentando uma tática diferente, ela estendeu a mão e começou a abrir o cinto dele.

— Por favor, Selwyn. Você não sabe como é para mim tê-la por aqui o tempo todo. Eu sinto como se tivesse que dividir você com ela, e quero você só para mim.

Sem desviar o olhar do rosto dele, ela umedeceu os lábios, abaixou lentamente o zíper dele e puxou o cós de seu jeans. Quando o sangue começou a deixar o cérebro dele e viajar para outra parte do corpo, ele se inclinou e murmurou em seu pescoço.

— Vou ter uma palavrinha com ela amanhã.

Ela segurou o rosto dele e o obrigou a olhar em seus olhos.

— Promete?

— Prometo. — Ele suspirou. — Agora venha aqui, sua pestinha.

Ela pegou a mão dele e acariciou o dorso, os olhos caindo na tatuagem nos nós de seus dedos. Por que não podia ser "amor" e "ódio", como todo mundo? Por que ele tinha que ter "Babs", estampado como um memorial permanente do amor deles? Era outra coisa irritante que ela teria de resolver para garantir que Barbara fosse extirpada da vida de Selwyn de uma vez por todas.

8

Babs acordou cedo no domingo. Era uma daquelas manhãs nas quais seu cérebro pareceu levar uma eternidade para lembrar que dia da semana era. Esfregou o sono dos olhos, enquanto abria as cortinas e olhava o céu azul, algo que todo mundo considerava garantido esses dias. Na verdade, já estava cansada das temperaturas elevadas e sentia falta de uma chuva fresca para lavar a poeira e molhar os gramados secos. Não que ainda tivesse um gramado com o qual se preocupar. Passara muitas horas felizes arrancando mato do pequeno jardim no *pub*, arrumando os vasos pendentes e os canteiros de flores — todas tarefas que lhe traziam imensa alegria e satisfação. Era comum que os clientes a cumprimentassem pela abundância de flores perfumadas que conseguia fazer brotar em suas petúnias. Certa vez, até criou uma abóbora premiada; só ganhou o segundo lugar, mas a roseta de fita azul ainda estava pendurada em cima do balcão do *pub*. Agora, a jardinagem era outra fonte de prazer que fora negada desde que se divorciara de Selwyn. Se pelo menos pudesse odiá-lo pelo que ele fez com ela, a vida seria mais fácil — mas nada era tão simples assim.

    Babs era apaixonada por Selwyn desde que tinha treze anos de idade, e ele entrara no *pub* dos pais dela, em Salford, em busca de emprego. Ela o observara de seu ponto de visão privilegiado nas escadas, enquanto ele se apresentava para o pai dela. Era o garoto de aparência mais exótica que já vira, com os cabelos escuros cacheados e brilhantes e um sorriso travesso. Não conseguia desviar o olhar das maçãs do rosto altas e da pele oliva dele. Todos os garotos na escola tinham a pele oleosa, manchada e um curioso tom azulado, como se tivessem passado a vida toda dentro de uma caverna. Estava hipnotizada pelo doce sotaque galês dele. E quando ele a viu espiando entre as traves do corrimão, acenou com a cabeça, dando um sorrisinho, e piscou para ela. Se não estivesse sentada na escada, segurando o guarda-corpo, suas pernas certamente teriam falhado, e ela teria se espatifado no chão.

Não foi de surpresa que seu pai e especialmente sua mãe se encantaram com as boas maneiras do garoto, e ele se mudou para o *pub* uma semana depois. Era irritante, porém, o jeito como ele tratava Babs, como se fosse uma irmã mais nova. Ele era só três anos mais velho do que ela, mas naquela época isso parecia um abismo intransponível.

Depois que retornou, após completar seus dois anos do Serviço Nacional, o garoto pelo qual ela se apaixonara tinha se tornado um homem. Ele crescera mais de cinco centímetros, e seu corpo estava coberto por músculos talhados por meses de treinamento físico intenso. Seu adorável cabelo cacheado estava bem curto, deixando-o com um estilo despenteado que só servia para acentuar suas feições refinadas. Para sorte de Babs, ela também havia florescido e se tornado uma jovem confiante que estava bem preparada para o retorno dele. Costureira talentosa, abraçara a filosofia do pós-guerra de "fazer e consertar" e criara para si mesma um belo vestido floral a partir de antigas cortinas de verão de sua mãe. A saia ampla destacava sua cintura fina, e ela ainda usou uma faixa vermelha amarrada em um laço enorme como acessório. Uma camada ousada do batom vermelho de sua mãe completou a transformação, e no dia em que voltou ao *pub*, Selwyn chegou a se apresentar para ela, como se fosse a primeira vez que a via. Daquele momento em diante, ele nunca mais a tratou como sua irmã caçula.

Na primeira vez que saíram juntos, ele a levou até o Belle Vue Gardens, e a convenceu a andar de montanha-russa. Ela agarrou em seu braço quando o carrinho começou a ganhar cada vez mais velocidade ao redor dos trilhos que subiam e desciam. Quando o carrinho virou de lado, lançando os passageiros na escuridão, Selwyn aproveitou e a beijou na boca pela primeira vez. Seus lábios ficaram presos aos dela durante todo o tempo, e quando o carrinho se endireitou novamente, ela estava atordoada, mas não sabia dizer se era do enjoo causado pelo brinquedo ou do desejo por Selwyn.

Mas tudo aquilo agora estava no passado, e não era nada bom ficar lembrando dessas coisas. Ela se afastou da janela e foi até a cozinha. Selwyn não só partira seu coração; Babs achava que teria sido capaz de se recuperar de um simples coração partido, se fosse apenas uma rachadura que o tempo seria capaz de recobrir. Não, seu coração tinha sido estilhaçado, e ela sabia, sem sombra de dúvidas, que jamais conseguiria se recuperar.

Claro, não era culpa de Selwyn que Trisha, a atrevida, tinha se jogado em cima dele, bajulando-o e seduzindo-o de modo que qualquer homem teria achado difícil resistir. Selwyn podia ter se sentido lisonjeado e sido fraco, mas não era culpa dele. Mesmo assim, Babs tomara a decisão impulsiva de divorciar-se dele cinco segundos depois de pegar os dois juntos no porão, Trisha apoiada na parede, com as pernas enroladas no torso volumoso de Selwyn. Ele estava de costas, enquanto Babs descia lentamente os degraus até o porão, e estava alheio à presença dela, mas Trisha a vira logo de cara e dera um sorrisinho triunfante por sobre o ombro de Selwyn.

Não estava na natureza de Babs odiar alguém, mas a amargura profunda que sentia em relação a Trisha às vezes era quase esmagadora, e ela amaldiçoava a jovem por transformá-la em algo que não era. Sua forte e feliz família tinha sido destruída pelo modo egoísta como Trisha perseguira seu marido. Por que ela tinha escolhido Selwyn era algo que ninguém podia adivinhar. Trisha era uma moça impetuosa, loira, de seios grandes, que sempre teve admiradores, todos desesperados para colocar as mãos em seu corpo. A injustiça da situação fazia Babs querer gritar. Selwyn e Trisha estavam agora vivendo no Taverners, comportando-se como senhor e senhora do lugar, enquanto Babs e Lorraine, sua filha, e estavam esmagadas naquele apartamento minúsculo com paredes que pareciam de papel e carpetes puídos, e o cheiro de lúpulo da cervejaria local entrando o tempo todo pelas janelas abertas.

Para sobreviver, Babs fora obrigada a aceitar um emprego na fábrica de picles, felizmente não na linha de produção, mas no escritório abafado que ficava no fundo, onde cuidava do pagamento dos salários e desviava dos avanços indesejados de seu chefe lascivo, o Sr. Reynolds. Toda manhã começava com o odor picante de vinagre assaltando suas narinas e fazendo seus olhos lacrimejarem em protesto. O Sr. Reynolds ficava o tempo todo pedindo para ela encontrar uma ou outra pasta da última gaveta do arquivo ou derrubando a caneta no chão e pedindo para ela pegar. Levou uma semana para Babs perceber que aquilo era uma trama deliberada para ele poder dar uma espiada por baixo da saia dela. O simples fato de dividir o escritório com ele era uma provação, com o odor corporal pungente dele e as imensas manchas de suor em suas axilas. Babs não ficaria surpresa em achar cogumelos crescendo ali. As camisas dele ficavam esticadas sobre a barriga imensa, e as dobras de seu pescoço e queixo caíam por sobre o colarinho da camisa. Ele era completamente careca, a cabeça pálida e brilhante, e seus lábios grossos estavam sempre úmidos. Passar oito horas por dia enfiada naquele escritório minúsculo com ele era certamente um teste de resistência, mas pelo menos pagava as contas. Ela dizia para si, sem muita convicção, que devia ser grata por isso.

Babs seguiu pelo corredor do apartamento e bateu na porta do quarto da filha. Lorraine se mexeu sob os lençóis e respondeu.

— Estou acordada, entre.

Babs colocou uma xícara de chá na mesinha de cabeceira e sentou-se na cama da filha.

— Bom dia. Como foi noite passada?

— Foi tudo bem. Ficamos na casa de Petula, ouvindo discos de David Cassidy e conversando. O pai dela comprou Cherry B para nós, então, bebemos no jardim de trás.

— Você não bebeu muito, bebeu? — Babs passou a mão pelos longos cabelos castanho-dourados de Lorraine. — Seus lábios ainda estão manchados de roxo.

— Já tenho dezoito anos, mãe! — Lorraine afundou-se no travesseiro e fechou os olhos. — Só duas garrafas — confessou. — Mas eram das pequenas.

— Vamos ver seu pai mais tarde? — Babs endireitou o corpo. — De repente levamos Nibbles até o parque depois.

— Sim, se você quiser. — Lorraine estendeu os braços sobre a cabeça e bocejou de maneira exagerada. — Você pode ligar o rádio, mãe?

Babs mexeu no rádio que Lorraine deixava perto da cama.

— Vou preparar o café da manhã. Vai se levantar ou prefere que eu traga até aqui para você?

Lorraine sorriu.

— Obrigada, mãe. Prefiro aqui. Pode preparar um pouco de suco também?

Babs tinha acabado de colocar uma fatia de pão na torradeira e estava dissolvendo o suco em pó em um copo de água quando um grito assustador atravessou o ar. Correu até o quarto de Lorraine, esperando encontrar a filha presa por algum invasor, lutando pela vida. Mas quando irrompeu pela porta, Lorraine estava na ponta da cama, agarrando o rádio perto do ouvido, os olhos arregalados de susto.

— Notícias de última hora na Rádio Piccadilly — disse ela, sem ar. — Os bombeiros foram chamados para apagar um incêndio em um *pub* na Talbot Road.

— O quê? Na Talbot Road? Tem certeza?

— Sim, mãe, foi o que disseram. — Lorraine estava frenética.

Babs caiu na cama e puxou a filha em seus braços.

— Ah, Deus, não. Não o Taverners.

9

Harry estava deitado no chão duro na frente do Taverners e mudava de posição em um esforço para ficar confortável. Seu rosto estava pressionado no piso, e ele se congratulava da sensação que o cimento duro proporcionava. Sua barba coçava, e estava desesperado para usar o banheiro. Afastou o desconforto da mente, fechou os olhos e imaginou que estava deitado nos lençóis de algodão macios de sua casa. Durante os trinta e dois anos de casamento, Elsie trocava a roupa de cama a cada três dias. Harry insistia que não era necessário, em especial quando os lençóis tinham que ser lavados à mão e depois torcidos. Mas ela não se intimidava. Era uma compulsão, um hábito, que se intensificou ainda mais quando Harry a presenteou com uma máquina de lavar roupas nas bodas de pratas deles. Se ele se concentrasse bastante, podia sentir o cheiro do sabão em pó que ela usava e era transportado de volta para épocas mais felizes. Nesta manhã, no entanto, enquanto permitia que sua mente vagasse, percebeu outro cheiro, não familiar e fora de lugar. Seus olhos começaram a arder, mesmo fechados, e quando os abriu, viu a fumaça cinzenta e acre rodopiando sob a porta. Ficou em pé no mesmo instante e começou a bater na porta com força.

— Selwyn, Selwyn. — Olhou ao redor, em pânico, mas o lugar estava tão deserto que a única surpresa foi não ver folhas voando ao vento. Bateu na porta mais uma vez. — Selwyn, Trisha. Vocês precisam sair, o *pub* está pegando fogo.

Pegou uma pedra grande da sarjeta e arremessou-a na janela do quarto. Por sorte, o vidro estilhaçou imediatamente, e uma nuvem de fumaça saiu para o ar limpo da manhã.

Ah, Deus, o fogo já está no quarto deles.

— Socorro! Socorro! — Harry desceu a rua correndo o mais rápido que seus velhos ossos permitiam. Abriu a porta da cabine telefônica e discou 999. A voz calma do operador fez sua mente se concentrar, enquanto pedia que a brigada de incêndio viesse e salvasse o único amigo que lhe restava.

Levou dez minutos para os bombeiros chegarem, mas até aí Harry já tinha machucado o ombro nas repetidas tentativas de arrombar a porta. Sabia que não tinha chance. A última coisa que Selwyn fazia à noite era travar a porta em cima e embaixo com trancas pesadas. Já tivera o *pub* invadido várias vezes e não queria mais se arriscar. Felizmente, essa precaução não foi páreo para os aríetes da brigada de incêndio, e a porta arrebentou como se fosse feita de madeira balsa. Os bombeiros tinham mandado Harry ficar do outro lado da rua, onde uma pequena multidão se aglomerava agora. O leiteiro tinha abandonado seu carrinho, todas as entregas suspensas, enquanto observava o desenrolar do drama. O chefe dos bombeiros foi até Harry.

— Foi você quem disparou o alarme, senhor?

Harry segurava o ombro machucado.

— Sim. Notei a fumaça saindo por baixo da porta.

— Quantas pessoas estão lá dentro?

— Selwyn, o proprietário e sua esposa, Trisha.

— Três pessoas, então? — O bombeiro franziu o cenho.

— Duas. São duas. — Harry estava ficando agitado. — Selwyn é o proprietário.

A polícia já estava no local e começava a afastar ainda mais os curiosos. Harry ficou na ponta dos pés, tentando ver por sobre as cabeças dos urubus que estavam ali para assistir ao incidente como uma bem-vinda animação em suas vidas entediantes. Uma escada fora colocada sob a janela do quarto, e um bombeiro começou a subir rapidamente. Abriu a persiana e foi imediatamente engolido pela fumaça. Harry podia ouvir as sirenes aproximando-se e rezou

Os segredos que nos cercam   *59*

para que a ambulância estivesse a caminho. O bombeiro apareceu novamente no alto da escada com Trisha pendurada em seu ombro como se fosse uma boneca de pano sem vida. Sua camisola estava rasgada, e embora não achasse que ela fosse o tipo que usasse calcinha na cama, Harry estava feliz, pelo bem dela, que esse não fosse o caso. A equipe da ambulância se aproximou e imediatamente tomou conta. Uma máscara foi colocada no rosto de Trisha, e Harry achou que isso significava que ela estava respirando. Outro bombeiro subiu pela escada com a mesma facilidade do colega e reapareceu minutos depois com o corpo volumoso e inconsciente de Selwyn, o que tornava a jornada de volta muito mais árdua. Harry abriu caminho entre a multidão e seguiu em direção à ambulância estacionada. Selwyn fora colocado deitado na calçada, os olhos fechados e o rosto enegrecido.

— Ele está vivo? — Harry questionou.

— Dê espaço para que possam trabalhar. — O policial segurou seu braço e o afastou. — Ele está em boas mãos agora.

— Ele está vivo? — Harry gritou mais uma vez. Sabia que parecia histérico, mas não se importava. Virou-se ao ouvir alguém chamar seu nome. Babs e Lorraine correram em sua direção, seus rostos tensos de medo.

— Viemos assim que soubemos da notícia — Babs falou sem fôlego. — Onde está Selwyn? Ele está bem?

— Pai! — Lorraine gritou.

— Eles o trouxeram para fora e estão trabalhando nele bem ali. Não vão me falar nada.

Babs aproximou-se do policial.

— Aquele homem que vocês resgataram do edifício, eu preciso vê-lo. É meu marido.

— Hmmm, acho que não. — O jovem policial franziu lentamente o cenho. — Já tiramos a esposa dele de lá também.

Babs olhou feio para ele.

— Ok, se você quer ser pedante, ele é meu ex-marido. Agora, saia da minha frente.

Ela não esperou permissão: enfiou-se por baixo da fita de segurança e se ajoelhou ao lado do corpo de Selwyn.

— Por favor, não me diga que ele está morto.

Ao som da sua voz, Selwyn virou a cabeça na direção dela.

— Babs? É você?

— Ah, graças a Deus. — Ela agarrou a mão dele.

Ele cuspiu e tentou se sentar.

— Onde está Trisha?

Babs nem se lembrava mais de Trisha, e seus sentimentos de alívio e afeto por Selwyn foram imediatamente destruídos pela preocupação dele com a esposa.

— Eles a tiraram de lá. Ela está bem... eu acho.

A voz de Selwyn era áspera e fraca.

— Pode tentar descobrir para mim? — Ele fez uma pausa e apertou a mão dela. — Desculpe por pedir isso.

Babs se levantou e fez sinal para Lorraine, que estava atrás da faixa. Ela roía a unha do polegar furiosamente.

— Seu pai está bem. Venha aqui ficar um pouco com ele, sim?

Babs podia ver Trisha deitada em uma maca que estava sendo colocada na ambulância. Correu até lá e olhou a mulher que tinha destruído sua vida. O cabelo loiro de Trisha estava despenteado, e seus grandes olhos azuis se sobressaíam no rosto sujo. Quando viu Babs aproximar-se, retirou a máscara de oxigênio do rosto.

— Eles... eles me disseram que Selwyn está bem.

— Ele vai ficar bem. — Babs assentiu. — Fumou quarenta cigarros por dia nos últimos trinta anos, seus pulmões estão acostumados.

Trisha tossiu, mas conseguiu dar um pequeno sorriso.

— Alguém lembrou de tirar Nibbles de lá? Sei que ele está no jardim, mesmo assim, deve ter muita fumaça.

Babs levou a mão à boca.

— Não! Me esqueci completamente dele. Pobrezinho!

Enquanto Babs corria para falar com o bombeiro mais próximo, explicando a situação com pânico na voz, Trisha balançou a cabeça e recolocou a máscara no rosto.

— Maldito coelho!

10

— Como está Selwyn? — Petula perguntou, enquanto balançava Nibbles no joelho, os olhos rosados do coelho esbugalhados com o movimento de sobe e desce. O animalzinho tinha saído do incêndio relativamente são e salvo; embora sua gaiola tivesse sigo engolida pela fumaça espessa, o único sinal que sobrava do incidente era o fato de que seu pelo branco ainda cheirava a fumaça quatro dias depois. Petula o colocou na grama recém-cortada, e ele saltou até a sombra da banheira vazia dos pássaros.

Lorraine abaixou-se e acariciou as orelhas sedosas do coelho.

— Ele está muito melhor, obrigada.

— Onde eles estão ficando?

— Em uma pousada que Trisha conhece no centro. Escute, obrigada por ficar com Nibbles. Você sabe que em casa ele não teria jardim e tudo isso.

— Tudo bem, não tem problema. — Petula fez uma pausa e encarou a amiga. — Por que não está no trabalho hoje, Lorraine?

— O quê? Ah, eu... ah... tive uma enxaqueca. Não podia aguentar o som de todas as máquinas de escrever em funcionamento, e está tão lotado lá no momento. Tenho certeza de que não há ar suficiente para todos respirarmos.

— Você ligou para avisar?

— Eu ia fazer isso, mas não conseguia levantar da cama, muito menos ter forças para caminhar até a cabine telefônica.

— Hmmm... — Petula parecia em dúvida. — Mas pelo jeito você teve forças para ir às compras. Essa sombra azul é nova, e não tinha visto você com ela antes.

Lorraine suspirou e baixou os ombros.

— Maldição Petula, você está desperdiçando todo seu talento naquela empresa de digitação. Devia trabalhar no FBI.

Petula balançou a cabeça.

— Acho que você quer dizer MI5.

— Bem, pode ser aí também. De qualquer modo, promete que não vai contar para Sra. Simmons? Ela já está de olho em mim.

— Claro que não vou. Quem você acha que sou? Mas você precisa tomar cuidado. Por que não faz um curso de taquigrafia, como eu?

— Não, não sirvo para isso. — Lorraine fez uma careta. — Parece difícil demais.

— Isso vai ajudar a tirá-la da digitação. É meu objetivo, de todo modo.

— Isso vai funcionar para você, Petula. Seu pai trabalha lá. Ele pode dar um jeito para você ser promovida.

Petula estreitou os olhos.

— Não é nada disso. Meu pai jamais me daria um tratamento diferenciado, e eu não ia querer que ele fizesse isso. Quero que ele tenha orgulho de mim. Desde que minha mãe se foi, ele fez tudo por mim, e pretendo pagar por meio do mérito e não do nepotismo.

— Do quê?

— Deixa para lá. — Petula fez um aceno depreciativo.

Lorraine estava ciente que Ralph Honeywell tivera que fazer sacrifícios. Ele nunca tivera muita vida social. Ser abandonado com uma filha de nove anos de idade certamente impedira qualquer oportunidade na área romântica. Teve de aprender a cozinhar, lavar, passar, além de ter um emprego em tempo integral. Sua prioridade sempre fora sua filha, e ele sempre esteve determinado a não deixar que a infância dela fosse interrompida para ter que assumir o papel de dona de casa.

— Quanto tempo você acha que vai levar até que o *pub* seja reaberto? — Petula perguntou, mudando de assunto.

— Não sei. — Lorraine deu de ombros. — Algumas semanas, imagino. Graças a Harry, os danos foram causados em grande parte pela fumaça. Não foi nada estrutural.

— Hmmm... quem imaginaria que ter um vagabundo acampado na sua porta acabaria sendo uma bênção?

Lorraine deu uma gargalhada.

— Bem, graças aos céus que ele estava por ali bem na hora. Não posso nem imaginar o que teria acontecido se ele não tivesse dado o alarme. De todo modo, meu pai está pensando em organizar um passeio em Blackpool com todo mundo. Você sabe, enquanto o *pub* está fechado.

— Blackpool? Nós vamos também?

— Depende de quem mais for. Provavelmente não vou querer ir se forem só os mais velhos.

— Ah, pare com isso, Lorraine. Pode ser divertido, e nós não temos que ficar o tempo inteiro com eles. Podemos ir à praia, nadar, fazer um piquenique. — Havia uma rara fagulha de entusiasmo na voz de Petula.

Enquanto analisava a situação em sua cabeça, Lorraine começou lentamente a acalentar a ideia. Seu olhar estava perdido ao longe.

— Posso ver se meu pai convida Karl para ir junto.

— Aquele que parece Marc Bolan? Caramba, ele é velho demais para você e, em todo caso, acho que ele gosta da sua mãe.

— Não, não gosta, e ele só tem trinta e seis. — As palavras de Lorraine estavam recobertas de indignação.

— Sim, mas ele tem um filho, não tem?

— E o que isso tem a ver? Ele é divorciado.

— Verdade. E é lindo — Petula concordou. — Quem mais devemos convidar?

— Minha mãe vai querer ir, só para irritar Trisha. E não podemos deixar Harry de lado depois do seu ato heroico.

— Cristo — Petula bufou. — Isso mais parece um passeio da terceira idade!

Lorraine se levantou da espreguiçadeira e caminhou pelo pequeno pátio. Começou a saltar de um pé para o outro.

— Caramba, esse piso ainda está quente! Me passe os chinelos. — Bateu com o dedo indicador no queixo e franziu o cenho.

Petula se recostou com o rosto voltado para o restinho de sol da tarde e fechou os olhos.

— Ah, Deus, o que você está pensando em fazer, Lorraine? Conheço esse olhar.

— Essa pode ser a oportunidade que eu estava esperando para conseguir que Karl note minha existência. Se ele me vir de biquíni, certamente, vai parar de me tratar como criancinha.

— Lorraine, ele tem o dobro da sua idade e, além disso, onde *eu* fico nesse cenário? Sentada, como uma idiota? — Antes de esperar pela resposta, ela agarrou a barriga e balançou o corpo para frente na cadeira.

— O que foi?

— Nada. Só aquela época do mês.

— Bom, nós podemos chamar alguém para você também. Que tal, Jerry?

— Jerry Duggan? — Petula ergueu os olhos, seus rosto retorcido em uma careta de dor.

— Quantos outros Jerries nós conhecemos?

— Muito engraçado, Lorraine.

— Ah, pare com isso, Jerry não é tão mal. Sei que é um pouco... estranho, mas é bastante inofensivo.

— Um *pouco* estranho? — Petula fez um gesto de desprezo. — Os passatempos dele são tocar sinos e olhar aviões, pelo amor de Deus.

— Bem, eu acho que ele é um doce — contrapôs Lorraine. — Você podia achar outros muito piores.

Petula ergueu o corpo avantajado da espreguiçadeira, lançando uma sombra sobre a amiga. Colocou as mãos logo acima dos quadris e apertou, como se quisesse acentuar sua cintura inexistente.

— Você não acha que posso ter alguém bonito, não é, Lorraine? Nem todos podemos ser como você, sabia? Com esse cabelo comprido e esse corpinho. Não posso fazer nada se não sou assim.

— Não seja ridícula, Petula. Por que ficou assim de repente? Eu estava só provocando você com essa história do Jerry. Sei que ele não é seu tipo.

— Tudo bem, então — Petula pareceu ceder. — Desde que você não venha com ideias de me juntar com ele. Agora, quer uma bebida? — E saiu para pegar algo.

Petula voltou para o pátio com duas vacas pretas. O sorvete tinha flutuado e escorrido pela borda do copo de vidro. Ela entregou um para Lorraine.

— Desculpe, ficou um pouco melecado.

Lorraine estendeu a mão e pegou o copo.

— Tudo bem. Jerry é realmente legal, sabia?

— Ainda estamos falando sobre ele? — Petula fez uma careta.

— Ele não tem muitos amigos, e é um bom cliente do *pub* do meu pai.

— Você deve estar brincando! Ele só aparece lá uma vez por semana, pede uma cerveja e passa a noite toda com ela.

— Tudo bem, um cliente *habitual*, então. Além disso, ele leva a mãe, Daisy, e ela toma bebidas mais caras.

— Ele é sem graça, Lorraine. — Petula inflou as bochechas.

— E daí? Isso não quer dizer que ele não pode fazer um passeio agradável. Não seja mesquinha, Petula. Eu acho que ele é solitário. Ele tinha uma namorada, sabia? Mas ela foi para a Austrália.

— Não a culpo — Petula resmungou.

— Você não está sendo gentil. Ele só tinha três anos quando o pai morreu. Imagine como deve ter sido para ele. — Lorraine estava se interessando pelo assunto agora. — E ele era intimidado na escola. Lembro que Daisy contou para minha mãe sobre o primeiro dia dele na escola de gramática, quando enfiaram a cabeça dele no vaso sanitário.

Petula engasgou com sua bebida, e a Coca-Cola espirrou pelo nariz, fazendo-a tossir violentamente.

— Ah, Deus, isso é tão engraçado.

— Bem, não acho nem um pouco engraçado. — Lorraine encarou a amiga sem rir. — E fica pior, na verdade, porque no caminho de casa ele foi encurralado, e uma gangue de garotos roubou sua pasta de couro nova, esvaziou-a em uma poça e depois pisoteou tudo.

Petula levou a mão até a boca para conter a gargalhada, mas não conseguiu impedir o tremor dos ombros.

— Ah, querida, isso é horrível — conseguiu dizer.

Lorraine a ignorou, determinada a terminar de contar a sua história.

— Daisy queria dar algo especial para ele, como recompensa por ter entrado na escola de gramática, então, comprou a pasta para pagar parcelado, embora não concordasse em comprar coisas com as quais não podia arcar. Ela ficou pagando a pasta por meses, embora tivesse sido estragada no primeiro dia.

Petula limpou os olhos com os dedos.

— Hmmm... isso é bem triste, na verdade. — Concordou e fez uma pausa. — Bem, tudo bem, então. Se você insiste, vamos convidar Jerry e Daisy também.

O pai de Petula apareceu na porta do pátio. Lorraine estava acostumada a vê-lo correndo pelos corredores do trabalho, inteligente e dedicado, usando seu paletó de veludo marrom e uma pilha de papéis enfiada embaixo do braço. Sua aparência agora era completamente diferente. De algum modo, ele parecia ter diminuído, como se não precisasse atuar em casa. Sua pele parecia um mingau amanhecido, e ele tinha olheiras ao redor dos olhos.

— Olá, Lorraine, está se sentindo melhor?

— Como é?

— Você não apareceu no trabalho. Presumi que estivesse doente.

— Sim, eu estava. Mas estou bem melhor agora, Sr. Honeywell, obrigada.

Ele deu uma piscadinha para ela, enquanto abria seu exemplar do *Radio Times*.

— Imagino que hoje vocês pretendem dominar a televisão, já que é dia da parada de sucessos na BBC?

Antes que elas pudessem responder, ele se afastou novamente, resmungando alguma coisa sobre pagar a licença da televisão, mas nunca poder assistir à maldita coisa.

— Seu pai está bem, Petula?

Petula chupou o canudo com força, até fazer barulho.

— Ele toma alguns remédios. Eles o mantêm em ação. — E então voltou ao tema do passeio. — Quantos somos então?

Lorraine deixou seu copo de lado e começou a contar:

Os segredos que nos cercam 67

— Vamos ver. Somos você e eu, meu pai, minha mãe, Trisha, Harry, Karl, Jerry e Daisy. — Bateu palmas e soltou um gritinho. — Seremos nove. Ah, estou animada agora. — Levantou-se e apertou a bochecha de Petula com um jeito brincalhão. — Vamos fazer de tudo para ter um dia de folga, certo?

11

Daisy Dugan estava de joelhos, polindo os degraus da frente de casa, quando foi surpreendida pelo barulho alto de uma pedra sendo arremessada na janela de sua sala. Os delinquentes que tinham feito isso obviamente não a viram ali, embora Daisy duvidasse que isso teria feito muita diferença. Pegou a vassoura e ameaçou os quatro grosseirões que agora gargalhavam de sua piada hilária.

— Por que não podem nos deixar em paz? — ela implorou. — O que fizemos para vocês?

O mais alto deles se manteve firme, as mãos nos quadris.

— Ah, não estresse viúva Twanky. Só estamos nos divertindo.

— Bem, não entendo o senso de humor de vocês. Podiam ter quebrado um vidro. Agora, deem o fora e nos deixem em paz.

Ela segurava a vassoura como cajado, mais para firmar os joelhos trêmulos do que para outra coisa, mas sua postura desafiadora pareceu fazer os meninos irem embora, sem dúvida para procurar outra vítima indefesa para aterrorizar.

Daisy e seu filho, Jerry, sempre comiam juntos nas noites de sexta-feira, depois bebiam no Taverners. Jerry comprava *fish and chips* a caminho de casa, na Williams & Glyn's, e equilibrava a embalagem precariamente no guidão, enquanto pedalava. Enquanto esperava que ele chegasse, Daisy colocou os pratos no forno, para aquecê-los. A única coisa pior do que comer fritas em um prato frio, Daisy sempre pensara, era comer direto do jornal. A menos, é claro, que você estivesse à beira-mar. Então era aceitável. Foi surpreendida pela campainha. Jerry devia ter esquecido a chave.

— Ah, Jerry, meu rapaz, você esqueceria a cabeça se ela não estivesse presa ao pescoço - disse em voz alta, enquanto seguia pelo corredor. Como era possível que ele se lembrasse de todas aquelas fórmulas e equações matemáticas, sem mencionar os símbolos químicos, era algo que ninguém sabia dizer. O filho ganhara prêmios tanto de matemática quanto de ciências na escola no último ano, e teria sido um perfeito representante de classe. Infelizmente, o diretor achava que ele era excêntrico demais, e Jerry teve de contentar-se em ser monitor. Mesmo assim, Daisy não podia ter ficado mais orgulhosa. Aos vinte e um anos de idade, ele agora estava em um programa de estágio em um banco, e não havia como saber onde isso o levaria. Com muito trabalho duro, um pouco de sorte e bons ventos guiando-o, ele bem que podia tornar-se gerente um dia, uma possibilidade que fazia Daisy encher-se de orgulho cada vez que ousava sonhar com isso.

Porém, não era Jerry na porta, e sim a filha de Selwyn, Lorraine, e sua amiga, a garota grandona que tinha o cabelo de tigela que a fazia parecer um pajem medieval. Daisy não lembrava o nome dela.

— Ah, olá, Lorraine e... ah...

— Esta é Petula — disse Lorraine.

— É claro. Sinto muito sobre o *pub* do seu pai, Lorraine. Deve ter sido um choque, mas pelo menos todos saíram vivos. Vamos sentir falta de passar lá hoje à noite.

— Obrigada, Daisy. Eu diria que foi um choque, mas meu pai e Trisha estão acertando tudo. De qualquer modo, enquanto o *pub* está fechado, meu pai está pensando em organizar um passeio para Blackpool no dia vinte e quatro, no sábado, daqui a duas semanas, e nós nos perguntamos se você e Jerry gostariam de vir conosco.

— Bem, devo dizer que parece ótimo. Jerry ainda está no trabalho, mas deve chegar em casa a qualquer...

O som da sineta da bicicleta interrompeu a conversa, enquanto Jerry virava na calçada de sua casa.

— O que é tudo isso? — Ele encostou a bicicleta na cerca. — Boa noite, Lorraine, Petula.

Petula simplesmente grunhiu em resposta, mas Lorraine foi mais educada.

— Oi, Jerry. Eu tinha acabado de perguntar para sua mãe se você e ela gostariam de fazer um passeio até Blackpool com alguns de nós do Taverners.

— Blackpool? Para quê? — Ele empurrou os óculos com o indicador, e franziu o cenho.

— Só pensamos que poderia ser divertido, com o tempo tão bonito e tudo mais... — Lorraine deu de ombros.

Jerry se virou para Petula, que olhava intensamente os próprios sapatos.

— Você também vai?

— Sim, acho que vou. — Petula não levantou os olhos.

Ele se virou para Daisy.

— Você quer ir, mãe?

Daisy estendeu a mão e bagunçou o cabelo do filho, como se ele tivesse doze anos.

— Por que não? — Ela puxou a bainha da blusa de lã dele. — E quem sabe? De repente conseguimos arrancar você dessa coisa.

Quando foi para a cama mais tarde, Jerry pensou que podia muito bem passar sem essa viagem para Blackpool, em especial se Petula também ia. Ela andava bem mal-humorada e monossilábica ultimamente, e ele lamentava que Lorraine a tivesse apresentado para ele. Não dava para dizer que fossem exatamente amigos, mas tinham gravitado um em direção ao outro uma noite no Taverners, acabando os dois sozinhos no fim da noite. Jerry nunca se interessara em outra garota desde que Lydia partira, e não estava nem de longe interessado em Petula. Na verdade, na primeira vez que colocara os olhos nela, achara que era um homem, até que ela se virou para encará-lo – e mesmo assim, não teve certeza.

Ele cruzou as mãos na nuca e encarou o teto. Pouco mais de dois anos tinham se passado desde que Lydia partira com a família para a Austrália. Claro que ela não queria ir, mas só tinha dezesseis anos, e seus pais se recusaram a deixá-la para trás. Ele estendeu a mão até a gaveta da mesa de cabeceira e pegou uma foto familiar tirada no jardim de sua casa, um dia antes de ela partir da vida dele. Seu cabelo castanho-claro tinha um corte reto na altura do queixo, e ela olhava direto para a câmera com a cabeça levemente inclinada para um lado, e as mãos cruzadas na frente do diafragma. Era uma garota muito doce e absolutamente perfeita para Jerry: sua mãe sempre dizia que eles eram feitos um para o outro. Ele sabia que as pessoas o achavam um pouco estranho — fora atormentado por valentões a vida inteira —, mas Lydia o entendia. Ela não se importava se ele tocasse o sino da igreja ou enfiasse a barra da calça na meia quando andava de bicicleta. Ela achava que era doce ele ainda usar blusas tricotadas pela mãe e recusar-se a usar calças jeans boca de sino, que ficariam para sempre presas na corrente de sua bicicleta. Ela gostava do corte de cabelo curto dele, que ele mantinha apesar do fato de seus colegas deixarem os deles crescerem até comprimentos absurdos.

Lydia implorara para Jerry ir com ela para a Austrália, mas de jeito algum ele deixaria a mãe sozinha. Lydia compreendera. Sua lealdade e seu afeto por Daisy eram umas de suas qualidades mais encantadoras, e faziam com que Lydia o amasse ainda mais. No dia da partida dela, Jerry a acompanhara até Southampton de trem. Conforme se aproximavam de seu destino, os dedos entrelaçados por todo o percurso, ele não conseguia livrar-se da sensação de que cometera um terrível engano e que devia ter comprado uma passagem de ida no fim das contas.

Enquanto segurava a foto em seu peito, ele ouviu uma batida na porta.

— Entre, mãe.

Daisy entrou segurando uma caneca de chá.

— Trouxe isso para você, meu amor. — Ela se sentou na ponta da cama. — O que tem aí?

Ele passou a foto de Lydia para ela. Daisy a vira milhares de vezes antes. Passou o polegar sobre a imagem em preto e branco.

— Você ainda sente falta dela, não é, Jerry?

— Todos os dias, mãe. — Ele tentava não demonstrar, em especial para sua mãe, mas às vezes simplesmente não podia fingir. Era cansativo demais.

— Jerry, vou dizer isso pela última vez e então não vou mencionar nunca mais. — Ela se levantou e afastou os cabelos dele da testa, em um gesto carinhoso. — Vá para a Austrália. Vá ficar com o amor da sua vida. Você vai acabar se arrependendo se não fizer isso.

— Não posso, mãe. Não seria justo eu...

— Não diga isso, Jerry. Não quero toda essa culpa na minha conta. Você tem minha bênção, eu quero que vá.

— Mas...

— Mas nada, Jerry. Lydia quer você, não quer?

— Claro que quer.

— Então, o que o impede? Pensando bem, não responda isso.

— Fico feliz com o que está tentando fazer, mãe, mas você se esquece de que herdei sua teimosia. Sinto dizer que vai ter que me aguentar.

Daisy olhou para o quarto do filho e seus olhos pousaram nos pôsteres que enfeitavam as paredes. Não eram do time de futebol favorito ou de Olivia Newton-John, como a maioria dos meninos tinha. Não, seu Jerry tinha o pôster do sistema solar e outro da tabela periódica. Era realmente de se estranhar que ele não tivesse nada em comum com os outros garotos da idade dele? Ele se escondia naquele quarto minúsculo na maioria das noites, sem dúvida debruçado sobre as cartas de Lydia, escrevendo para ela com Deus sabe que notícias. Fora o trabalho, o *pub* às sextas-feiras e a igreja aos domingos, ele nunca fazia nada. Há muito devia ter ficado sem histórias de sinos para contar.

As lágrimas ameaçaram, mas ela forçou um sorriso no rosto para mantê-las afastadas.

— O amor verdadeiro só vem uma vez na vida, Jerry. Na verdade, algumas pessoas desafortunadas nem mesmo vivenciam isso. Você e Lydia têm sorte. Por favor, não jogue tudo fora por causa de uma lealdade equivocada por mim. Não posso viver com esse fardo.

— Você realmente acha que eu devia ir, não é? — Jerry estendeu o braço e segurou a mão dela.

— Você é como um pássaro que teve as asas cortadas, Jerry. Está preso aqui e merece voar. Precisa pensar em você mesmo uma única vez. Ainda terei minha vida aqui. Tenho Floyd, meus dois empregos, e a igreja, que, aliás, sei que você só frequenta por minha causa. Você nem mesmo acredita em Deus. Não com esse seu cérebro científico.

Ele assentiu e sorriu. Sua mãe não era boba.

— Talvez eu não acredite em Deus, mas acredito no conforto que suas crenças trazem para você, e é o bastante para mim.

— Pense nisso, Jerry... por favor. — Ela se inclinou e deu um beijo no rosto do filho. — É a última vez que falarei sobre esse assunto. Agora vou descer e dar alpiste para Floyd.

Não havia dúvida que Daisy gostava do periquito, mas Floyd dificilmente seria um substituto para um filho, Jerry refletiu. Apesar dos esforços da mãe, a ave estúpida nunca pronunciara uma só palavra. Segundo Lydia, periquitos eram tão comuns quanto papagaios na Austrália, e não ficavam confinados em gaiolas. Eram livres para voar, não como o pobre Floyd com apenas um sino e um espelho para se divertir.

Já Jerry tinha a chance de realizar seu potencial, uma chance de ficar com a garota que amava, tudo com a benção da mãe. Ele faria o passeio para Blackpool com Daisy, e faria tudo para que ela se divertisse. Era o mínimo que ela merecia. Precisou de alguns minutos para tomar sua decisão. Levantou-se da cama, sentou-se em sua escrivaninha e pegou o bloco de papel de carta azul.

12

Eram sete e meia da manhã, quando Babs e Lorraine chegaram ao Taverners. A decoração do *pub* estava quase terminada, e Selwyn esperava reabrir na segunda-feira — quase três semanas após o incêndio. Babs parecia resplandecente em seu vestido verde-limão todo abotoado na frente e colarinho redondo branco — sempre um dos favoritos de Selwyn. Ela mesma o fizera com sem sua máquina de costura, um presente de Selwyn em seu quadragésimo aniversário, há dois anos, um pouco antes de Trisha estragar tudo. Seu cabelo castanho na altura do ombro estava armado na raiz, enrolado para cima nas pontas e afastado do rosto com uma tiara floral. Mas ela exagerara um pouco no perfume, e Lorraine tivera que se abanar com a mão ao passar por uma nuvem de perfume naquela manhã.

— Credo, mãe. Quem você está tentando impressionar?

Babs foi um pouco rápida demais em se defender.

— Ninguém, não seja idiota.

Cada uma delas levava uma sacola de praia listrada imensa, cheia de toalhas, roupões, biquínis, lanches para o almoço e algumas garrafas. Colocaram as sacolas na calçada para esperar que os outros chegassem. A temperatura já estava subindo, e prometia ser outro dia de calor implacável. Lorraine cutucou a mãe.

— Olha só.

Babs olhou para o fim da rua e viu duas figuras familiares aproximando-se de braços dados.

— Maldição, quem ela acha que é?

Trisha caminhava ao lado de Selwyn usando saltos plataforma, totalmente inadequados para um dia na praia. Usava um *short* desfiado e uma blusa xadrez amarrada na cintura, e o tecido transparente permitia que todo mundo visse seu sutiã rosa-choque. Com um chapéu de abas largas e óculos de sol extragrandes, ela parecia uma estrela de cinema sendo escoltada por seu guarda-costas.

Quando se aproximaram, Selwyn cumprimentou Babs com um beijo no rosto.

— Bom dia, meu amor. Fico feliz que tenha podido vir.

Babs deu um sorriso.

— Eu não perderia isso por nada no mundo. Bom dia, Trisha.

Trisha tirou os óculos de sol e assentiu.

— Bom dia, Barbara... Lorraine.

O silêncio desconfortável foi quebrado por Harry virando a esquina com seu carrinho de supermercado. Um sorriso amplo marcava seu rosto.

— Bom dia para todos. — Ele usava um terno cinza surrado, com camisa e gravata. Deixando de lado a mancha amarela na frente da camisa, as bolinhas no tecido do paletó e o fato de que usava sapatos estranhos, até que parecia bastante bem.

— Você está muito chique, Harry. — Aventurou-se Babs, embora não conseguisse imaginar porque ele se vestiria de um jeito tão formal para um passeio no litoral.

Ele a olhou de cima a baixo e deu um assobio apreciativo, então, tirou seu chapéu de um jeito exageradamente elegante.

— E eu poderia dizer o mesmo de você, Babs. Este vestido é muito bonito.

— Estou feliz que venha conosco, Harry — disse Selwyn. — Nunca poderemos agradecê-lo o bastante por dar o alarme e salvar nossas vidas. — Cutucou a esposa na altura das costelas. — Não é mesmo, Trisha?

— O quê? Ah, não, claro. Viva, Harry! — Ela assoprou uma fuligem cinza por sobre o ombro.

— Onde está Don com o micro-ônibus, pai? — Lorraine perguntou.

Selwyn olhou para o fim da rua.

— Chegando a qualquer minuto. Não se preocupar, Lorraine. De todo modo, não estão todos aqui ainda. Quem mais estamos esperando?

— Petula, mas posso vê-la chegando — falou Lorraine, enquanto olhava a amiga caminhando pela calçada. — E também Jerry e Daisy, e ainda mais uma pessoa. — Ela coçou o queixo como se tivesse esquecido quem era o membro que faltava para o passeio.

— Karl. Estamos esperando Karl. — Babs sorriu, divertindo-se com a filha.

— Ah, sim, é isso mesmo. Karl. — Lorraine se virou para a mãe. — Por um segundo, eu tinha me esquecido.

Karl se mexeu, virou na cama e estendeu o braço para dar um tapa no despertador. A campainha persistente parou, e ele gemeu ao se lembrar de que dia era. Não conseguia deixar de pensar em por que tinha concordado com essa maldita viagem para Blackpool. Sabia que Lorraine tinha uma queda por ele, e não queria ferir seus sentimentos, mas ela era apenas uma criança. Sua mãe, Babs, no entanto, era sem dúvida uma beldade. Era possivelmente um pouco velha demais para ele, e claramente ainda apaixonada por Selwyn, mas Karl nunca se esquivava de um desafio.

Ele se inspecionou no espelho, olhando-se de perfil, primeiro no lado direito, depois no esquerdo. Trabalhar como carteiro significava ter a maioria das tardes ao ar livre, e o resultado era um bronzeado profundo, da cor do grão do café. Não dava tempo para barbear-se, mesmo assim jogou um pouco de Hai Karate nas bochechas e aplicou um pouco de desodorante. As várias horas que passava mexendo em sua moto significavam que nunca era capaz de disfarçar o cheiro de óleo de motor nem de limpar a sujeira debaixo das unhas. Olhou o relógio e percebeu que ficaria sem café da manhã. Pegou uma calça jeans boca de sino e uma camiseta branca limpa, que mostrava o torso musculoso, e prendeu o pingente de dente de tubarão ao redor do pescoço. Pegou as chaves e, ao abrir a porta da frente, deu de cara com a ex-esposa desmiolada, com o dedo pronto para tocar a campainha.

— Maldição, Andrea. O que está fazendo aqui a essa hora? Você está horrível.

— Bu! — O filho deles saiu do esconderijo no corredor.

Andrea prendeu uma mecha oleosa de cabelo atrás da orelha e acenou com a cabeça na direção do garoto.

— Preciso que cuide dele. Tenho que fazer umas coisas.

Mikey veio correndo e abraçou as pernas de Karl.

— Não posso. Estou fora o dia todo.

— Ah, pai, por favor. — O garotinho esticou o pescoço para trás para olhar o rosto de Karl. — Você disse que podíamos arrumar o escapamento da moto.

Karl acariciou o cabelo loiro de Mikey, que claramente não vira um pente esta manhã.

— Sinto muito, garoto. Vamos ter que fazer isso amanhã. — Sentiu uma onda de afeto pelo filho, enquanto olhava seu rostinho inocente, mas estava determinado a não facilitar para Andrea.

— Então vamos, Mikey. — Ela se virou para ir embora. — Você vai ter que ficar sozinho. Vou deixar um pouco de cereal para você.

— Espere. — Karl segurou o braço dela. — Não pode deixá-lo sozinho. Ele só tem seis anos, pelo amor de Deus.

Andrea deu de ombros.

— Você não me deu outra escolha, deu? — Ela puxou o braço. — Vamos, Mikey. Seu pai está ocupado hoje.

Karl tinha consciência de que estava sendo manipulado e ferveu de raiva por dentro. Jamais permitiria que Andrea deixasse Mikey sozinho, e ela sabia disso.

— Ok, ele pode vir comigo — ele cedeu.

— Obrigado, pai. — Mikey saiu de trás da mãe e correu até Karl. — Vá lá para dentro por um segundo, filho. Preciso ter uma palavra com sua mãe. — Com Mikey longe o bastante para escutar, Karl lançou sua fúria sobre Andrea. — Você não pode continuar fazendo isso, sabia? Se quer que eu fique o tempo todo com ele, tudo bem, eu fico com a custódia, mas você não pode largá-lo aqui quando bem lhe entender, a qualquer momento. Eu também tenho uma vida. Você sabe que eu amo aquele garoto, mas ele precisa de estabilidade e rotina, e se você não pode dar isso para ele, então, eu darei.

— Você perdeu, aceite. — Andrea o encarou, desafiadora. — O juiz não acreditou que eu era a mãe inútil que você me fez parecer.

— Andrea, você não tem nenhum tipo de instinto materno. É uma mãe terrível. — Ele jogou as mãos no ar. — E não ache que não sei sobre todos os caras que você anda levando para casa. Mikey fala sobre um "tio" diferente toda maldita semana. Essa situação precisa ser resolvida de uma vez por todas. Verei meu advogado na segunda-feira.

Ele fechou a porta na cara de Andrea e ficou parado no *hall* de entrada, respirando fundo. Seu filho merecia mais do que aquela mãe, vadia e drogada, e ele estava determinado a garantir isso para a criança.

Mikey estava na cozinha, servindo-se de suco de laranja.

— Mikey?

— O que foi? Estou encrencado, papai?

— Não, filho. — Karl balançou a cabeça. — Você não está encrencado. Venha aqui. — Estendeu os braços, e Mikey se apertou contra os contornos familiar do corpo do pai. — O que acha de morar comigo permanentemente?

Mikey se afastou e olhou o pai.

— Eu realmente posso?

— Bem, vamos ter que arrumar isso na justiça, mas se é o que você quer, filho, então, vou tentar e ver o que acontece.

— Mas, e quanto à mamãe? — Mikey parecia em dúvida. — Ela vai ficar sozinha, e ela não é boa para cuidar da casa e essas coisas. Ela precisa de mim.

Karl suspirou.

— Você é um bom filho, Mikey, mas não é seu trabalho cuidar dela; supostamente, ela quem devia cuidar de você. — Olhou para o relógio da cozinha. — De todo modo, não se preocupe com isso agora. Que tal uma viagem bacana até a praia?

Quando chegaram no Taverners, Karl estava sem fôlego, depois de correr o caminho todo com Mikey nas costas, porque o menino não conseguia acompanhá-lo. Colocou o garoto no chão e separou a camiseta encharcada da pele.

O micro-ônibus tinha acabado de estacionar, e Don, o motorista, desceu apertando o estômago com as mãos. Selwyn apontou o relógio de pulso.

— Já não era sem tempo, Don. Estávamos quase desistindo.

— Desculpe, Selwyn, não posso fazer isso. — Don grunhiu.— Um de vocês vai ter que dirigir. Estou com piriri.

Mikey olhou para o pai.

— Qual é o problema dele? O que é pipiri?

Trisha fez barulho de desprezo com a boca.

— Piriri... você sabe, caga...

— Ah, obrigada, Trisha — Karl interrompeu, cobrindo os ouvidos do filho com as mãos. Ele se abaixou para falar com Mikey. — Ele está com dor de barriga, é só isso.

Don balançava de um pé para o outro.

— Sério, tenho que ir. Vou deixar o ônibus aqui e um de vocês pode dirigir. Eu me acerto com o seguro. — Jogou as chaves para Selwyn. — Desculpe, preciso correr.

Selwyn se dirigiu ao desanimado grupo reunido na calçada. Balançou as chaves para eles.

— Algum voluntário?

— Bem, eu não dirijo há anos, e minha vista já não é tão boa quanto costumava ser — disse Harry.

Daisy levantou uma mão, como se pedisse permissão para falar com a professora.

— Desculpe, Selwyn, mas não tenho carteira de motorista.

Trisha acendeu outro cigarro e olhou para Babs.

— E eu não vou sobreviver a esse alegre momento se não beber. Então isso me deixa de fora.

— Trisha, todos vamos querer beber. Pare de ser egoísta — replicou Selwyn.

— Não fale comigo assim, Selwyn Pryce. Nada disso é minha culpa, sabia?

— Não, nunca alguma coisa é sua culpa. — Selwyn balançou a cabeça.

— Parece que essa viagem vai ser mais divertida do que eu pensei. — Babs cutucou a filha e segurou uma risadinha.

Jerry deu um passo adiante e levantou a mão.

— Está tudo bem, Selwyn, eu dirijo — ofereceu.

— Você? — Selwyn não conseguiu esconder a surpresa. — Não sabia que dirigia. Quero dizer, você vai para todo lado de bicicleta.

— Na verdade, ele é muito bom motorista, Selwyn. — Daisy atestou a qualificação do filho. — Passou no teste na primeira tentativa. — Sorriu para Jerry e esfregou suas costas.

— Obviamente ele não é tão tonto quanto parece ser — Petula sussurrou para Lorraine.

Selwyn deu um sorriso grato.

— Se tem certeza, Jerry, vai ser ótimo.

— Bem, graças a Deus. Será que agora podemos ir? — Trisha esmagou o cigarro na calçada.

— Obrigado, rapaz. — Selwyn colocou as chaves na mão de Jerry. — Isso nos tirou de uma encrenca, e tenho certeza de que todos estamos gratos. — Olhou para o grupo e ergueu as sobrancelhas. Todos murmuraram seus agradecimentos e terminaram aplaudindo.

Daisy estufou o peito e sorriu de orgulho. Tirou os óculos de Jerry, bafejou nas lentes e deu uma boa polida nelas com a bainha da camisa.

— Não se preocupem, pessoal. Estão em boas mãos. — Colocou os óculos de volta no rosto de Jerry. — Obrigada, filho. Estou orgulhosa de você. Agora, vamos colocar a trupe na estrada.

13

Jerry sentou no banco do motorista e se familiarizou com os controles. É certo que nunca tinha dirigido um micro-ônibus antes, mas fora a alavanca do câmbio de sessenta centímetros de comprimento, não parecia muito diferente de um carro. Ele passou as mãos pelo painel de madeira falsa e ajustou o assento para conseguir alcançar os pedais. Não gostava de dirigir como alguns rapazes de sua idade. Era um meio para um fim e, enquanto pudesse pedalar sua bicicleta para o trabalho, não via muita vantagem em ir atrás de um carro. Com a gasolina a setenta e sete centavos o galão, ele conseguia pensar em coisas muito melhores nas quais gastar seu dinheiro.

Dava para ouvir a discussão na parte de trás do veículo para ver quem sentaria onde. Havia dois bancos que corriam por toda a largura do micro-ônibus, um de frente para o outro para permitir uma conversa durante a viagem. Pelo menos, o banco do motorista contava com a vantagem do cinto de segurança. O assento de plástico preto já estava quente e grudento.

Jerry abaixou o vidro da janela para deixar entrar um pouco de ar, e ouviu Daisy gargalhando, enquanto conversava com Harry na calçada. Não via a mãe feliz desse jeito há muito tempo. Mesmo com quarenta e tantos anos, o cabelo dela ainda era bem escuro, e sua última permanente tinha crescido o suficiente para que os cachos caíssem com suavidade ao redor do rosto. Ela tinha prendido um lado para trás com uma fivela de plástico da moda, e, a julgar pelas vespas que agora circulavam sua cabeça, tinha exagerado um pouco no spray fixador. Era triste que nunca tivesse encontrado outro marido depois que o pai dele falecera. Dezoito anos era tempo demais para ficar sozinha. Não que faltassem admiradores ao longo dos anos; o padeiro era particularmente atencioso, presenteando-a com alguns pãezinhos de creme de tempos em tempos só para agradá-la. Também havia o cara que vinha buscar o dinheiro das apostas deles, ele tinha mais cabelo crescendo nas orelhas do que no alto da cabeça. Ele fazia sua mãe rir, e embora tenham saído algumas vezes para tomar um drinque, aquilo nunca virara algo mais sério.

Jerry se inclinou pela janela.

— Mãe, por que você e Harry não se sentam na frente comigo?

A última coisa que ele queria era que Lorraine e Petula viajassem ao seu lado. Era o tipo de distração da qual ele podia muito bem ficar sem. Afinal de contas, só estava fazendo isso por sua mãe. Podia ouvir Petula resmungar, enquanto subia na parte de trás do veículo. Lorraine lhe deu um empurrão por trás e ela caiu de joelhos, enquanto os demais se empilhavam atrás dela. Jerry se virou para falar com os passageiros.

— Todos a bordo?

Trisha acabou imprensada entre Selwyn e o pequeno Mikey e não parecia nem um pouco feliz com isso. Karl estava sentado de frente para o filho e ao lado de Lorraine, que tinha a perna direita pressionada contra a dele, embora houvesse espaço mais do que suficiente no banco.

Trisha apontou para Mikey com o polegar.

— Karl, por favor, diga que esse moleque não vai brincar com esse negócio daqui até Blackpool. Ele já está me deixando maluca, e juro que vou enrolar isso no pescoço dele.

— Melhor deixar isso de lado por enquanto, ok? — Karl pegou o bate-bate de Mikey.

— Desculpe, papai. — Mikey deu de ombros.

— Está feliz agora? — Karl olhou firme para Trisha.

Jerry virou a chave na ignição e ligou o limpador de para-brisas para tirar as joaninhas do vidro. Elas deviam gostar do clima quente, porque tinham se multiplicado em proporções bíblicas nas últimas semanas. Foram necessárias várias tentativas para ligar o motor, mas depois de muito engasgo e falhas, o veículo ganhou vida, resultando na comemoração dos passageiros na parte de trás.

Babs estava sentada de frente para Selwyn e, quando cruzou as pernas desnudas, seus joelhos roçaram por um segundo. Ele sorriu para ela e abaixou os olhos. Trisha pegou outro cigarro e ofereceu o maço para os presentes. Selwyn aceitou um e, quando Trisha segurou o isqueiro para acendê-lo, ele pegou a mão dela entre as suas com ternura. Ela acariciou o rosto dele e apoiou a cabeça em seu ombro. Babs se remexeu constrangida em seu assento e virou-se para Karl, que estava sentado na outra extremidade do banco.

— Ainda toca com a banda, Karl?

Petula e Lorraine estavam sentadas entre eles, então, Karl esticou o pescoço para responder.

— Sim, claro. Mas bem que podíamos conseguir mais shows.

— Por que não pergunta para Selwyn se não pode tocar uma noite no *pub*? — ela sugeriu.

Selwyn deu uma forte tragada em seu cigarro e deu de ombros.

— Não vejo por que não. O que acha, Trisha?

Babs se irritou. Por que ele sempre tinha que consultá-la? Não era o nome dela que estava sobre a porta.

Trisha pensou por um segundo.

— Pode dar certo, sim. Qual o nome da banda mesmo?

— Cem Por Cento Prova.

— Como esse nome surgiu? — perguntou Lorraine, morrendo de vontade de se meter na conversa. Para seu desapontamento, Karl mal tinha percebido sua presença até então.

— Os rapazes e eu estávamos reunidos uma noite pensando em nomes, então, Georgie disse que o Bay City Rollers costumava se chamar Saxons. Eles queriam um novo nome, por isso resolveram jogar o dardo em um mapa dos Estados Unidos: o lugar que caísse seria o novo nome. Existe um lugar chamado Bay City em Michigan, e foi lá que o dardo parou. Georgie achou que podíamos fazer o mesmo, mas só tínhamos o mapa de Manchester, então, pegamos esse mesmo e o dardo parou em Burnage. — Karl deu de ombros. — Quero dizer, não é exatamente rock'n'roll, certo?

Lorraine caiu na gargalhada e colocou a mão no braço de Karl.

— É tão engraçado. Mas como acabou sendo Cem Por Cento Prova?

Karl olhou para a mão apoiada de leve em seu antebraço.

— Eu disse que aquilo era cem por cento prova de que Georgie era um idiota, e todos concordaram. Então o nome pegou.

— Papai, estou com fome. Minha mãe esqueceu de me dar café da manhã — Mikey reclamou.

Todos se viraram e olharam para a criança ao ouvirem sua voz lamentosa. Karl deu um tapinha nos bolsos.

— Sinto muito, filho, não trouxe nada. Comprarei salgadinhos para você quando chegarmos a Blackpool.

Babs enfiou a mão embaixo do assento e pegou sua bolsa.

— Ele não pode comer salgadinhos no café da manhã, Karl. Aqui, pegue um dos nossos sanduíches de ovo. — Ela passou a oferta empapada para Mikey, que abriu o pequeno triângulo e espiou dentro. O cheiro pungente de ovo cozido permeou o ar, competindo com a fumaça do cigarro. Ele enrugou o nariz.

— Não seja enjoado, Mikey — Karl o repreendeu. — O que diz para Babs?

Mikey deu uma mordida e murmurou um agradecimento, enquanto migalhas caíam em seu colo. Espiou a marca de mordida que tinha deixado no sanduíche e pegou algo com cuidado.

— Tem mato nesse negócio — exclamou ele.

— Isso é salsa — Karl explicou. — Coma e pare de reclamar.

Trisha cutucou Selwyn.

— Você viu a velocidade que Jerry está indo? Passamos a maior parte do tempo na pista interna. Já vai estar escuro quando chegarmos lá.

— Deixe-o em paz, Trisha. Pelo menos ele se ofereceu — Babs retrucou.

Trisha a ignorou.

— Diga para ele ir mais depressa, Selwyn — ordenou ela.

Selwyn se inclinou para frente e deu um tapinha no ombro de Jerry.

— Dá para ir um pouco mais rápido, meu rapaz?

Os segredos que nos cercam

— Você está muito quieta. — Lorraine olhou para Petula. — O que foi?

— Eu? Nada. Esses bancos são desconfortáveis. Minhas costas estão me matando.

— Bem, não vai demorar muito agora. O que você quer?

Petula deu de ombros:

— *Pleasure Beach*[2]?

— Boa ideia. Não quereremos vomitar o almoço. Esses sanduíches de ovo são fedidos antes de serem comidos, imagina se voltarem.

— Lorraine! — repreendeu Babs. — Não seja tão nojenta.

Lorraine ignorou a mãe e voltou-se para Karl.

— Quer vir conosco?

Karl hesitou.

— Bem, depende do que Mikey quer fazer, na verdade.

Mikey apertou as mãozinhas e bateu com elas nos joelhos.

— Sim! Podemos, papai, podemos, por favor? Vai ser bom demais. Adoro parques de diversão. Quero ir na montanha-russa e no trem fantasma.

Karl fez uma careta.

— Não é minha ideia de diversão. — Karl fez uma careta. — Mas posso ficar de fora e observar, enquanto as garotas levam você.

Um grito agudo ecoou no banco da frente.

— Cuidado, Jerry! — berrou Daisy. Enquanto ele metia o pé no freio, os passageiros nos assentos de trás se amontoaram uns sobre os outros e o micro-ônibus ziguezagueou loucamente na pista. Buzinas soavam impacientes, enquanto o veículo ia da pista do meio para a da ponta e voltava mais uma vez, enquanto Jerry lutava para controlá-lo.

O episódio inteiro durou meros segundos, mas todos ficaram abalados. Trisha foi a primeira a falar.

— Jesus Cristo, Jerry, acha que está brincando? Tem certeza de que tem habilitação para dirigir?

---

2 N. da T.: *Pleasure Beach* é um parque temático localizado em Blackpool.

— Está tudo bem, Jerry — Babs tentou contemporizar. — Ninguém se machucou.

Jerry limpou o suor da testa com as costas da mão.

— Desculpem por isso, pessoal. O carro simplesmente entrou com tudo na minha frente. Está todo mundo bem aí atrás? — Ele se virou para olhar para trás.

— Mantenha os olhos na estrada, Jerry — implorou Daisy.

Babs inclinou-se para frente para falar com Selwyn, mantendo a voz baixa.

— Você podia ter dirigido, sabia?

— Eu estava pensando nisso, mas é melhor que ele aprenda o caminho, enquanto ainda é dia. Aí será mais fácil para ele fazer a viagem de volta.

Trisha pegou o pó compacto na bolsa de mão, abriu o espelho e empoou o nariz.

— Com sorte, estaremos bêbados demais para nos importarmos com a volta para casa.

Selwyn deu um tapinha no joelho dela.

— Foi por um triz, mas saímos dessa. Então vamos aproveitar o dia, certo? — Deixou a mão na coxa desnuda de Trisha, o polegar acariciando gentilmente a pele suave. Babs queria dar um tapa nele e dizer que parasse de ser tão insensível. Dava-lhe certa satisfação ver seu próprio nome ainda tatuado nos nós dos dedos dele, mas ainda não era o bastante. Trisha não sabia a sorte que tinha por ter um marido como Selwyn, e cedo ou tarde ele recuperaria o juízo. Quando isso acontecesse, Babs o estaria esperando de braços abertos.

14

A praia já estava cheia quando finalmente chegaram a Blackpool. Lorraine estava confiante que Karl começava a notá-la. Ela o vira olhando suas longas pernas no micro-ônibus, e ele não se afastara quando ela "sem querer" pressionou a coxa contra a dele.

Todos se reuniram no passeio público e reclinaram-se sobre o guarda-corpo. Fileiras de cadeiras de praia listradas azuis e brancas se estendiam pela orla, e duas crianças pequenas em trajes de banho floridos e toucas de natação corriam para dentro e para fora das ondas, gritando cada vez que a espuma marrom se enroscava em seus tornozelos. Selwyn bateu palmas e dirigiu-se ao grupo.

— Muito bem, vamos tirar uma foto de todos. Jerry, vejo que trouxe a câmera.

Depois de algumas reclamações, Jerry conseguiu fazer com que todos se enfileirassem contra o guarda-corpo, sorrindo obedientes para a câmera. Trisha ergueu os cabelos e fez beicinho para a lente. Virou o corpo para Selwyn e levantou o joelho para que sua perna cruzasse o estômago do marido. Por sua vez, ele colocou a mão sob a coxa dela e a puxou para mais perto. Quando o obturador da câmera fechou, ele estava olhando para o decote dela. Babs fez questão de olhar para o outro lado. O pequeno Mikey ficou parado na frente de Karl e ria quando o pai apertava seu pescoço e o fazia se contorcer. Daisy deu o braço para Harry enquanto Lorraine e Petula incentivavam Jerry a ir logo com aquilo.

— Tudo pronto — ele anunciou, colocando a tampa na lente.

— Vamos pegar uma cerveja com limão. — Trisha pegou o braço de Selwyn. — Estou seca.

— Ainda não são nem dez da manhã, Trisha. — disse Selwyn, olhando para o relógio.

— O que uma coisa tem a ver com a outra? — Um ar de perplexidade genuína a fez erguer a sobrancelha.

— Petula e eu vamos primeiro para *Pleasure Beach*, e Karl vai conosco, não vai, Karl? — Lorraine segurou a mão de Mikey. — Vamos levar esse mocinho aos brinquedos.

— Sim, me parece bom. — Karl ergueu as mãos. — Você também vai, não vai, Babs?

Lorraine tentou disfarçar o desapontamento. Amava a mãe, é claro, mas nunca imaginou ter que competir com ela pelas atenções de um homem. Por que Karl era tão obcecado por Babs? Ela não compreendia.

Babs assentiu e pegou a outra mão de Mikey.

— Não tenho outra ideia melhor, então, por que não?

— Ok, parece que já está tudo certo — Lorraine anunciou. — Nós cinco vamos para os brinquedos primeiro e depois voltamos para a praia.

— Daisy, Harry, Jerry, o que pretendem fazer? — Selwyn perguntou.

Jerry pegou um caderno de anotações do bolso de trás da calça e o consultou.

— Eu gostaria de ir à exposição do Dr. Who.

— Ah, sim, eu também. Posso ir com você, Jerry? — Trisha comemorou com alegria fingida.

— Claro, Trisha. — Ele a olhou com surpresa e deu um passo hesitante para frente. — Será um prazer. Conheço bastante sobre o programa, então, será como se você tivesse um guia pessoal.

Trisha o encarou de boca aberta e balançou a cabeça.

— Ela só está provocando você, Jerry — Selwyn explicou. — Na verdade, ela não quer ir à exposição.

— Ah, entendo... era uma... brincadeira, então? — Jerry guardou o caderno no bolso.

Os segredos que nos cercam

— Eu adoraria ir com você, Jerry. — Harry deu um tapinha nas costas dele. — E tenho certeza de que sua mãe também gostaria.

Daisy assentiu, concordando.

Lorraine estava impaciente para ir.

— Vocês podem parar de enrolar por um minuto para decidirmos que horas nos encontramos mais tarde.

— Um colega meu tem um *pub* ótimo no fim da praia — disse Selwyn. — Ele prepara um delicioso lagostim na cesta, então, proponho que nos encontremos ali lá pelas seis. O nome é Ferryman, vocês não vão errar. — Pegou a mão de Trisha. — Está bem assim para você, amor?

— Qualquer lugar que sirva álcool está bom para mim, Selwyn. — Olhou deliberadamente para Babs enquanto beijava o marido no rosto.

Pleasure Beach estava lotado quando chegaram à entrada do parque. A música tocava tão alta que Lorraine só conseguia sentir as notas baixas reverberando em sua caixa torácica. A atmosfera era de animação despreocupada, embora o cheiro de cachorro-quente e cebola, misturado com o odor adocicado de algodão doce, era um tanto enjoativo.

Lorraine e Petula seguiam na frente com Mikey no meio. Elas seguravam a mão do menino e o balançavam no ar ao contar até três. Lorraine olhava para trás para ver se Karl a observava. Achava que o melhor jeito de aproximar-se de Karl era pelo filho. Se Mikey gostasse dela, era claro que Karl prestaria mais atenção. Para sua frustração, no entanto, Karl estava em uma conversa profunda com Babs, carregando a bolsa de praia dela e prestando atenção em cada uma de suas palavras. Honestamente, sua mãe era tão egoísta às vezes. Babs já era velha demais para Karl e, além disso, ainda estava apaixonada pelo pai de Lorraine. Todo mundo via isso, exceto o próprio Selwyn, é claro. Eles finalmente chegaram ao carrossel e, embora parecesse tranquilo para Lorraine, Mikey estava animado e pedia ao pai que o acompanhasse.

— Não posso, filho, desculpe — Karl respondeu. — Fico enjoado com todo esse movimento de roda. Fico um pouco tonto só de olhar.

— Sou igual — Babs comentou. — Não me importo em subir e descer, mas ficar girando, sem chance. Eu definitivamente vomitaria. — Ela gargalhou enquanto segurava o braço de Karl e o levava até um banco sob um quiosque que vendia *fish and chips*.

Lorraine olhou feio para a mãe, antes de dirigir-se para Karl.

— Mas olhe a carinha dele. Você não pode decepcioná-lo.

— Você disse que ia me levar nos brinquedos. — Mikey olhou para Lorraine.

— Sim, eu sei. — Lorraine rangeu os dentes. — Mas você gostaria que seu pai viesse conosco, não gostaria? — Mikey não estava ajudando.

— É justo, Lorraine. — Karl deu de ombros.— Você prometeu acompanhá-lo. — Ajoelhou-se para ficar na altura de Mikey. — Vou com você nos jogos de arcada e no tiro ao alvo mais tarde. Que tal?

Petula estava parada com as mãos na parte de baixo das costas, esfregando os músculos doloridos.

— Nós vamos no brinquedo, ou vamos ficar parados aqui o dia todo discutindo o assunto?

— Tudo bem. — Lorraine suspirou. — Vamos, Mikey, parece que seremos apenas nós.

— Obrigado, Lorraine, você é um doce. — Karl deu uma piscadinha e tocou seu braço de leve. Ela se perguntou como seus joelhos não se dobraram naquele exato momento.

Babs e Karl se sentaram no banco e observaram os três se afastarem, com Mikey correndo um pouco na frente.

— Ele está se divertindo, não está? — Babs sorriu.

— É um bom menino. Eu tenho sorte por ter ele, e ele me idolatra por algum motivo.

— Não precisa ser tão duro consigo mesmo, Karl. Você é um ótimo pai.

— Não, eu o abandonei. Devia ter lutado mais por ele. Andrea é uma mãe terrível, e ele não a merece.

— Ah, vamos lá. O que o faz dizer isso? — Babs franziu o cenho.

Karl se virou para encará-la, o braço estendido ao longo do banco.

— Ela não é cruel nem nada parecido... Obviamente eu não aceitaria isso, mas é negligente, sabe? Só pediu a custódia dele para me contrariar. — Abaixou o olhar e esfregou o chão com a ponta do pé. — Quando ele vem, é como se não tivesse sido alimentado por uma semana, coitado. Ela o deixa acordado até altas horas, o que ele acha ótimo, é claro, mas o garoto precisa de disciplina e rotina. Ela parece estar com um cara diferente a cada semana e nunca o leva para lugar algum. Nem ao parque, nem ao cinema, nem nada assim. Ele adora ir para minha casa e fica feliz só em estar comigo enquanto eu mexo na minha moto ou toco guitarra.

Os olhos de Karl ficaram brilhantes e sua voz estava repleta de orgulho.

— Ele é um garoto tão bom e também muito inteligente. Quero dizer, só Deus sabe de quem ele puxou isso. Com alguma orientação, ele poderia ser qualquer coisa que quisesse, e tenho muito orgulho dele. — Olhou o carrossel ao longe. — De todo modo, tudo isso vai mudar. Vou ver meu advogado na segunda-feira. Vou lutar por ele como devia ter feito logo de cara. Finalmente vou fazer a coisa certa para ele. — Karl respirou fundo e estufou as bochechas. — Olhe só para mim, todo empolgado.

— Nada disso, Karl. Ele é seu filho, e você tem que ter orgulho dele.

— E como vão as coisas para você? — Ele mudou de assunto.

— O que posso dizer? — Babs torceu uma mecha de cabelo entre os dedos. — A mesma velha história, ainda amo Selwyn, ainda odeio Trisha. Mas não dá para ficar amargurada, não é?

— Selwyn é um idiota. Todo mundo sabe disso.

— Mas isso não muda nada, não é?

Uma longa mecha de cabelo escapou de sua tiara, e Karl a colocou atrás da orelha dela enquanto mantinha o olhar fixo em Babs.

— Babs, você é tão...

— Psiu. — Ela colocou um dedo nos lábios dele. — Não diga nada. Posso ficar sem mais uma complicação. Além disso, você sabe que Lorraine tem uma queda por você.

— E eu não sei? — Karl gemeu. — Mas não vai acontecer nada, Babs. Você não tem com o que se preocupar.

— Fico feliz em ouvir isso, Karl. Mas deixe-a perceber isso gentilmente, sim? Ela vai ficar chateada.

— É claro. Não sei o que ela vê em um cara velho como eu. Ela é linda. Poderia escolher qualquer garoto.

— Infelizmente, os garotos da idade dela não são páreo para homens bonitos, motociclistas e guitarristas como você.

— Pare com isso, Babs. Vai me deixar sem jeito.

Babs parou de rir quando viu Lorraine e Petula voltando de braços dados. As duas amigas davam risadinhas por algum motivo enquanto se aproximavam do banco.

Karl ficou em pé imediatamente.

— Onde está Mikey?

As garotas pararam e se entreolharam. Lorraine tentou disfarçar o pânico da voz.

— Ele disse que estava vindo para cá. Fomos duas vezes no brinquedo, mas ele disse que estava enjoado e não quis ir de novo.

Karl abriu caminho entre as garotas e saiu em direção ao carrossel.

— Mikey! — Segurou um menino que estava passando por ali, fazendo-o derrubar sua maçã do amor. — Você viu meu filho? Um garotinho da sua idade? Ele está usando camisa listrada e bermuda marrom. — O menino estava ocupado demais pegando a maçã para responder enquanto Karl seguia em frente, continuando a gritar o nome do filho. As pessoas estavam alheias a ele e ao seu sofrimento, ocupadas com o próprio divertimento de maneira egoísta. Ele se aproximou de um rapaz qualquer que parecia cuidar do carrossel, e o agarrou pelo colarinho. — Você viu meu garotinho? Ele estava neste brinquedo há poucos minutos e agora desapareceu.

— Desculpe, amigo — o jovem respondeu, empurrando Karl. — Precisa ser mais específico. Vi vários meninos nos últimos dez minutos.

Karl o ignorou e continuou a gritar.

— Mikey! Onde está você?

Ele virou-se quando ouviu Lorraine chegar correndo por trás.

— Algum sinal? — O rosto dela estava corado, e embora tentasse parecer despreocupada, sua voz estava mais alta.

— Não, nenhum sinal. No que estava pensando, Lorraine? Era para você ter ficado de olho nele. Juro que se qualquer coisa acontecer com ele, eu vou...

— Pare com isso, Karl. Não está ajudando. — Babs intrometeu-se e tomou conta da situação. — Precisamos nos concentrar. Vamos nos espalhar, ele não deve ter ido muito longe.

Foram necessários só mais dois minutos para que Babs o encontrasse, sentado em um banco, os ombrinhos subindo e descendo e os olhos inchados e vermelhos. Ele se levantou quando a viu aproximando-se e a abraçou pela cintura. Ela se abaixou e o abraçou com força, dando um beijo em sua testa. Uma bolha de ranho estava presa na narina esquerda do menino, escorrendo no ombro dela quando o apertou.

— Eu não conseguia achar vocês — ele murmurou no cabelo dela. — Meu pai disse que, se algum dia eu me perdesse, devia procurar um policial, mas ele não disse o que eu devia fazer se não achasse um policial. Estou encrencado?

Babs segurou-o pelos ombros e olhou seu rostinho sujo, agora brilhante de lágrimas.

— Não, Mikey, você não está encrencado. — Ela o puxou para perto novamente e o embalou de um lado para o outro. Ele apertava o corpinho contra o dela, absorvendo seu carinho. — Vamos lá. Vamos tirar seu pai do desespero em que ele se encontra.

Babs segurou a mão de Mikey, e os dois seguiram pelos brinquedos, procurando por Karl. Parecia haver o dobro de gente no parque agora, e Babs teve que empurrar com força para abrir caminho entre a multidão. Mikey foi o primeiro a ver o pai, que interrogava os visitantes do parque na fila do trem fantasma.

— Papai! — gritou Mikey. — Estou aqui! Babs me encontrou.

Ao som da voz do filho, Karl se virou, e Babs viu a tensão ser imediatamente drenada de seu corpo. Ela soltou a mão de Mikey e permitiu que ele corresse até o pai. Karl caiu de joelhos e abriu os braços. Mikey correu até ele, quase derrubando Karl no chão, e envolveu os braços ao redor do pescoço do pai. Nenhum deles falou por alguns instantes, até que Mikey disse:

— Papai, não consigo respirar.

Karl soltou o filho e segurou seu rosto entre as mãos.

— Achei que tivesse perdido você, filho.

— Sinto muito, papai.

— Não foi sua culpa, Mikey. Foi minha. Nunca mais vou tirar os olhos de você.

Karl se levantou e estendeu a mão para Babs. Ela a segurou, e ele a puxou para perto, para poder dar um beijo suave em seu rosto.

— Obrigado, Babs.

15

Lorraine saiu debaixo do roupão usando um biquíni cinza de bolinhas, os ossos do quadril como lâminas esticando o material com força sobre sua barriga. Deitou-se ao lado de Petula na toalha de piquenique.

— Vai tirar isso ou não? — Puxou a blusa estilo camponesa de Petula. — Nunca vai ficar bronzeada usando essa coisa.

Elas tinham conseguido arrumar um espaço para estender a toalha na praia superlotada. Depois dos sanduíches de ovos e de uma xícara de chá da garrafa térmica, Lorraine estava pronta para uma tarde de banho de sol. Esticou-se no chão e fechou os olhos.

— Não acredito no jeito como Karl reagiu. Você acredita nisso, Petula?

— Hã? — Petula ergueu os olhos da última edição da revista *Jackie*.

— Está me ouvindo? Aquele insuportável do Karl! O jeito como falou comigo quando Mikey estava perdido. Ele não é meu maldito filho. Não sou responsável por ele. Não sei nem por que Karl resolveu trazer o menino junto. — Puxou as alças do biquíni por sobre os ombros, em um esforço para evitar marcas no bronzeado. — De todo modo, desisti de vez. Minha mãe pode ficar com ele.

Petula não respondeu, e Lorraine apoiou-se nos cotovelos.

— Petula, você ouviu uma palavra do que eu falei? Mal disse uma palavra o dia todo. Qual é seu problema?

— Não me sinto bem, só isso. — Petula deixou a revista de lado.

— Estou com essa dor nas costas há dias, e não importa quanto paracetamol eu tome, ela não vai embora.

— Tentou passar um pouco de *Fiery Jack*[3]?

— Tentei, mas é meio difícil massagear as próprias costas, e não posso pedir para meu pai, posso?

— Não deixe que isso estrague nosso dia. Voltamos ao trabalho na segunda, sentadas em um escritório com um monte de cartas chatas para datilografar, tomando café daquela máquina horrível e desviando daquele rapaz da sala dos correios. Sabe qual é, aquele com olhar preguiçoso e mãos errantes. Você vai querer estar aqui.

— Você passou protetor solar? — Petula olhou o peito vermelho de Lorraine.

— Protetor solar? Estamos em Blackpool, não em Benidorm. — Remexeu na bolsa de praia. — Mas tenho óleo bronzeador. — Colocou um pouco na mão e começou a massagear os ombros.

— Vai ser como deitar ao lado de uma fritura gordurosa. — Petula enrugou o nariz. — E já posso ver você tendo que tomar banho depois que sair do sol.

As duas se sobressaltaram quando uma fila de burros passou por elas — o que ia na frente emitia um zurro alto e impaciente. A criança que montava o animal começou a chorar e exigiu descer.

— Vamos dar uma volta de burro, Petula.

— Está falando sério?

— Vamos — Lorraine a incentivou. — Vai ser risada na certa.

— Vamos lá, então. — Petula levantou-se da toalha. — Qualquer coisa para calar sua boca.

Um homem com um lenço amarrado na cabeça careca dormia em uma espreguiçadeira ao lado delas. Lorraine vestiu uma bermuda e deu um tapinha no ombro dele.

— Desculpe. Será que podia dar uma olhada nas nossas coisas até voltarmos? Não vamos demorar.

---

3 N. da T.: Popular creme para dores musculares na Inglaterra da década de 1970.

Elas abriram caminho entre os turistas, aproximando-se do homem desdentado que parecia ser responsável pelos burros. Ele tinha uma velha mochila de couro pendurada no ombro e um cigarro entre os lábios com dois centímetros de cinzas na ponta. Lorraine deu-lhe algumas moedas.

— Dois, por favor.

— Para vocês? — Ele olhou para além das duas garotas, como se procurasse duas crianças com elas.

Lorraine deu o braço para Petula.

— Isso mesmo, para nós duas.

O homem dos burros tirou o cigarro e falou para Lorraine de canto de boca.

— Não quero nem devo ser engraçado, mas sua amiga mais parece um poste de amarração de barco.

— Mas ela não é surda como um — Lorraine replicou.

— Vamos, Lorraine, não faço questão. — Petula deu meia volta para ir embora.

— E que tal aquela ali? — Lorraine não se intimidou e apontou para uma mula grande que estava com o focinho enfiado em um balde de aveia, ou o que quer que mulas comessem. Suas orelhas peludas mexiam-se para frente e para trás sem parar enquanto tentava livrar-se das moscas.

O homem dos burros pareceu ceder.

— Tudo bem, mas é só porque não está na minha natureza abrir mão de clientes. — Gritou para um rapaz que estava ocupado beijando a namorada. — Ei, Casanova! Deixe essa aí e vá selar Boris.

Depois de três tentativas, o homem dos burros e seu assistente apaixonado conseguiram fazer Petula montar em Boris. Ela ergueu a saia comprida ao redor das coxas branquelas e sentou-se no lombo do animal. Então lançou um olhar nervoso para a amiga.

— Creio que esta não seja uma das suas melhores ideias.

Lorraine montou em um burro tranquilo e pegou as rédeas.

— Bobagem. Vai ser divertido. — Virou-se para o homem dos burros. — Podemos sair sozinhas pela praia

Ele ficou em dúvida, mas, então, pareceu perceber uma oportunidade de negócio.

— Posso dar meia hora para vocês, mas vai custar mais caro. E nada de trotar.

Com o acordo acertado, elas levaram as montarias para a beira da praia e caminharam lado a lado nas ondas rasas. Petula segurava um punhado da crina de Boris. Olhou para Lorraine:

— Sinto como se estivesse cavalgando uma girafa.

— Quando sairmos do campo de visão do tirano ali, vamos trotar um pouco, ok?

— Ah, não sei, Lorraine. Ele disse para não fazermos isso.

— Vamos lá! Que mal isso vai causar?

Boris balançou a cabeça com violência de um lado para o outro, fazendo o freio estremecer, e Petula agarrou a frente da sela.

— Viu só? Boris está dizendo para não fazermos isso.

Sempre que Lorraine lembrava-se do que aconteceu a seguir, parecia ocorrer em câmera lenta. Em um minuto, as duas seguiam tranquilamente contentes; no instante seguinte, um adolescente magrelo chutou uma bola com mais força do que devia, e a bola acertou a traseira de Boris com um barulho estridente. Boris ergueu a cabeça, surpresa, o branco de seus olhos ficaram visíveis por causa do susto, e suas narinas se dilataram. Obviamente, ela se ofendeu com o ataque à sua traseira, porque saiu em disparada em um ritmo que obrigou a pobre Petula a agarrar-se ao pescoço do animal como se sua vida dependesse disso.

— Petula, que diabos você está fazendo? — Lorraine gritou. — Faça-a parar, pelo amor de Deus.

Lorraine soltou as rédeas e apertou os calcanhares em seu burro, para fazê-lo correr enquanto tentava alcançar a mula em fuga e sua passageira apavorada. A multidão abria caminho ao ver o animal fora de controle aproximando-se. Mães agarravam os filhos e os puxavam para longe, para a segurança. Lorraine fez seu burro correr mais rápido, mas suas perninhas não eram páreo para as de Boris, e Petula estava cada vez mais distante, seus gritos ficando mais fracos a cada metro de distância.

Depois de um tempo, Petula não conseguiu mais se segurar e começou a escorregar da sela, aterrissando com uma pancada dolorida na areia. Então Boris fez o favor de parar e, quando Lorraine finalmente chegou, estava cutucando sua ex-passageira com o focinho. Petula estava deitada no chão, segurando as costas e gemendo de maneira teatral.

— Petula, você está bem? — Lorraine desmontou e ajoelhou-se ao lado da amiga.

— Você estava certa, Lorraine, foram boas risadas. Minhas costas estão me trazendo muita alegria — gemeu Petula.

— Sinto muito. Venha, vou te ajudar a levantar. — Ajudou Petula a se sentar. Ao ver as confusas montarias olhando para elas, Lorraine tentou conter a gargalhada que sentia brotar dentro de si, mordeu o lábio e olhou para longe, mas foi incapaz de impedir seus ombros de chacoalharem para cima e para baixo.

— Está tudo bem, Lorraine, pode rir. Bote para fora.

Ela soltou uma gargalhada imensa e caiu sentada na areia.

— Ah, Deus, Petula, você devia ter se visto, balançando para cima e para baixo, os cotovelos chacoalhando... E, então, quando você escorregou, achei que ia mijar nas calças.

— Estou feliz que ache isso engraçado e, na verdade, Lorraine, acho que me mijei. — Ela limpou o suor do lábio superior e espiou embaixo da saia. — Sim, espero que esteja feliz agora.

— Todo esse balanço é um teste e tanto para a bexiga de qualquer um. Venha, vamos levar os animais de volta.

Só foram necessárias duas horas para que a roupa íntima de Petula secasse na areia ao seu lado. Quando vestiu a calcinha novamente, por baixo da saia, fez uma careta ao sentir a peça áspera.

As bochechas de Lorraine brilhavam como duas maçãs amadurecidas pelo sol, e um punhado de sardas se espalhava em seu peito. Começou a recolher as coisas.

— Vamos, é melhor procurarmos o tal *pub* agora e nos encontrarmos com os outros.

— Deus, estou faminta. — Petula se levantou e esticou os braços por sobre a cabeça. — Nossa, estou endurecida, e minhas pernas estão me matando, onde bati no chão. — Ela ergueu a saia e apontou para a grande mancha roxa que despontava na parte de trás de sua coxa.

— Alguns drinques e não vai sentir mais nada.

— Vou sacudir isso. Proteja os olhos. — Petula dobrou o corpo e pegou a toalha.

Lorraine cobriu o rosto enquanto Petula sacudia a toalha, e uma pequena tempestade de areia salpicou as costas de suas mãos. Ainda estava com o rosto protegido quando Petula soltou um grito, assustando todo mundo em um raio de três quilômetros.

— Qual é o problema agora, Petula? — A paciência de Lorraine estava sendo severamente testada.

— Não tenho certeza — arfou Petula, dobrando o corpo e apertando o estômago com as mãos. — Senti algo escorrendo aqui embaixo, e então...

Lorraine olhou o chão sob os pés de Petula. A amiga estava parada sobre uma pequena poça de areia molhada. Quando Lorraine aproximou-se para olhar melhor, outro jorro de água foi expelido de baixo das dobras volumosas da saia de Petula. Lorraine deu um passo surpreso para trás e encarou o rosto cheio de dor da amiga, uma mistura de terror e confusão.

— Jesus Cristo! O que está acontecendo, Petula?

16

O jardim de cerveja do Ferryman estava cheio de clientes, alguns esparramados na grama amarela enquanto aproveitavam os últimos raios de sol da tarde antes de irem à cidade para uma noite de devassidão e bebedeira. Daisy e Harry foram se sentar em uma mesa de piquenique de madeira com bancos presos a ela, para esperar a chegada dos demais. Harry soltou a gravata e colocou o paletó no banco rústico para que Daisy sentasse-se sobre ele.

— Você é muito gentil, Harry, obrigada.

— É um prazer, Sra. Duggan. Apreciei sua companhia hoje.

— Pela última vez, Harry, me chame de Daisy. — Ela balançou a cabeça e olhou para um grupo barulhento que tomava suas bebidas direto da lata.

— Deus, esse *pub* é bem grosseiro. Nunca vi tantos *skinheads* com tatuagens.

— Sim — Harry concordou. — E os homens são ainda piores.

Ela percebeu que o filho atravessava o gramado com três copos de cerveja nas mãos. Uma vespa zumbia ao redor da espuma doce, e sem ter uma mão livre, Jerry tentava soprá-la para longe.

— Xô, xô.

Daisy sorriu consigo mesma. Se tivesse as mãos livres, ele estaria batendo os braços como um moinho. Ela o chamou.

— Está tudo bem, Jerry. Ela não está interessada em você, só na cerveja. É só isso.

Ele se aproximou e colocou as bebidas na mesa.

— Odeio vespas. São um maldito incômodo, isso sim. De todo modo, descobri um bom lugar para o micro-ônibus no estacionamento, sob a sombra de uma árvore, assim não vai ficar quente demais para a viagem de volta.

Harry pegou uma cerveja e tomou um longo e agradecido gole. Limpou a espuma da barba com um lenço amarrotado.

— Ah, eu precisava disso. Não há nada mais refrescante do que uma cerveja em um dia de verão abrasador, não é?

— Oieeeee!

Eles se viraram ao mesmo tempo e viram Trisha cambaleando pelo gramado. Ela usava um chapéu de abas pequenas agora, em vez do chapéu de antes, e segurava uma bola de algodão doce em um palito. Selwyn vinha logo atrás.

— Como estão todos? Tiveram um bom dia? — Ela se espremeu no banco ao lado de Jerry. — Tem espaço para alguém pequeno? — Jerry aproximou-se da mãe. — Um pouco mais para lá, Jerry. Precisamos acomodar Selwyn também.

— E Babs, Karl e o pequeno Mikey?! — Lembrou Harry. — Só havia esta mesa pequena livre, então, sinto que teremos que nos apertar aqui mesmo.

— Falando dos diabos — murmurou Trisha quando viu os três aproximando-se. Mikey carregava um macaco de pelúcia imenso, quase tão grande quanto ele. Enfiou o bicho no rosto de Trisha.

— Olhe o que meu pai me deu. — Deu um sorriso com um dente faltando e estufou o peito. — Vou chamá-lo de Galen.

— Que tipo de nome é esse? — Trisha perguntou.

— Você conhece Galen.

— Nunca ouvi falar dele. — Ela negou com a cabeça.

— É do *Planeta dos Macacos*.

— Ah, sim. Não faço questão de saber. — Trisha empurrou o macaco para longe. — Onde diabos vão colocar essa coisa?

— E meu dente caiu na roda gigante. — Mikey a ignorou. Enfiou a mão no bolso e pegou um pano ensanguentado que envolvia o dente premiado. — Vou colocar embaixo do travesseiro esta noite, e a fada do dente vai me deixar cinco centavos.

— Nenhum sinal das garotas ainda? — Babs olhou ao redor do jardim. — Já se passaram vinte minutos do horário. Espero que não tenham esquecido.

— Você se preocupa muito Babs, meu amor — disse Selwyn. — Elas já têm dezoito anos, podem cuidar de si mesmas. Agora, alguém quer uma bebida?

— Já estou bem com essa aqui, Selwyn, obrigado — disse Jerry. — Quero estar bem para a dirigir na volta para casa.

— Claro. Mais alguém? Babs?

— Papai, posso comer isso? — Mikey se virou para Karl. O garoto segurava um pirulito rosa e branco, coberto de açúcar, quase do tamanho de sua cabeça. — A Sra. Duggan me deu.

Daisy deu um sorriso de desculpas, e Karl deu de ombros.

— Claro. Seus dentes já estão caindo. Que mal isso pode fazer?

Mikey franziu o cenho e enfiou a língua no espaço onde faltava o dente.

— Estou só brincando. Claro que pode comer. — Karl deu uma gargalhada e levantou-se do assento. — Vou dar uma mão com as bebidas, Selwyn. Mikey, fique aí com Babs.

Babs olhou o relógio mais uma vez e tamborilou com os dedos na mesa.

— Onde elas se meteram?

— Ah, pare de se preocupar, Barbara. Provavelmente elas conheceram alguns rapazes e estão se divertindo.

— Supostamente isso devia fazer com que eu não me preocupasse, Trisha? Está tudo bem para você, ela não é sua filha.

Trisha pegou um chumaço de algodão doce e enfiou na boca. Dissolveu em questão de segundos.

— Na verdade, Selwyn e eu estamos tentando engravidar. Eu gostaria de ter uma menininha.

Babs sentiu um aperto no peito, como se algo o esmagasse. Essa era a notícia que mais temia desde o dia em que Selwyn se casara com Trisha. O pedaço de papel que assinaram no cartório em setembro, há dez meses, já era ruim o bastante, mas um bebê criaria um laço eterno entre eles. Ela não aguentava pensar em

Selwyn tendo um filho com essa mulher. E se fosse um menino? Trisha podia querer uma menina, mas Selwyn sempre quisera um filho homem, e Babs ainda sofria por não ter sido capaz de dar um para ele.

— Vamos, senhoras, parem de discutir e escolham o que vão comer. — Harry pegou os cardápios. Começou a distribuir os pequenos cartões de plástico, e Trisha arrancou um da mão dele. Raspou um pouco de molho de tomate seco com a unha.

— Nojento — ela murmurou. — E olhem para essas fotos. Como se não soubéssemos qual é a aparência de um frango na cesta. Onde diabos Selwyn nos trouxe?

— Parece tudo bem — argumentou Harry.

— Sem ofensa, Harry. — Trisha olhou feio para ele. — Mas você está acostumado a remexer no lixo para conseguir o jantar. Qualquer coisa vai parecer boa.

— Ignore-a, Harry. — Daisy deu uns tapinhas no braço de Harry. — Acho que ela bebeu demais.

Trisha balançou a cabeça.

— Ah, acredite em mim, Daisy, ainda não bebi o suficiente.

Babs aliviou a tensão quando viu Lorraine abrindo caminho pelo jardim de cerveja. Levantou-se e acenou com o braço no ar.

— Ah, graças a Deus. Aí está ela. Aqui, amor!

Lorraine apertou o passo quando viu a mãe. Ao chegar, segurou a borda da mesa com as mãos e respirou fundo, como se tentasse acalmar-se.

— Você andou correndo, Lorraine? Seu rosto está todo suado. Espero que não tenha tomado muito sol. — Babs olhou ao redor. — O que fez com Petula?

— Ela... ela está... está no banheiro. Ela não está... ah... não está muito bem, mãe. Pode vir dar uma olhada nela?

— Honestamente, Lorraine, o que vocês duas aprontaram agora? Não posso deixar vocês sozinhas nem por cinco minutos.

Babs estava completamente despreparada para o que veria assim que abrisse a porta do banheiro feminino. Petula estava de quatro no chão, uivando, como um lobo uiva para a lua. Seu cabelo estava grudado no rosto, que brilhava de suor ou lágrimas, provavelmente ambos. Babs colocou a mão nas costas de Petula.

— Qual é o problema, meu amor?

Petula respirava pela boca, em rajadas curtas e sofridas, como se estivesse inflando um balão.

— Achamos que ela está tendo um bebê, mãe — Lorraine respondeu no lugar da amiga, a voz trêmula.

Babs olhou de uma para a outra, boquiaberta, enquanto lutava para formar as palavras.

— Vocês *acham* que ela está tendo um bebê? Mas... como... quero dizer, eu não sabia que ela... Ah, bom Deus do céu, o que foi que você fez, Petula?

— Mãe, calma, isso não está ajudando. Estávamos na praia, e todo esse líquido começou a escorrer, e...

— Ah, meu Deus, neste caso a bolsa dela estourou, ela precisa ir para o hospital. Lorraine, vá até o balcão e use o telefone público. — Babs imediatamente entrou em ação.

Petula jogou a cabeça para trás e agarrou Babs pelo pulso. A expressão enlouquecida em seus olhos disse para Babs que a menina falava sério.

— Não! — ela ordenou. — Nada de hospital, por favor, eu imploro. Isso vai matar meu pai. — Ela arfou quando outra onda de dor envolveu seu corpo. — Não estou brincando, isso vai acabar com ele.

Babs ajoelhou-se ao seu lado e falou de modo mais gentil.

— Não posso fazer um parto. Não sei o que fazer. Tenho certeza de que assim que seu pai se acostumar com a ideia, ele vai...

Petula soltou outro grito lancinante.

— Você não está me ouvindo. Ele não pode descobrir. Agora, vá buscar Daisy.

— Daisy? Para que você quer ela? — Babs estava confusa.

— Ela trabalha no hospital, deve saber alguma coisa.

— Achei que ela trabalhava no balcão de queijos do supermercado. — Babs franziu o cenho.

— Ela tem dois empregos, mãe. — Lorraine interferiu e virou-se para Petula. — Ela só limpa o chão no hospital, não faz partos. Precisamos de uma ambulância.

— Aaargh! Essa coisa está me matando — Petula gritou.

— Lorraine, faça o que ela diz e traga Daisy para cá. Não acho que tenhamos tempo para uma ambulância, de todo modo. E definitivamente não temos tempo para discussões. — Lorraine saiu pela porta enquanto Babs gritava para ela. — E traga minha bolsa de praia com você.

Se Lorraine contou a Daisy o que estava acontecendo, enquanto as duas vinham do jardim de cerveja, não ficou aparente pela expressão atônita da mulher ao entrar no banheiro.

— Em nome da sanidade, o que está acontecendo aqui?

— Graças a Deus! — exclamou Babs. Acenou com a cabeça na direção de Petula. — Ela está tendo um bebê. Pode acreditar?

— Neste chão? — Daisy esfregou o pé em um pedaço de chiclete mascado que estava seco no piso.

— O chão é a menor das nossas preocupações. Lorraine, pegue as toalhas de praia e coloque uma embaixo de Petula. — Babs olhou para Daisy. — Alguma ideia?

— O quê? Você quer dizer que ela está realmente dando à luz?

— É o que parece. — Babs assentiu.

— Bem, posso dizer que estou de queixo caído.

— Você está confortável de quatro, querida? Acho que vai ajudar com o nascimento. — Daisy abaixou-se para ficar na altura da cabeça de Petula.

— Estou bem, Daisy, por favor, só tire essa coisa de mim.

— Ok. Lorraine, vá até a cozinha e peça uma tesoura emprestada. Babs, tire a calcinha e a saia de Petula, e os cadarços dos sapatos dela.

Babs soltou um suspiro cuidadoso de alívio. Daisy parecia saber o que estava fazendo.

— Você tem muita experiência nisso, Daisy?

— Vi alguém fazendo isso em um programa de televisão. Agora, alguém já ligou para a ambulância?

— Não! — Petula arfou. — Fale para ela, Babs.

— Ela não quer que o pai descubra. — Babs balançou a cabeça para Daisy.

— Ele vai notar alguma coisa diferente quando ela voltar de um passeio em Blackpool com um bebê nos braços.

— Não vou levar essa coisa para casa, sua idiota. Você vai ter que largar em um hospital ou coisa parecida. — Ela começou a ofegar e deixou a cabeça cair no chão. — Acho que está vindo. Sinto como se tivesse que ir ao banheiro.

Lorraine voltou com a tesoura e apoiou-se na porta para impedir que alguém entrasse. Com os olhos arregalados, encarava o corpo encharcado de suor da amiga.

— Como você podia não saber que estava grávida, Petula?

— Agora não, Lorraine, por favor. — Babs olhou feio para a filha e colocou um dedo sobre os lábios.

Daisy posicionou-se atrás do corpo encolhido de Petula.

— Acho que consigo ver a cabeça. Não vai demorar muito. Babs, me passe a outra toalha de praia para enrolar o bebê nela. A coisa mais importante é mantê-lo aquecido. — Ela olhou para Babs e para Lorraine. — Vamos esperar que seja um parto sem complicações.

Babs roía a unha do dedo, quando uma ideia lhe ocorreu.

— Petula, esse já é um bebê totalmente formado?

Petula ergueu o corpo e ficou apoiada nos joelhos, uma mão na parte de baixo das costas. Com a outra mão, contou os meses com os dedos.

— Sim, é sim. Deve ser. Preciso deitar de costas, meus joelhos estão doloridos.

Alguém tentou abrir a porta e Lorraine apoiou-se com força do lado de dentro para impedir. Virou-se e falou com a madeira.

— Não dá para entrar. Tem uma pessoa doente aqui. Por favor, use o banheiro masculino.

Ouviu um murmúrio fraco de xingamentos enquanto a visita indesejada se retirava pelo corredor. Lorraine estava ficando mais agitada.

— Deus, vá logo. Não tenho certeza de quanto tempo vou conseguir manter as pessoas longe daqui. Ela pode ter ido buscar o gerente...

— Não dá para apressar o nascimento de um bebê, Lorraine. Só nos resta ser pacientes — Daisy respondeu.

— Preciso empurrar de novo — disse Petula. Estendeu o braço e agarrou a mão de Babs. — Não me deixe.

Babs passou a mão livre na testa brilhante de Petula e falou com um tom de voz tranquilizador.

— Não vou a lugar algum. Você está indo bem, meu amor. Tudo terá terminado antes que possa notar, então, você terá um adorável bebê e toda essa dor será esquecida.

— Aaargh! — Petula urrou. — Por que ninguém me escuta? Não vou ficar com esse maldito bebê.

— Apenas respire para mim, sim? — Daisy colocou uma mão sobre o joelho de Petula. — Quando sentir a próxima contração, preciso que empurre com muita força, pelo maior tempo que puder.

Petula deixou a cabeça cair para trás, e estremeceu ao encostá-la no chão. Sua voz agora era um sussurro exausto:

— Por favor, vocês não entendem. Não posso ficar com esse bebê. Meu pai... aaah, não, lá vem outra.

— Certo. Um último empurrão, Petula — encorajou Daisy.

Lorraine recuou e afastou o olhar, enojada, quando a cabeça do bebê apareceu, com o cabelo escuro emaranhado e coberto de sangue e de uma gosma branca. O resto do corpo escorregou para fora, direto nos braços de Daisy.

— É uma menina, Petula. Ela é linda! — ela exclamou.

Babs esticou o pescoço para dar uma olhada, lutando contra lágrimas súbitas e inesperadas. O banheiro ficou assustadoramente silencioso, como se os gritos de Petula tivessem ensurdecido todas elas. Babs não conseguia abafar a sensação de mau pressentimento ao olhar para a pele manchada de azul do bebê.

— Por que ela não está chorando, Daisy?

17

— Pelo amor de Deus, o que todas elas ainda estão fazendo no banheiro? — Trisha já estava na segunda cerveja e, somando com tudo o que já tinha bebido durante o dia, corria o risco de entrar em coma alcoólico. — Vou lá ver o que está acontecendo. — Levantou-se rápido demais e teve que segurar o banco para apoiar-se. — Opa! — Cambaleou. — Acho que preciso comer alguma coisa, por mais nojenta que pareça.

— Eu vou lá — Jerry se ofereceu. — Selwyn, você se importa de pedir um frango para mim e para minha mãe?

Ele seguiu a placa que apontava para o banheiro feminino, atravessando o *pub* lotado. O ar estava denso com fumaça de cigarro, e o carpete extravagante era pegajoso sob seus pés. Começava a pensar que, talvez, Trisha tivesse razão. Passou pela *jukebox* e esfregou as têmporas enquanto a música retumbava em seus ouvidos como um trem expresso. Chegou ao banheiro e bateu à porta.

— Mãe, ainda está aí? O que está acontecendo? — Não houve resposta. Tentou novamente, um pouco mais alto. — Mãe, é o Jerry. Abra a porta.

Ele apoiou-se na porta, que abriu o suficiente para enfiar a cabeça para dentro. Abriu a boca para falar novamente, mas uma mão rude agarrou seu colarinho e o puxou para trás.

— Ei, seu pervertido! O que acha que está fazendo com a cabeça dentro do banheiro feminino?

— Eu só estava procurando minha mãe. — Jerry ergueu as mãos em sinal de rendição.

— Então você é mais pervertido do que eu imaginava. Vá em frente, cada um com seu gosto.

Jerry olhou a careca brilhante do homem e as dobras de pele ao redor do pescoço e decidiu que era melhor não tentar argumentar naquele momento..

A porta do banheiro se abriu, e Daisy falou com o filho.

— Está tudo bem, Jerry. Petula está se sentindo mal, é só isso. Logo voltaremos para a mesa.

Daisy tinha enrolado bem a bebê na toalha de praia. Conseguira fazê-la respirar esfregando vigorosamente as costinhas da recém-nascida. A tosse e o resmungo, seguido por um choro vigoroso, foram um alívio para todas elas, com a possível exceção de Petula, que se recusava até a olhar para a filha que acabara de chegar ao mundo. Daisy tinha amarrado o cordão umbilical com o cadarço de Petula e usado a tesoura da cozinha para cortá-lo. Babs e Lorraine estavam ocupadas limpando todo o lugar. Tinham enrolado os sinais do pós-parto em um jornal que Lorraine conseguiu em uma mesa no bar, e Babs encontrou um balde com um esfregão que já vira dias melhores.

Daisy balançava a bebê de um lado para o outro. Os olhos da garotinha estavam bem fechados, e ela tinha a expressão de raiva única dos bebês recém-arrancados do santuário de calor e nutrição onde passaram os últimos nove abençoados meses.

— Nascer deve ser um choque — refletiu Daisy, olhando para o rostinho enrugado da criança.

— Realmente um choque. — Lorraine olhou para Petula.

— Ok — disse Babs quando terminou de limpar o chão. — Precisamos decidir o que vamos fazer agora.

— Preciso voltar para o micro-ônibus e deitar. — Petula tentou levantar-se, as pernas trêmulas.

— E quanto à bebê? — perguntou Babs. — Acho que não está percebendo como isso é sério, Petula. Se não a segurar agora, vai lamentar pelo resto da vida.

— Então vou ter que correr o risco, Babs. Por favor, deixe-a em algum lugar seguro, onde possa ser encontrada. Ela terá uma vida muito melhor sem mim. — Petula vestiu a saia e a blusa e olhou ao redor, em busca das roupas íntimas. — Onde está minha calcinha?

Lorraine apontou para o embrulho de jornais.

— Está ali, com... você sabe... aquele pedaço enorme de placenta. De qualquer jeito, ela estava ensopada, não daria para você vestir.

— Mas ela vai precisar de alguma coisa — Daisy ponderou. — E de absorvente também.

Babs mexeu em sua bolsa e pegou a parte de baixo do biquíni.

— Tome, isso vai ter que servir. Acho que vai ficar um pouco apertado, mas deve funcionar. — Virou-se para a máquina na parede e colocou algumas moedas: saíram dois absorventes, e os entregou para Petula. — Coloque isso também.

— Vou até a cozinha pedir uma sacola ou alguma coisa para colocar tudo isso aqui. — Lorraine olhou para a toalha de praia encharcada de sangue que agora estava amontoada perto do jornal. Há menos de quinze minutos, parecia que tinha ocorrido uma carnificina no banheiro, mas agora o chão estava mais limpo do que quando chegaram.

— Aproveite para descobrir onde fica o hospital mais próximo — pediu Babs.

A bebê começou a murmurar, e Daisy ofereceu o mindinho para que ela chupasse.

— Essa pobrezinha precisa comer. Petula, você não está sendo razoável.

— Já falei para você, Daisy, não posso ficar com ela. Agora, tire-a da minha frente. — Ela passou por Daisy e foi até a porta, no mesmo instante em que Lorraine voltou.

— O hospital mais próximo é o Blackpool Victoria, a uns cinco quilômetros — declarou. — Em algum lugar perto do zoológico.

Babs tinha ficado fora por mais de uma hora antes de voltar ao jardim de cerveja. Os outros tinham devorado suas refeições, e uma pilha de cestas vazias se equilibrava precariamente na ponta da mesa. Selwyn levantou-se e ofereceu seu assento.

— O que está acontecendo, querida? Onde estão as garotas?
Ela se largou no banco e colocou a cabeça entre as mãos.
— Deus, preciso de uma bebida. — Apertou o braço de Selwyn.
— Pode pegar um gim com laranja, por favor, Selwyn?
— Ele não é seu escravo, Barbara — reclamou Trisha. — Você não pode pegar sozinha?
— Cale a boca pelo menos uma vez, Trisha — replicou Babs. — Já estou cheia de você, com seus comentários maldosos, e suas críticas sem fim. — Ela virou-se para Selwyn. — E pegue uma grande.
— Onde está minha mãe? — Jerry perguntou. — Ela desapareceu daqui.
— Ela está ajudando Petula, que passou mal e se sente fraca. Daisy acha que é insolação, então, ela e Lorraine a levaram de volta ao micro-ônibus. Ela vai ficar bem depois de descansar, espero. Não se preocupe, não é nada sério. — Babs esperava que seu tom de voz leve e despreocupado parecesse convincente o bastante.

Petula acomodou-se em um dos bancos que atravessava a lateral do micro-ônibus e Lorraine arrumou a toalha de piquenique embaixo da cabeça da amiga.
— Não vamos conseguir nos safar dessa, Petula.
Os lábios de Petula estavam secos e rachados, seus olhos vermelhos, e ela tinha o cheiro de alguém que acabara de correr uma maratona. Cobriu o rosto com o antebraço, mas Lorraine podia ver seu queixo tremendo, um sinal certo de que estava prestes a chorar. Ajoelhou-se ao lado da amiga e segurou sua mão úmida.
— Como você podia não saber?
— Juro que não sabia. — Petula deu de ombros, ainda recusando-se a olhar para Lorraine. — Eu menstruei, e, de qualquer forma, nunca fui muito regular. E eu não parecia grávida, parecia?
— Suponho que seja verdade — Lorraine concedeu. — Mas nunca vi você sem essas roupas largas. Certamente você deve ter notado alguma coisa em seu corpo?
— Eu só achei que estava um pouco mais rechonchuda na cintura. Você me conhece, Lorraine. Não me preocupo tanto assim com minha aparência.

A pergunta não feita pairava no ar como um cheiro desagradável. Lorraine quase não tinha coragem de perguntar, mas precisava saber a resposta.

— Petula — falou com gentileza —, quem é o pai?

— Ah — Petula gemeu —, eu estava me perguntando quanto tempo ia demorar para me perguntar isso. Não posso dizer.

— Quer dizer que você não sabe? Jesus, Petula, com quantos caras você dormiu?

Petula apoiou-se em um cotovelo e olhou Lorraine diretamente no rosto.

— É claro que eu sei! Não sou tão vagabunda assim, apesar do que possa pensar. Sei que contamos tudo uma para a outra, mas isso não. — Ela deitou-se no banco novamente. — O que importa agora, de toda forma, uma vez que a bebê já foi embora?

— Mas e se o pai quiser ficar com ela? Você tem que contar para ele!

— Ah, isso é hilário. — Petula bufou. — De jeito nenhum que o pai ia querer ter alguma coisa a ver com a bebê, nem comigo até onde sei.

— Você não foi estuprada, foi? É isso, não é? Ele a obrigou? Petula, você precisa contar para a polícia. Seu pai vai entender se você foi atacada.

À menção do pai, Petula sentou-se novamente.

— Ele não está bem, sabia? Ele tenta esconder de mim, mas dá para ver pela quantidade de remédios que toma todos os dias. Também perdeu muito peso. Estou realmente preocupada com ele.

— Por favor, Petula. Prometo que não vou contar para ninguém. Quem é ele?

Petula olhou firme para a amiga, como se tentasse decidir o que fazer.

— Jura pela sua vida? — disse por fim. — Pela vida da sua mãe e do seu pai também?

— Você sabe que não gosto de jurar pela vida das pessoas. — Lorraine se remexeu, desconfortável.

— Você quem sabe. — Petula deu de ombros.

— Tudo bem, eu juro. — Fez um sinal da cruz sobre o coração.

— Estou falando sério, Lorraine. — Petula adotou um tom de voz sério. — Você não pode contar para ninguém, ok? Nem mesmo para sua mãe. *Especialmente* para sua mãe.

— E então? — Lorraine assentiu.

— Não vai me julgar? — Petula estufou as bochechas, a voz tão baixa quanto um sussurro.

— Pelo amor de Deus, Petula, diga logo!

As duas se sobressaltaram quando a porta traseira se abriu, e Jerry apareceu com uma expressão intrigada no rosto.

— Está tudo bem aí? Estamos só esperando minha mãe voltar e então vamos retornar para casa. — Olhou o relógio de pulso e depois para o céu. — Sabem aonde ela foi?

Petula e Lorraine trocaram um olhar conspiratório.

— Ah, Petula passou mal, então, Daisy embrulhou a roupa suja dela em jornal e foi procurar uma lixeira.

Jerry enrugou o nariz, com desgosto aparente.

— Vocês beberam muito, não foi?

— Vai se ferrar, Jerry — Petula resmungou. — Para sua informação, foi uma insolação.

Daisy já tinha decidido que não levaria a bebê ao hospital. Cinco quilômetros era muita coisa para caminhar sozinha, e envolver um motorista de táxi naquilo era uma complicação extremamente desnecessária. Ela seguiu pela praia, embalando a bebê adormecida no peito. Sentia como se olhos acusadores de todos os estranhos que passavam estivessem queimando sua alma. Na verdade, ninguém nem reparou na bebê.

Ela chegou a uma rua repleta de hospedarias com aspecto vitoriano, todas com placas em neon mostrando "Não há vagas". A do fim da rua parecia particularmente bem cuidada. Estava recém-pintada com uma bela cor creme, o gramado era bem aparado e tinha cortinas de renda brancas nas janelas. Os dois degraus da porta da frente pareciam ter sido polidos com a mesma cera vermelha que Daisy usava, e agora brilhavam sob o sol da tarde. Era fácil perceber que o proprietário tinha orgulho da casa, e, sem mais pistas sobre os ocupantes do lugar, Daisy decidiu que já era o suficiente.

Os segredos que nos cercam

Enquanto estava atrás do portão, a porta da frente abriu-se, e uma mulher que Daisy imaginou estar perto dos trinta anos saiu e colocou quatro garrafas de leite vazias no chão. Endireitou-se e inspirou profundamente o ar salgado. Então ficou parada por um instante com as mãos nos quadris, olhando o mar. Tinha um rosto gentil, mas, enquanto olhava para a água brilhante, sua expressão refletiva indicava alguma coisa sobre a qual Daisy não teve tempo de especular.

Daisy hesitou mais uma vez, mas, quando a bebê começou a se agitar novamente, soube que tinha de tomar uma decisão. Esperou mais alguns momentos depois que a mulher voltou para dentro, então correu pelo jardim da frente com os ombros curvados, olhando furtivamente para a direita e para a esquerda. Beijou a garotinha suavemente na testa, sentindo seu cheiro inebriante pela última vez antes de colocar com cuidado o precioso embrulho ao pé dos degraus. Esperava que a toalha de praia colorida não fosse áspera demais para a pele delicada da criança.

— Adeus, pequenina. — Fungou. — Tenha uma boa vida. Na verdade, sua mãe não é uma má pessoa. Você só chegou no momento errado. — Levou o dedo à campainha, pressionou com força por um bom tempo e, então, soprou outro beijo para a bebê. — Boa sorte.

Voltou pelo jardim, atravessou a rua, desviando por pouco de um bonde que passava, e esperou no ponto de ônibus. Do ponto em que estava, tinha uma boa visão da porta da frente, mas estava longe o bastante para não levantar suspeitas. *Venha logo, abra a porta*, desejou.

Sentiu como se tivessem se passado dez anos quando a porta finalmente se abriu e a mulher apareceu novamente, com um olhar de perplexidade marcando suas belas feições. *Olhe para baixo, por favor, olhe para baixo*, Daisy desejou do outro lado da rua. A mulher balançou a cabeça, deu um passo para trás e começou a fechar a porta.

Daisy saiu do santuário do ponto de ônibus e dirigiu-se mais uma vez para a hospedaria. Tinha dado tudo errado. Devia ter levado a bebê até o hospital e encarado o monte de perguntas que, sem dúvida, teria de responder. A bebê não tinha nada a ver com ela, mas, de algum modo, ficara encarregada de arrumar a bagunça. Petula não tinha o direito de colocá-la naquela posição. Balançava o corpo, enquanto esperava impaciente que o trânsito da rua diminuísse para poder atravessá-la.

Parou abruptamente no portão do jardim. A mulher estava no degrau, arrulhando para o pacotinho agora seguro em seus braços, olhando maravilhada para a bebê enquanto passava o dedo pelo rosto da criança. Ergueu os olhos, e seus olhares se encontraram por meros segundos — mesmo assim, tempo suficiente para que a mulher lançasse um olhar intrigado para Daisy antes de dar meia-volta e entrar em casa, fechando a porta atrás de si.

Daisy soltou um suspiro de alívio. Fora obrigada a tomar uma decisão rápida, mas, pelo que vira, tinha escolhido bem.

18

Quando Daisy voltou ao jardim de cerveja, os demais estavam guardando as coisas e se preparando para partir. Jerry estava reunindo todo mundo, preocupado, pois queria pegar a estrada antes que escurecesse.

— Mãe! Finalmente! Vamos, precisamos ir embora.

Daisy olhou para Babs, que encarava sua bebida intensamente, incapaz de encontrar seu olhar.

— Petula ficou doente, peguei o jornal e as coisas que usamos para limpar o banheiro e coloquei em uma lixeira no fim da praia.

— Seu frango esfriou, mãe.

— Não se incomode, Jerry, vou levar comigo. Agora, vamos, está na hora de ir embora.

Trisha estava deitada com o rosto na mesa, a cabeça apoiada nos braços cruzados.

— Vamos lá, hora de ir embora. — Selwyn acariciou seu cabelo.

Ela ergueu a cabeça, os olhos turvos manchados de máscara de cílios, e lutou para ficar em pé com a ajuda da mão estendida de Selwyn.

— Para esposa de um dono de *pub*, ela não é boa com bebida, não é? — Harry murmurou para Daisy.

— Desde que não vomite no caminho para casa, não me importo.

Jerry chamou Karl, que estava jogando futebol no gramado com Mikey, usando uma bola encontrada escondida sob a cerca.

— Ei, vocês dois. Sinto dizer que é hora de ir embora.

— Podemos levá-la conosco, papai? — Mikey pegou a bola e a colocou embaixo do braço.

— Não é nossa, né, filho? — Karl argumentou. — Por que não a deixa aqui para que outro garotinho possa brincar com ela?

— Ok. — Mikey deu de ombros, chutou a bola no gramado e segurou a mão de Karl. — Podemos jogar mais futebol quando viajarmos nas férias, não podemos, papai?

— Pode apostar que sim. E há várias outras coisas que podemos fazer agora que você está maior, como nadar, fazer rapel, andar de bicicleta. Podemos até passear de pônei, se você quiser.

Mikey arregalou os olhos de alegria e sorriu para o pai.

— Serão as melhores férias de todas! — Parou por um segundo e enrugou o nariz. — Onde fica Butlin, papai?

— Fica em Minehead, lembra? Aonde fomos no ano passado. É uma viagem longa, mas vai valer a pena quando chegarmos lá.

— Mamãe vai conosco também?

— Não, não desta vez. — Karl hesitou e balançou a cabeça. — Seremos apenas você e eu.

— Mal posso esperar. Vai ser muito bom, vai sim. — Mikey pulou junto ao pai.

Jerry segurou a porta traseira do micro-ônibus aberta e fez todo mundo entrar. Petula sentou-se no banco da frente por insistência de Lorraine, porque os assentos eram mais confortáveis e seria menos provável que ficasse enjoada. Lorraine sentou-se ao lado dela.

— Você está bem?

— Que pergunta boba, Lorraine. — Petula negou com a cabeça.

— Eu sei, sinto muito. Não sei mais o que dizer. Olhe, consegui falar discretamente com Daisy — falou tão baixo que era quase um sussurro. — A bebê foi encontrada, então, sabemos que está em segurança.

— Tudo bem. — Petula deu de ombros. — Isso é bom. Espero que seja o fim dessa história.

— Não é o fim, Petula, é o começo. Não acho que você vai conseguir manter isso em segredo, sabia?

Os segredos que nos cercam

— Bem, *eu* não vou contar para ninguém — ela replicou.

— Psiu... Fale baixo e pense nisso. — Lorraine olhou de relance para os demais. — Minha mãe e Daisy sabem, e é possível que haja um apelo na televisão para que a mãe apareça. Isso sempre acontece. Você não estará encrencada, Petula, mas pode precisar de ajuda médica. É o que sempre dizem quando um bebê abandonado é encontrado, não é? Dizem que estão preocupados com a mãe. — Segurou a mão da amiga. — De todo modo, você estava prestes a me dizer quem é o pai.

— Esqueça, Lorraine. Mudei de ideia. — Petula fechou os olhos e balançou a cabeça.

A Transit balançou de um lado para o outro quando Jerry bateu a porta traseira. Subiu no assento do motorista e acomodou-se ao lado de Petula.

— Você está bem? Parece horrível.

— Obrigada. — Ela conseguiu dar uma risadinha.

— Certo. Todo mundo está bem aí atrás? — Ele olhou para os passageiros na parte de trás pelo espelho retrovisor.

Trisha estava apoiada em Selwyn, com o chapéu cobrindo os olhos. Selwyn ergueu a ponta do chapéu e a beijou no nariz.

— Precisamos levá-la para casa, Trisha, meu amor. Acho que está pronta para ir para a cama. — Virou-se para Jerry. — Obrigado por dirigir, rapaz. Você salvou o dia.

— Estou contente por ter vindo, Selwyn. — Jerry sorriu e colocou a marcha ré. Olhou para Daisy, cuja cabeça estava apoiada no ombro de Harry. — Minha mãe teve um dia delicioso. Todos tivemos. Agora, vocês relaxem aí atrás, e eu deixarei todos em casa em pouco tempo.

19

Mary costumava retirar-se cedo para seus aposentos no último andar da casa. Mesmo quando algum hóspede voltava depois da hora de dormir, não era problema: todos sabiam que a chave da porta da frente ficava escondida sob o capacho da entrada. De vez em quando, ela esperava na sala de estar dos hóspedes e tomava uma bebida com eles, só para ser sociável, mas aquele fora outro dia de temperatura exagerada, e a ideia de um banho frio e rápido era boa demais para resistir. O calor intenso tornava difícil dormir nos últimos dias; ela chegara a colocar uma toalha úmida sobre o colchão, em uma tentativa de refrescá-lo. Mesmo com as janelas abertas e a brisa do mar entrando no quarto, ainda era sufocante.

Ela olhou para o mar da Irlanda, a água refletindo o céu azul limpo, tornando-o muito mais atraente do que sua cor normal de chá velho. Sorriu ao ver Bert recolhendo as espreguiçadeiras, tirando a areia e empilhando-as ao longo do guarda-corpo, prontas para outro dia de sol amanhã. Ele bateu palmas para espantar duas gaivotas que brigavam por uma travessa de fritas abandonada. Uma fila de burros passou caminhando, todos seguindo juntos enquanto rumavam para o pasto noturno, cansados dos esforços de carregar crianças pegajosas para cima e para baixo na praia o dia todo.

Depois do banho, Mary passou loção corporal, colocou bobes nos cabelos e vestiu o roupão. Quando se acomodou na poltrona para ler, ouviu alguém subindo as escadas. Seus outros hóspedes tinham todos partido depois do desjejum, então só podia ser Albert. Reconheceu o assobio afinado dele enquanto subia as escadas.

Albert Smith já era hóspede do Claremont Villas há vários anos. Seu trabalho de vendedor de brinquedos o trazia muitas vezes à cidade, onde uma miríade de lojas de suvenires garantia a venda de suas mercadorias. Mary sempre gostara da companhia dele, mas agora que Thomas não estava mais por perto, Albert se tornara notavelmente mais atencioso. Era impossível para Mary não gostar dele. Era um contador de histórias divertido, cheio de relatos engraçados de suas viagens, e sempre tinha um truque na manga. E isso literalmente falando, como Mary testemunhara várias vezes quando ele tirava faixas de lenços coloridos amarrados uns nos outros. Ele era um antídoto para a tristeza dela, e ela realmente ansiava pelas visitas dele. Em outras circunstâncias, a personalidade carismática de Albert teria sido difícil de resistir. Ele estava desperdiçando seu tempo, no entanto. Mary sabia que Thomas poderia retornar um dia. Tinham dito que ele estava morto, mas ela nunca recebera um corpo para enterrar, e até que isso acontecesse, uma parte dela recusava-se a acreditar que ele se fora para sempre.

Mais de um ano se passara desde o acidente, mas imagens do sofrimento de Thomas ainda assombravam Mary. Ela não sabia se ele morrera instantaneamente, após a explosão inicial, ou se tinha sido esmagado até a morte, intoxicado pelos gases pós-acidente ou queimado vivo. Ou talvez não tivesse morrido. Foram necessários dois dias para que os proprietários da mineradora decidissem selar a mina, sepultando, assim, oitenta mineiros para sempre. O corpo de Thomas nunca voltou para ela, e, no que dizia respeito a Mary, não havia provas de que ele realmente havia morrido. O fato de que as leituras de monóxido de carbono dos túneis dos elevadores fossem altas a ponto de tornar impossível que alguém estivesse vivo era irrelevante. Ele podia ter escapado sem ferimentos, mas atordoado e confuso, provavelmente com uma perda de memória de longo prazo. Era concebível para Mary que ele estivesse vivo em algum lugar, sem nenhuma lembrança de sua antiga vida. Essa crença a sustentava, e sem provas conclusivas de que o marido tinha morrido, a pequena chama de esperança nunca se extinguiria.

Quando Albert chegou ao alto da escada, ela o ouviu tropeçar e xingar baixinho. Ele estava no corredor agora, e Mary resistiu à vontade de chamá-lo. Ele deu três batidinhas de leve na porta dela.

— Mary? Você está aí?

— Ah, sim, Albert, estou aqui. O que foi? — Ela apertou o roupão contra o corpo.

— Mary, tenho algo para lhe dizer. — A voz dele era abafada pela grossa porta de madeira.

— A porta está aberta, Albert, pode entrar. — Ela colocou o marcador entre as páginas e deixou o livro na mesinha ao seu lado.

Ele virou a maçaneta e abriu a porta só um pouco, mas permaneceu respeitosamente parado do outro lado da soleira.

— Sinto muito incomodá-la, Mary, mas vim dizer adeus.

— Está tudo bem, Albert. Sei que você vai sair logo cedo de manhã, mas coloquei meu despertador. Eu não o deixaria partir sem o café da manhã.

— Eu vou embora, Mary. — Ele olhou para as tábuas do assoalho, incapaz de encará-la. — Fui transferido para o escritório de Londres... Bem, na verdade, é uma promoção, mesmo assim, não sei quando voltarei a Blackpool. Sinto muito.

Ele parecia nervoso ao mexer na ponta da gravata e engolia em seco. Mary sentiu uma vontade súbita de confortá-lo e levantou-se da poltrona.

— Entre, por favor, Albert.

— Ah, não tenho certeza se isso é... — Ele olhou por sobre o ombro.

— Por favor — ela insistiu.

Mary estava ciente de que sua aparência não era das melhores e ficou surpresa que isso importasse. Seu rosto estava sem maquiagem, sem dúvida com uma camada fina do creme noturno ainda visível, e seu cabelo estava escondido sob uma rede pouco lisonjeira a fim de segurar os bobes. Eles se sentaram na beira da cama, e Albert segurou a mão dela.

— Você é tão bonita, Mary.

Ela sorriu e apertou a mão dele. Já fazia muito tempo que não ouvia essas palavras.

Os segredos que nos cercam

Albert tinha aberto o último botão da camisa, afrouxado a gravada e dobrado as mangas, a fim de refrescar-se. Estendeu a mão hesitante e passou o dedo pelo osso da clavícula dela. Era um movimento ousado, mas ela não se afastou. Em vez disso, pegou as mãos dele e enlaçou seus dedos entre os dele. Ele inclinou-se para frente e passou suavemente os lábios sobre os dela.

— Seu cheiro é divino, Mary.

Uma fonte inesperada de tristeza borbulhou dentro de Mary quando estendeu a mão e tocou o rosto dele.

— Esta ainda é a cama de Thomas, Albert.

— Ah, Mary. Seu pobre amor. — Ele a beijou novamente, e depois de um instante de hesitação, ela correspondeu. Sentimentos de desejo há muito esquecidos foram despertados, mas quando ela puxou Albert para mais perto, o abraço deles pareceu desajeitado e pouco natural. Thomas encaixava-se em seus braços tão confortavelmente quanto uma peça de quebra-cabeças encaixa-se na outra. Albert apoiou-se nos cotovelos e encarou o rosto dela, a poucos centímetros de distância. — Você se importa? — Ele puxou a rede de cabelo dela e começou a retirar os bobes. — É como fazer amor com Hilda Ogden.

Mais tarde, deitada nos braços de Albert, ela tentou tirar da mente os pensamentos de Thomas. Não podia abafar a sensação de que tinha sido infiel a ele. Realmente acreditava que Thomas ainda estava vivo e tinha bons motivos para isso. Consultara uma cartomante que tirava a sorte no fim do píer em mais de uma ocasião. Todas as vezes, quando saía da sala mal iluminada e recoberta de veludo, levava consigo uma mensagem diferente de esperança. Claro que a cartomante nunca fora específica, mas Mary sabia o que ela queria dizer. Seu marido retornaria um dia. Agora, ela teria que viver com a culpa de tê-lo traído.

20

Mary encarou seu reflexo no espelho do banheiro. Sua aparência certamente era a mesma — um pouco mais corada, talvez, e seu cabelo estava mais despenteado do que gostaria — mas seu coração estava pesado de vergonha. Devia ter sido mais forte e resistido aos avanços de Albert. Claro que a culpa não tinha sido dele: afinal, ela que o convidara para seu quarto. Ela se amaldiçoava por ter sido fraca, mas já fazia tanto tempo desde que sentira o toque de um homem. Não conseguia imaginar como explicaria isso para Thomas quando ele voltasse. Será que ele a perdoaria? E será que ela mereceria o perdão dele?

Jogou água fria no rosto e secou-o com a toalha. Talvez pela manhã as coisas parecessem diferentes. Acomodou-se novamente na poltrona e pegou o livro, mas foi um exercício fútil; as palavras simplesmente dançavam diante de seus olhos e não faziam sentido. Naturalmente, Albert queria ficar com ela pelo resto da noite, mas Mary gentilmente pedira que ele saísse. Tinha a sensação de que a culpa a consumiria até a manhã e não precisava que ele ficasse perguntando a cada cinco minutos se ela estava bem. Apesar do fato de seu quarto ficar bem acima do nível da rua, podia ouvir os turistas na praia, a alegria evidente que vinha das gargalhadas e da cantoria que entrava pelas janelas abertas.

Lembrou que tinha se esquecido de colocar as garrafas de leite para fora e amaldiçoou-se internamente pela distração. Quando desceu o primeiro lance de escadas e chegou no andar de Albert, notou com alívio que a porta dele estava bem fechada. A última coisa de que precisava era que ele pensasse que ela tinha descido para repetir a performance. Colocou as garrafas limpas de leite nos degraus de fora e inspirou a última rajada de ar quente antes de fechar a porta novamente.

Já tinha subido os três lances de escada quando ouviu a campainha — um toque longo, alto e impaciente. Os outros hóspedes do fim de semana tinham partido pela manhã, então, ela não estava esperando mais ninguém. Como não tivera tempo de arrumar os quartos, havia deliberadamente deixado o aviso de "Não há vagas" ligado. Fora um verão intenso, e sentia que precisava de um pouco de descanso. Tirou o roupão e vestiu o avental; só uma simplória melhora, não podia atender a porta com roupa de dormir.

Ao abrir a porta, ficou surpresa — sem contar um tanto quanto irritada — ao ver que não havia ninguém ali. Brincadeiras de crianças, sem dúvida. Quando começou a fechar a porta novamente, foi detida por um choramingo fraco vindo do pé dos degraus. Percebeu uma toalha de praia colorida largada na grama; parecia estar se mexendo. Será que alguém tinha abandonado uma ninhada de gatinhos em sua porta? Descendo os degraus na ponta dos pés, ela puxou a toalha com cuidado e imediatamente retirou os dedos como se tivessem sido queimados.

— O que, em nome de Deus...? — murmurou para si mesma.

Pegou o embrulho e olhou para o rostinho rosado da criança. O bebê abriu os olhos, mas era óbvio que não conseguia focar. A boca úmida abria e fechava como um passarinho quando a mãe retorna ao ninho com uma minhoca suculenta. Mary voltou para dentro apressadamente, fechou a porta e a trancou antes de voltar para a segurança de seu quarto. Quando chegou ao andar de cima, estava ofegante, uma mistura de nervoso e cansaço. Colocou o bebê com cuidado na cama e desenrolou a toalha. Uma bela garotinha. Era aparente que alguém tinha tentado limpá-la, mas o corpinho da menina ainda estava sujo de sangue.

Mary descartou a toalha suja e pegou um lençol quente de flanela do armário que ficava no corredor. A julgar pelo pequeno nó no cordão umbilical que ainda se projetava de sua barriga, o bebê não havia nascido há muito tempo. Mary a embrulhou apertado no lençol, do jeito que sua própria mãe lhe ensinara a fazer com bonecas quando era pequena. Então, com cuidado para não acordar Albert, desceu mais uma vez até o térreo e foi para a cozinha. No fundo do armário, encontrou uma mamadeira antiga que tinha sido esquecida por algum hóspede no passado. Thomas a provocava sobre sua incapacidade de jogar qualquer coisa fora, e agora estava feliz por tê-lo ignorado, embora momentaneamente irritada por ele não estar ali naquele momento para ver que ela estava certa. A mamadeira estava embaçada pelo tempo que estava ali, mas a borracha amarela do bico ainda parecia intacta.

Fazer tudo com uma mão só provou ser um pouco difícil, então, ao esperar que a chaleira fervesse, Mary colocou a bebê na poltrona no canto do aposento. Era a poltrona favorita de Thomas, na qual ele desabava depois de um dia árduo de trabalho. Embaixo da manta que a recobria, o tecido ainda tinha a mancha oleosa do creme modelador que ele usava no cabelo. Mary colocou um pouco de leite em pó na mamadeira e encheu-a com água fervendo. Enquanto esperava que esfriasse, planejava o que faria a seguir. Alimentaria a bebê e daria todo o carinho e afeto pelo qual ansiava até agora, e depois a levaria ao Hospital Blackpool Victoria.

Depois que a bebê tomou a mamadeira avidamente, Mary a levou para cima e encheu a banheira de água quente. Colocou a bebê na água e limpou gentilmente os últimos vestígios do parto. Pegou uma barra de sabão e massageou a espuma nos cabelos emaranhados. Com uma bola de algodão, limpou a sujeira dos olhos da bebê e os restos de leite que tinham se acumulado nas dobras de seu pescoço.

Quando a garotinha estava limpa e seca, Mary a deitou na cama. A mesma cama que acabara de dividir com Albert, o que, agora, parecia ter sido em outra vida. Vasculhou a caixa de costura e encontrou alguns alfinetes. Segurou a bebê pelos tornozelos, ergueu-a levemente e colocou uma toalha embaixo. Com mãos trêmulas, dobrou a toalha ao redor do corpinho minúsculo e a prendeu com os alfinetes. Quando a bebê cochilou, sua boca começou a fazer pequenos movimentos, como se estivesse tentando falar. Mary passou o dedo pelas sobrancelhas perfeitas da criança e depois pelo rostinho. Era uma pena acordá-la agora. Mary a levaria ao hospital logo pela manhã.

21

Enquanto tateava com as mãos, Daisy levou alguns segundos para perceber que estava de cabeça para baixo. A pressão em seus olhos era tão grande que tinha certeza de que eles saltariam das órbitas. O cheiro acre de borracha queimada entrou por suas narinas, e ela sentiu algo viscoso em sua coxa esquerda. Apertou os olhos em meio à bruma translúcida de fumaça e viu um corte lívido do qual escorria sangue grosso e escuro. Estranho não sentir dor, pensou. Não se lembrava de onde estava nem mesmo aonde estava indo, mas estava dentro de um ônibus que parecia ter sido jogado dentro de uma máquina de lavar roupa no ciclo de centrifugação.

Que tamanhos caos e devastação fossem acompanhados por um silêncio sinistro, era o mais insuportável. Conforme a fumaça do ônibus começou a se dissipar, o mesmo aconteceu com a bruma nas lembranças de Daisy.

Estavam em Blackpool, era isso. Fora um dia muito agradável, mas alguma coisa remoía o subconsciente de Daisy. Tinha certeza de que era algo importante, mas lutava para relembrar qualquer detalhe. Uma sirene que se aproximava atrapalhou sua concentração, e ela se virou para a forma humana amontoada no chão ao seu lado. Era o chão ou o teto? Obrigou-se a sentar e gentilmente virou o outro corpo em sua direção. Os olhos de Harry estavam abertos, e ela temeu que tivessem perdido toda a capacidade de enxergar, mas ele não deu sinal de vida.

— Harry? — ela o chamou. — Você está bem? — A voz dela parecia fraca e deslocada, como se pertencesse a outra pessoa. Afrouxou o nó da gravata dele e abriu o botão do colarinho. — Harry, sou eu, Daisy. — Colocou dois dedos embaixo do colarinho e tentou encontrar a pulsação, mas a pele dele já estava fria e úmida. — Ah, Harry — ela sussurrou. Seu último dia na Terra podia ter terminado tragicamente, mas pelo menos tinha sido um dia cheio de alegria e amizade. Pensar que agora ele estava em segurança nos braços de sua amada Elsie trouxe um leve sorriso aos lábios de Daisy. Tirou o lenço do bolso da frente do paletó dele e o colocou sobre seu rosto. — Durma bem, querido.

Os olhos de Daisy ardiam pela fumaça, e, enquanto observava o ônibus, notou o para-brisas completamente quebrado, deixando apenas pedaços de vidro presos na borracha ao redor do buraco. Foi quando ela o viu, caído no banco, com um pedaço de metal penetrando seu ombro e um corte profundo na testa. O sangue escorria até seus olhos, mas ele não tentava limpar.

— Jerry? Jerry, é a mamãe. Fale comigo, rapaz. — Por que ninguém parecia ouvir a voz dela? Tentou ficar em pé, mas algo a prendia no lugar. Não tinha ideia do quê. Talvez estivesse paralisada.

Olhou ao redor do ônibus. O cheiro de fumaça queimada fora substituído por vapores de gasolina, pesado e ameaçador no ar quente. Agora havia um barulho de alguma coisa batendo, mas ninguém mais parecia notar. Tudo ficou claro, então. Ela fechou os olhos e deixou a cabeça recostar na janela quebrada. Claro que não sentia nenhuma dor. Como podia ser tão estúpida? Não dava para sentir nada quando se estava morta.

Enquanto isso, Trisha ergueu a cabeça, mas caiu para trás imediatamente como uma bola quicando, batendo na janela com ruído estrondoso. A última coisa da qual se lembrava era o chiado do metal no asfalto quando o ônibus capotou e o teto saiu escorregando pela pista. Já estava quase escuro agora, mas conseguia ver Barbara no banco da frente, o braço esquerdo dobrado em um ângulo esquisito atrás da cabeça. Seu vestido verde estava rasgado, e Trisha conseguia ver a calcinha rosa de renda da mulher. Também notou, com certa satisfação, as coxas redondas e os sinais reveladores de celulite. Como Babs odiaria que Trisha visse isso. Com esforço monumental, estendeu o braço e puxou o vestido de Barbara para baixo. Depois virou-se para o marido e cutucou seu braço:

— Selwyn, você está bem? — A boca dela estava inchada e as palavras não soavam como suas. Não houve resposta. — Ah, Deus, Selwyn, por favor, não morra. — Apoiou a cabeça no peito dele e rezou para que a subida e a descida rítmica do tórax lhe dissessem que o marido ainda estava vivo.

Lorraine olhou para o local onde o para-brisas ficava anteriormente. Podia ver as luzes dos carros na pista contrária avançando lentamente, para dar aos motoristas mórbidos uma vista melhor da carnificina que ocorrera entre eles. Estava presa, sustentada pelo cinto de segurança, e o peso de seu corpo fazendo força contra a faixa tornava impossível se soltar. Agitou os braços cegamente.

— Mãe, pai, onde vocês estão? Estão machucados? — A voz de Lorraine atravessou a escuridão.

— Você está bem, Lorraine? Estou com seu pai aqui. Ele está... bem, acho que está respirando.

— Lorraine, é você? — Babs se mexeu quando ouviu a voz da filha, parecia ter engolido uma pá de cascalhos.

— Estou aqui na frente, mãe. Estou bem, mas não consigo achar Petula.

A luz azul piscando iluminava o interior do veículo, dando a todos eles uma palidez mortal. Dois paramédicos estavam ajoelhados na rua. Lorraine não conseguia ver o que estavam fazendo e perguntou-se o que poderia ser mais importante do que ajudar aqueles que ainda estavam presos dentro do micro-ônibus. Um deles levantou-se, balançou a cabeça e fez sinal para uma colega. Uma jovem que não parecia muito mais velha do que Lorraine aproximou-se deles e, ao ver a cena, colocou a mão sobre a boca. O colega colocou um braço tranquilizador ao redor de seus ombros antes de pegar o lençol que ela carregava e colocar sobre alguma coisa que estava deitada na rua. Lorraine só precisou de alguns segundos para juntar as peças.

Os segredos que nos cercam

— Ah, não, não Petula — gritou.

Babs tentou virar-se para a filha, mas seu braço estava dobrado de um jeito não natural atrás da cabeça e ela não conseguiu tirá-lo do lugar.

— Lorraine, qual é o problema? Achou Petula?

— Ela está morta, mãe! — Lorraine soluçava. — Está deitada na rua, ali em frente. Deve ter sido arremessada pelo para-brisas.

Babs fechou os olhos enquanto a visão do bebê de Petula aparecia diante dela. Se tivessem conseguido persuadir Petula a levar a criança para casa, a pequenina certamente teria morrido também. Qualquer que fosse o destino que a aguardava não podia ser pior do que aquele que se abatera sobre sua mãe. Babs estava desesperada para amparar Lorraine nos braços. Podia ouvir os soluços baixos da filha por causa da amiga e queria confortá-la.

O micro-ônibus começou a sacudir de um lado para o outro enquanto um bombeiro tentava abrir a porta traseira.

— Logo vamos tirar todos vocês daí. Alguém pode me dizer quantos passageiros havia?

Babs olhou para o feixe da lanterna dele e protegeu os olhos.

— Nós éramos... éramos... éramos dez. — Sentiu alguma coisa agarrar seus tornozelos e instintivamente puxou as pernas. Olhou para baixo e viu algo embaixo do assento arrebentado. Os olhos que a encaravam de volta estavam cheios de medo e confusão.

— Mikey! Graças a Deus. Você está bem?

— Sim, mas minha cabeça dói. O que aconteceu? — Ele esfregou os dedos na testa e os inspecionou. — Estou sangrando. — Declarou. Passou a língua por dentro da boca. — E perdi outro dente.

— Nós sofremos um acidente, Mikey, mas os bombeiros já chegaram e vão nos tirar daqui. Vai ficar tudo bem. — Ela estendeu um braço e segurou a mão do menino. — Estou aqui, Mikey, vou cuidar de você.

Babs podia ver que o garoto estava tentando ser corajoso, mas foi impossível para ele fazer a pergunta seguinte sem que a voz falhasse:

— Onde está meu pai?

22

Na manhã seguinte, Albert hesitava na porta, com a maleta na mão e parecendo relutante em partir, tudo o que Mary pode fazer foi conter-se para não arremessá-lo pelos degraus como um segurança mandando embora um encrenqueiro de boate.

— Olhe, Mary, sobre ontem à noite... — ele começou a dizer.

Mary grunhiu internamente. Não tinha tempo para isso.

— Por favor, não diga nada de que vamos nos arrepender.

Ele assentiu com gravidade.

— Sempre vou me lembrar de você, Mary, e claro que se algum dia eu voltar a Blackpool...

— Sim, sim, assegure-se de aparecer por aqui. — Ela começou a fechar a porta. Não tentou esconder a impaciência.

Ele colocou a mão aberta na porta, impedindo-a de fechá-la.

— Espero que o que aconteceu entre nós noite passada possa ajudá-la a seguir em frente, Mary. — O tom de voz dele era gentil, mas firme. — Thomas está morto; ele nunca vai voltar.

Mary mordeu o lábio inferior e olhou para os pés, sem querer ver a pena nos olhos dele.

— Eu sei — sussurrou por fim.

Claro que não acreditava naquilo, mas pareceu funcionar, e Albert se despediu de uma vez por todas com um beijo em seu rosto. Foi um alívio fechar a porta ao vê-lo afastar-se, e correu agradecida para o último andar.

A bebê dormiu pacificamente ao lado dela a maior parte da noite, acordando só uma vez para mamar. Mary desenrolou o lençol de flanela no qual a embalara e inspecionou a toalha que tinha transformado em uma fralda improvisada. Estava cheia de uma substância que parecia carvão.

— Ah, meu Deus, pequenina. O que temos aqui? — Ela pegou alguns lenços e limpou o traseiro da criança com cuidado. — Precisamos dar um banho em você antes de levá-la para o hospital.

No andar de baixo, na cozinha, com a menininha aconchegada em seus braços, Mary sentou-se na poltrona de Thomas e apoiou a cabeça no encosto. O estofamento ainda estava impregnado com o cheiro dele, e ela sentia um conforto imenso ao sentar-se na poltrona em que ele passava tantas horas felizes. Virou a cabeça de lado e inalou o cheiro de tabaco do cachimbo dele. Sorriu e lembrou-se das inúmeras vezes em que pedira para ele não fumar na cozinha. Agora nunca se cansava do cheiro que antes tentava espantar com o pano de prato.

Ligou o rádio e sintonizou nas notícias. Não sabia o que esperava escutar, mas foi um alívio quando não houve menção a um bebê abandonado. Quem quer que tenha deixado a menina na porta de Mary não parecia ter mudado de ideia. Ela ouviu a notícia de um micro-ônibus que tinha se acidentado no caminho entre Blackpool e Manchester, e sentiu uma pontada fugaz de pena pelas pessoas que tinham falecido, mas sua atenção foi imediatamente atraída de volta para a criança adormecida em seus braços.

— Você é um bebê tão bonzinho. Eu gostaria que meu Thomas estivesse aqui. Ele saberia o que fazer.

Sentiu outra pontada de aborrecimento por Albert, e mais uma vez amaldiçoou a si mesma pela fraqueza em sucumbir aos avanços dele. Por acreditar que Thomas estava morto, Albert se sentira no direito de seduzi-la, mas ele não sabia de todos os fatos. Até onde Mary sabia, havia evidência concreta de que Thomas ainda estava vivo. Alguns meses depois do acidente na mina, ela visitara uma vidente. Não disse nada de seu passado para a mulher, mas tinha fingido estar desesperada por ouvir notícias de seu amado marido falecido.

A vidente colocara as mãos sobre a mesa, fechara os olhos e respirara fundo, enquanto balançava na cadeira. Suas pálpebras se agitaram e seus lábios se moveram como se ela estivesse murmurando alguma coisa para alguém. Depois de um tempo, ela abriu os olhos e falou com Mary.

— Estou sentindo alguém. — Mary inclinou o corpo para a frente em sua cadeira, a vidente fechou os olhos mais uma vez e esfregou as têmporas. — Sim — a mulher prosseguiu. — Estou recebendo o nome Bill ou Barry. — Mary percebeu que ela abriu os olhos e esperou sua reação, mas permaneceu impassível, e a vidente foi obrigada a continuar. — Espere, não, não é Billy, é Bobby; é isso, é Bobby. Esse nome significa alguma coisa para você?

Mary recostou-se na cadeira enquanto o alívio tomava conta dela.

— Sim, significa. Tivemos um gatinho quando eu era criança. O nome dele era Bobby.

Saiu de lá com um sorriso imenso no rosto. Antes sentira medo de receber uma mensagem do além, mas aquela era toda a confirmação da qual precisava. O espírito de Thomas não tinha se materializado porque ele não estava morto. O espírito da própria Mary flutuava enquanto ela voltava para a hospedaria.

Mary decidiu caminhar os cinco quilômetros até o Blackpool Victória. A cidade começava a ganhar vida novamente, e o dia prometia mais uma vez ser de muito calor. O ar fresco do mar faria bem para a bebê e colocaria um pouco de cor em seu rosto. Enquanto esperava na faixa de pedestre, uma senhora abriu um sorriso sem dentes para ela.

— O que é que temos aí? — Seus dedos afastaram o lençol de flanela que envolvia o rosto da bebê. — Ela é linda... é uma menina?

Depois do desconforto inicial com a intrusão indesejada, o coração de Mary se encheu de orgulho.

— Sim, é uma menina.

— Ah, isso é adorável. Quanto tempo ela tem? — A velha mulher continuou a arrulhar para a bebê, mas Mary começava a ficar agitada. Abraçou a menina com mais força de encontro ao peito.

Os segredos que nos cercam 135

— Ah... alguns dias, não mais do que isso.

— E você já está em pé, andando por aí? Bem, estou surpresa, estou sim. Você precisa se cuidar, sabia?

— Me cuidar? — Mary franziu o cenho.

— Sim, você precisa tomar cuidado com... ah... as partes baixas. — A mulher se aproximou e abaixou a voz. — Sua parteira não disse isso para você?

Aquilo começava a soar como um interrogatório para Mary; não estava disposta a discutir suas partes íntimas com uma completa estranha. Os carros tinham parado para que as duas mulheres atravessassem a rua, e Mary fez um sinal de agradecimento com a cabeça para os motoristas ao seguir para o outro lado. A senhora se atrapalhou um pouco com um carrinho de compras de lona, mas a alcançou alguns segundos depois.

— Qual o nome dela?

Santo Deus, essa mulher nunca vai desistir?

— Sinto muito — Mary se desculpou. — Eu realmente preciso me apressar. Foi um prazer conhecê-la.

Deixou a mulher confusa na calçada e saiu caminhando decidida rumo ao seu destino.

O passo rápido permitiu que Mary completasse a jornada até o hospital em menos de uma hora. A bebê dormira o tempo todo, confortável com o movimento. Quando parou na entrada, Mary preparou-se para dizer adeus à pequena criança cuja vida lhe fora confiada no dia anterior. Tentou não pensar no que seria dela agora; se seria afetada para sempre por saber que sua mãe não a quis. Mary não conseguia imaginar um início mais devastador de vida, e seu coração doía só de pensar na angústia que isso, sem dúvida, causaria na garotinha quando ela tivesse idade suficiente para entender. Havia muitas crianças que não sabiam quem era o pai de verdade, mas certamente a maioria sabia alguma coisa sobre sua mãe biológica. Essa pobrezinha não saberia coisa alguma, exceto o fato de que sua mãe não a amara o suficiente para ficar com ela.

A bebê começou a se mexer enquanto Mary seguia para a entrada do hospital. Havia uma ambulância estacionada na porta principal, as luzes azuis ainda piscavam. Uma equipe médica saiu correndo do edifício e a porta traseira do veículo se abriu.

— Ah, querida — Mary disse para a criança, que agora se remexia sob o confinamento do lençol em que estava embrulhada. — Parece que chegamos em um mal momento.

A bebê tossiu, respirou fundo e começou a chorar.

— Psiu... pronto, pronto. Vamos levar você lá para dentro já, já. As enfermeiras vão cuidar de você. Vão colocá-la em um belo berço de hospital e deixá-la chorar até dormir. Se tiverem tempo, vão te dar um banho, talvez, ficar um pouco com você no colo e, então, vai haver um apelo para que sua mãe desnaturada apareça. — A bebê acalmou-se com o tom tranquilo da voz de Mary. — E então, quando ela não aparecer, porque, vamos encarar os fatos, ela não quer e nem te merece, você vai para um orfanato e, depois de um tempo, será colocada em adoção. E vai passar o resto da vida se perguntando quem são seus pais verdadeiros e por que eles não a amaram o suficiente.

Uma lágrima desceu pelo rosto de Mary e pairou precariamente em seu queixo antes de cair na testa da bebê. Ela virou-se e olhou por sobre os ombros para o hospital, agora a uma certa distância. Não parecia ter sido uma decisão consciente, mas Mary percebeu que estava voltando para casa. Aquela bebê tinha sido abandonada uma vez, e Mary não estava disposta a abandoná-la novamente.

23

Daisy estava deitada na cama de hospital e olhava a luz brilhante. Já tinha lido sobre isso, o longo túnel que levava ao brilho quente e acolhedor do paraíso e aos braços ansiosos de Deus. Estendeu a mão cegamente e encostou no jaleco branco engomado do médico. Ele apagou a lanterna e falou com a paciente.

— Bom dia, Sra. Duggan. Como está se sentindo?

Daisy tentou se sentar, mas seus braços e pernas pareciam de chumbo e não cooperaram.

— Onde estou? Cadê meu filho?

O rosto do médico pairou a poucos centímetros do dela, e ele falou gentilmente:

— Você esteve envolvida em um acidente noite passada. Teve uma concussão e um corte feio na coxa. Vamos fazer um raio-X.

— Cadê meu filho? O nome dele é Jerry Duggan. Sabe o que aconteceu com ele?

— Tente ficar calma, Sra. Duggan. Vou descobrir assim que terminar de examiná-la.

Depois que terminou de cutucá-la por todos os lados, o que pareceu ser intrusivo e desnecessário para Daisy, ela fechou os olhos e tentou se lembrar dos acontecimentos do dia anterior. Lembrava-se de Jerry dizer que estavam quase chegando em casa; ela estava ansiosa pela caneca noturna de Ovomaltine. Nem mesmo com as temperaturas altas conseguia deixar o costume de lado.

Lembrou-se da batida alta e depois da sensação de estar girando sem parar, até pensar que jamais pararia. Quando a náusea tomou conta, ela pegou o copo de água na mesinha ao lado da cama para tentar conter a bile que subia pela garganta e notou o médico conversando com outro homem com roupas cirúrgicas. Ela o ouviu mencionar o nome de Jerry. O cirurgião passou o dedo pela prancheta, olhou para Daisy por sob a franja comprida e balançou a cabeça quase imperceptivelmente.

Mikey sabia que não estava em sua cama. Os lençóis estavam passados e tinham cheiro de limpos, o travesseiro era firme, não cheio de grumos, e o cobertor verde-claro era suave e acetinado em seus dedos.

— Você está bem, Mikey, meu amor?

Sem reconhecer o tom de voz gentil, ele virou-se para ver quem tinha falado e ficou surpreso ao ver que fora sua mãe. Ela tinha o imenso macaco de pelúcia no joelho. A cabeça de Mikey doía, e ele sentia como se estivesse usando um turbante, como seu amigo, o Sr. Singh, da loja de doces. Passou o dedo no curativo de tecido que estava bem enrolado em sua cabeça.

— Eu estava tão preocupada. — Sua mãe deu um tapinha nas costas da mão dele.

Em outro quarto, Mikey não conseguia se lembrar de uma vez em que a mãe se preocupara com ele, então, soube que devia ser sério. Franziu o cenho, olhou a mãe desconfiado, estendeu a mão e pegou um dos braços do macaco.

— Meu pai me deu isso na feira. O nome dele é Galen. — Então lembrou-se de alguma coisa e enfiou a mão embaixo do travesseiro. Achou o dente que tinha colocado ali na noite anterior. Segurou-o na palma da mão e ficou olhando por algum tempo. — A fada não veio — comentou, depois de alguns instantes.

— Que fada? Sobre que diabos você está falando, Mikey?

— Meu dente caiu na roda-gigante ontem. Coloquei embaixo do travesseiro, para a fada do dente.

— Ah, Mikey, seu boboca. Não pode fazer isso sem contar para alguém.

Mikey encarou a mãe. Ela parecia a mesma pessoa, mas soava diferente. Sua voz era mais suave, mais gentil, porém parecia estar nervosa com alguma coisa e remexia o colar no pescoço. Andrea deixou o macaco de lado, pegou um maço de cigarros e colocou um entre os lábios antes de lembrar onde estava. Guardou o cigarro de volta no maço.

— Quer um pouco de limonada? — Sem esperar uma resposta, ela serviu um pouco no copo ao lado da cama de Mikey e completou com água. — Tome, beba isso.

— Quero meu pai. Onde ele está? — Mikey empurrou o copo.

A mãe dele pareceu insegura e agitada ao empurrar a cadeira para trás e correr até o balcão das enfermeiras.

Mikey não conseguia ouvir o que estavam falando, mas viu a enfermeira colocar uma tigela com formato estranho de lado e dar um tapinha no braço de sua mãe antes de aproximar-se de sua cama. Sua mãe veio logo atrás.

A enfermeira falou no mesmo tom de voz gentil que sua mãe começara a usar.

— Mikey, você consegue ser um garoto corajoso? Tenho algumas notícias muito tristes, mas sua mãe está aqui e todos nós vamos cuidar de você.

Mikey não gostou de nada daquilo. Sentiu seu queixo começar a tremer, e ficou preocupado por não conseguir ser corajoso. Respirou fundo e tentou obrigar seus lábios a formarem um sorriso. Fez que sim com a cabeça.

A enfermeira continuou a falar enquanto sua mãe pairava nervosa logo atrás dela.

— Lembra o acidente da noite passada? Como você e alguns dos outros se machucaram?

Mikey assentiu de novo. Não sabia se esperavam que ele respondesse ou não.

— Seu pai ficou bem machucado, e eu sinto muito em te dizer isso, mas os médicos não foram capazes de salvá-lo.

— Ah. — Foi tudo o que ele conseguiu pensar em dizer.

— Você entende o que eu estou te dizendo, Mikey? — Agora a enfermeira segurava sua mão.

A voz dele falhou, e uma única lágrima desceu por seu rosto.

— Você quer dizer que meu pai foi para o céu?

— É isso mesmo, Mikey. — A mãe deu um passo adiante. — Seu pai morreu, mas estou aqui agora e vou cuidar de você, exatamente como sempre fiz.

— Vou deixá-los agora. — A enfermeira deu um tapinha no ombro dela. — Sabem onde me encontrar se precisarem de mim. — Ela ofereceu um sorriso triste para Mikey antes de ir.

Mikey estendeu os braços para a mãe. Ela só hesitou por um instante antes de envolvê-lo em um abraço. Ele não conseguia se lembrar da última vez que ela o abraçara, e o abraço dela era desconhecido e desajeitado. De repente, ele cansou de ser corajoso e deixou que as lágrimas fluíssem até o pescoço dela enquanto ela o balançava para frente e para trás.

Babs foi despertada de seu sono agitado pela voz de Trisha discutindo com uma enfermeira.

— Por favor, você tem que me deixar vê-lo. Sou a esposa dele.

Aquela mulher podia começar um motim em um quarto vazio.

A enfermeira estava fazendo um trabalho admirável em manter a paciência sob circunstâncias tão difíceis.

— Como eu já disse antes, Sra. Pryce, seu marido está em cuidado intensivo no momento e vai para o quarto mais tarde, ainda hoje. A condição dele é grave, mas estável, e você será a primeira a saber e houver alguma mudança. — Levou Trisha até a cama ao lado de Babs. — Sei que é difícil, mas prometo que avisarei assim que houver alguma notícia.

— Não preciso voltar para a cama. — Trisha se afastou da enfermeira. — Só fiquei aqui para observação; agora que já me observaram e viram que não há nada de errado comigo, eu quero poder ver meu marido.

— Acalme-se, Trisha. — Babs interferiu. — Nem todo mundo sobreviveu, lembre-se. Nós tivemos sorte, incluindo Selwyn.

Aquilo pareceu fazer Trisha cair em si.

— Sinto muito. Só estou preocupada com ele. Eu o amo, você sabe, Barbara.

— Sei que sim, Trisha. Eu o amo... Quero dizer, eu o *amava* também, e ele ainda é pai da Lorraine. Todas estamos preocupadas.

Babs tentou pegar dois analgésicos que a enfermeira havia deixado ao lado de sua cama. Mas era difícil manobrar com o braço em uma tipoia, e ela ficou muito grata pela ajuda de Trisha, quando sua jovem rival lhe passou os comprimidos e um copo de água. Trisha fez sinal com a cabeça na direção de Lorraine, na cama do outro lado de Babs.

— Ela ainda está dormindo?

Babs olhou para a filha. O rosto bronzeado e sardento a deixava com um aspecto saudável, mas a menina sofrera severos hematomas no peito causados pelo cinto de segurança. Era um pequeno preço a pagar. Petula não estava usando cinto.

— Mãe? — Lorraine lutou para abrir os olhos. Era como se estivessem colados, em algum tipo de brincadeira de mau gosto.

— Estou aqui, meu amor. — Babs estendeu a mão, mas Lorraine estava longe demais para fazer qualquer contato.

— Onde está meu pai?

Trisha deu um passo adiante e sentou-se sem ser convidada na beira da cama de Lorraine.

— Ele está em cuidado intensivo. Não me deixaram vê-lo ainda, mas como parente mais próxima serei a primeira a saber se houver qualquer mudança.

— Mas ele vai ficar bem, não vai, mãe? — Lorraine sabia que a mãe não mentiria para ela.

— Claro que sim, amor. — Babs adotou um tom de voz cauteloso. — Você só tem que se preocupar em ficar melhor. Sabe como seu pai se preocupa.

— Deus, meu peito dói. — Lorraine esticou os braços sobre a cabeça e tentou respirar fundo.

— Sra. Pryce? — Uma enfermeira apareceu do outro lado da cama de Lorraine e falou com as três mulheres.

— Sim? — Trisha e Babs responderam em uníssono.

— Qual de vocês é casada com Selwyn Pryce? — A enfermeira consultou suas anotações.

— Sou eu. — Trisha deu um olhar de triunfo para Babs.

— Neste caso, pode vir comigo, por favor? O médico gostaria de uma palavra e depois deixará você ver seu marido.

— Ah, Deus, olhe meu estado. O que Selwyn vai pensar? — Trisha abriu os dedos e passou-os pelos cabelos. Amarrou com força o roupão do hospital ao redor da cintura e inclinou-se na direção de Babs. — Tenho alguma coisa entre os dentes? — Separou os lábios em um sorriso forçado, e Babs viu um pedaço de repolho preso entre os dois dentes da frente.

— Não, você está bem, Trisha. Tudo certo.

— Por que acha que o médico quer falar com ela? — Lorraine perguntou quando Trisha e a enfermeira deixaram o quarto.

— Não sei, amor. Tudo isso é tão horrível, tão trágico... — Babs virou o corpo para encarar Lorraine na cama ao lado.

— Eu sei. Não consigo parar de pensar na pobre Petula. Isso vai acabar com o pai dela. E ainda tem a bebê. Deus, mãe, ela também teria morrido se Petula a tivesse levado para casa. Imagine nascer e morrer no mesmo dia?

Babs estremeceu.

— Pensei nisso também. — Estendeu a mão e tentou tocar a filha mais uma vez. Lorraine imitou o gesto e seus dedos se encostaram no espaço entre as camas. — Lorraine — Babs começou a falar. — Karl não conseguiu. Eu sinto muito.

Lorraine assentiu e fechou os olhos.

— Eu sei. Ouvi você e Trisha conversando quando pensavam que eu estava dormindo. Coitado do pequeno Mikey, nunca vai superar isso.

Elas ficaram deitadas lado a lado, em silêncio contemplativo até que por fim Lorraine falou novamente.

— Mãe, ainda está acordada?

— Não acho que conseguirei dormir de novo. Cada vez que fecho os olhos, ouço o som do metal sendo esmagado e vejo corpos tombando uns sobre os outros, coisas voando pelo micro-ônibus e...

— Petula estava prestes a me dizer quem era o pai.

— Ah, Deus, sério? Por que ela não falou? — Babs parou de falar abruptamente.

— Fomos interrompidas, mas ela teria me contado em algum momento, sei que teria.

A conversa chegou ao fim com o som da auxiliar empurrando o carrinho com o lanche da tarde pelos corredores, as xícaras de porcelana verde batendo na bandeja de metal. Ela parou ao lado da cama de Lorraine e pegou uma enorme chaleira de aço inoxidável.

— Uma xícara de chá, querida?

Levou mais de uma hora para que Trisha voltasse ao quarto. Babs sabia que nenhuma delas estava com a melhor das aparências, com os roupões recebidos do hospital e a falta de maquiagem ou de produtos para o cabelo. Mesmo assim, ficou chocada com o aspecto de Trisha. Seu rosto estava branco como giz, seus olhos vermelhos e inchados e seu lábio inferior ainda roxo e inchado. Suas mãos tremiam ao pegar a xícara de chá que fora deixada na mesinha ao lado de sua cama.

— Já deve estar frio, Trisha — Babs avisou.

Trisha a ignorou e bebeu o chá frio de uma só vez. Secou a boca com as costas da mão.

— Não são boas notícias, Barbara. — Sentou-se na beirada da cama e esfregou as mãos sobre o rosto. — Selwyn teve uma lesão na coluna vertebral. Ainda vão fazer alguns testes, mas os primeiros sinais são de que ele pode estar paralisado.

— Meu Deus — Babs sussurrou. — Que notícia mais trágica!

Lorraine virou-se e enfiou o rosto no travesseiro.

— Não posso acreditar, Barbara — Trisha lamentou. — É tão injusto. Vou ficar casada com um aleijado.

24

Toda manhã, a primeira coisa que Mary fazia depois de alimentar a bebê era ligar o rádio. O aparelho sempre soltava um chiado e um assobio irritante antes de finalmente sintonizar em alguma coisa coerente. Como sempre, as manchetes falavam da seca. Em algumas partes do país já fazia bem mais de um mês que não chovia. Mary colocou a bebê no ombro e deu um tapinha nas costas da criança enquanto olhava a baía.

— "Água, água por todo o lado e todos os barcos encolheram / Água, água por todo o lado e nem uma gota para beber". — Deu uma risadinha e beijou a orelha da filha. — Meu Thomas adorava recitar poesia. Ah, ele fingia que não, queria bancar o macho, mas eu podia ver nos olhos dele.

Já fazia duas semanas que o precioso embrulho tinha sido abandonado na porta dela, e a cada dia que passavam sem notícias sobre alguém que pudesse tê-la deixado, as esperanças de Mary começavam a aumentar. Não tivera escolha a não ser confiar em Ruth. A moça testemunhara em primeira mão o luto de Mary depois que ela perdeu o bebê de Thomas, embora não compartilhasse da crença de que Thomas não estava morto. Mary explicara que a bebê fora deixada em sua porta por alguém que sabia que tomaria conta dela. Ruth estava ocupada demais em cantar para a bebê em seus braços para prestar atenção na história.

— Ruth, entende o que estou dizendo?

— Quer dizer que vai ficar com ela? — A garota olhara para sua empregadora, a testa franzida demonstrando sua confusão.

Mary engolira em seco, mas respondeu com convicção.

— Sim, Ruth, vou. E, se alguém perguntar, ela é minha filha, tudo bem? — Pegara a garotinha de Ruth e a embalara gentilmente nos braços. Os olhos da menina se abriram por um tempo e depois fecharam de novo.

Ruth encarou as duas por um longo tempo antes de falar.

— Acha que o Sr. Roberts enviou este bebê?

Mary dera uma risadinha.

— Não seja... — Então ficara quieta. Deus abençoe Ruth. Tão simplória, descomplicada e ingênua. Claro que Thomas não enviara um bebê para ela, mas não faria mal para Ruth pensar que sim.

Mary sorrira e colocara uma mão tranquilizadora no ombro da garota.

— Sabe, Ruth, acho que pode estar certa.

Na noite anterior, enquanto Mary terminava de dar banho na menina, os lábios rosados da bebê se esticaram em um sorriso sem dentes, o que ela interpretou como um sinal claro de que as duas estavam criando laços. Mary tomara a decisão de não aceitar mais reservas pelos próximos meses, e o sinal de neon continuava a mostrar "Não há vagas", como um empecilho para qualquer hóspede em potencial. Isso significava gastar o dinheiro que recebera do fundo do desastre, mas não podia lidar com a administração de uma hospedaria e cuidar de um bebê recém-nascido ao mesmo tempo sozinha. Ruth fazia o melhor que podia, mas de vez em quando a garota era muito dependente. Apesar disso, Mary tinha um casal mais velho agendado para o fim de semana, uma reserva de longa data que não tivera coragem de cancelar. O senhor e a senhora Riley hospedavam-se com ela na mesma data há anos.

Deitou a bebê em um berço improvisado que fizera com uma gaveta e colocara em um canto da cozinha. Fizera um ninho de cobertores para proteger as bordas duras da gaveta e forrara com um lençol de flanela. Seria perfeitamente adequado pelo menos para as próximas semanas. Ao ouvir o senhor e a senhora Riley entrarem na sala de jantar, ela foi até lá cumprimentá-los e pegar os pedidos.

— Bom dia, Sr. Riley, Sra. Riley. Vão querer o de sempre?

— Sim, por favor, Sra. Roberts. — O sr. Riley puxou uma cadeira para a esposa. — Vejo que será um belo dia.

— É o que esperamos, não é mesmo? Mas, para ser honesta, eu não me importaria se um pouco de chuva viesse lavar a poeira. Todo lugar parece encardido, não é mesmo? — Mary colocou o pote de plástico vermelho, com o ketchup, no meio da mesa.

— Devo dizer que estou surpresa por sermos os únicos hóspedes aqui neste fim de semana — a Sra. Riley comentou. — Por que está com a placa de "Não há vagas" acesa? Você não está com as vagas lotadas.

Mary olhou para a cozinha quando ouviu a chaleira apitar no fogão. Era a desculpa perfeita para ignorar a pergunta.

— Ah, a água está fervendo. Preciso preparar o chá para vocês.

Recostada na pia, ela respirou fundo para acalmar-se. Por sorte, a bebê dormia tranquila no berço, e o apito da chaleira não fora o suficiente para acordá-la. Se Mary soubesse que teria de encarar perguntas tão constrangedoras, teria se preparado melhor.

Voltou com o bule de chá, e a Sra. Riley levantou a tampa e começou a misturar os saquinhos de chá com uma colher.

— Estou com a bebê da minha irmã por algum tempo. Vou cuidar dela — Mary falou.

A Sra. Riley parou de mexer o chá. As maçãs de seu rosto brilhavam de suor.

— Ah, que bom para você. Eu estava comentando com Jack como deve ser solitário para você desde que seu marido faleceu.

Mary se irritou.

— Na verdade, não há evidência concreta para sugerir que ele... — Parou de falar quando ouviu a bebê chorar na cozinha. Fazendo meia mesura, ela saiu da sala de jantar. — É melhor eu ir vê-la.

A tensão de tentar esconder a bebê começava a incomodar, e agora criara outra mentira ridícula. Nem mesmo tinha uma irmã, pelo amor de Deus. Devia simplesmente ter dito que a bebê era sua. Agora seria impossível aceitar a reserva do senhor e da senhora

Os segredos que nos cercam

Riley para o próximo ano. Tinha de pensar em algo mais convincente, algo que não envolvesse inventar membros da família que não existiam. Embora fosse verdade que era bastante reclusa, em especial depois que Thomas se fora, a vizinhança certamente notaria se um bebê aparecesse de repente. Não gostava da perspectiva, mas se alguém perguntasse, teria de dizer que a criança era o resultado de uma noite mal pensada com um de seus hóspedes. Estremeceu com a ideia, em especial se considerasse o período. A bebê devia ter sido concebida em outubro de 1975, quatro meses após a morte de Thomas. Dificilmente esse seria o ato de uma viúva.

Quando o fim de semana terminou, Mary estava exausta. Sempre gostara muito do senhor e da senhora Riley, mas agora eles foram um transtorno completo. Ficou feliz quando finalmente fechou a conta deles e os mandou embora. Eles se despediram alegremente, prometendo voltar no próximo ano, enquanto desciam a rua. *Não se eu puder evitar*, Mary murmurou consigo mesma enquanto fechava a porta agradecida.

Ela esperou mais duas semanas antes de oficializar. Teve que enfrentar algumas perguntas constrangedoras no cartório de registros sobre a identidade do pai e onde ocorrera no nascimento, mas, felizmente, a bebê escolheu esse exato momento para ficar especialmente inquieta. Mary balançou o carrinho de segunda mão, mas isso só pareceu piorar as coisas. O rosto da bebê ficou vermelho e sua língua vibrava dentro da boca, como um pedaço de fígado.

— Está na hora de alimentá-la — Mary disse, explicando-se e lutando para se fazer ouvir por sobre o barulho. — Ela nasceu em casa, no dia vinte e quatro de julho de 1976.

A mulher do registro espiou por sobre os óculos pontudos.

— E você é casada com o pai do bebê? — Esperou a resposta com a caneta a postos.

— N... não, não sou — Mary gaguejou enquanto sentia a vergonha ruborizar seu pescoço e rosto.

— Entendo. Bem, o pai vai participar do registro de nascimento? — A mulher olhou ao redor da sala, em busca de um candidato adequado.

— Ah, não, ele não vai. Eu...

A mulher do registro a interrompeu com dois riscos da caneta no espaço em que deveriam constar os detalhes do pai. Quando a tinta secou, passou a certidão por baixo do vidro. Mary a pegou, grata, e saiu correndo do edifício

Enquanto caminhava pelo calçadão, a bebê se acalmou de novo, e Mary começou a relaxar pela primeira vez desde que a encontrara em sua porta. Parou e inclinou-se sobre o guarda-corpo, observando as crianças brincarem na praia. A areia se misturava com os corpos bronzeados e com os guarda-sóis coloridos; não havia um espaço disponível à vista. O som das conversas animadas das crianças não mais causavam sentimentos de instinto materno insatisfeito. Foram necessários trinta e dois anos, mas pelo menos agora era mãe, e tinha uma certidão para provar. Elizabeth Mary Roberts era sua filha.

Ergueu a coberta de algodão e olhou para a bebê.

— Ah, que você seja abençoada, pequena Beth. Agora você é minha e vou fazer de tudo para que ninguém a machuque de novo. Vamos ter uma ótima vida juntas. — Acariciou o rosto da criança e foi recompensada com um sorriso torto. — E um dia seu pai vai voltar para casa, e imagine só a surpresa dele quando descobrir que tem uma bela garotinha? — Beth murmurou e balançou as perninhas gorduchas de alegria. Mary gargalhou. — Sim, você vai gostar disso, não vai? E ele será o melhor pai que uma garotinha poderia desejar.

25

O calor opressivo pesava em Daisy e tornava tudo ainda mais difícil. Ela ansiava pelas chuvas, desejava sentir mais uma vez a grama fresca e coberta de orvalho sob os pés, queria aguar as plantas no jardim e nutrir suas folhas marrons e quebradiças. O país todo parecia sujo. As pessoas tinham parado de lavar os carros e de limpar as janelas. Ônibus e trens estavam cobertos com camadas e camadas de poeira. Rios e reservatórios estavam secos, e agora se pareciam com planícies rachadas e ressecadas. Ela cambaleava pela rua com pesadas sacolas de compras nas duas mãos, perguntando-se como diabos o povo da Espanha aguentava isso ano sim, ano não. Não era de estranhar que precisassem de uma soneca no começo da tarde.

As alças de plástico entravam nas palmas de suas mãos, e o suor em seu pescoço, sob o cabelo, começava a escorrer pelas costas. Sem mão livre para secá-lo, ela encolheu os ombros, colocou a cabeça para trás e a sacudiu de um lado para o outro. Não via a hora de chegar em casa e tomar um banho refrescante — bem rápido, claro; não queria desrespeitar as regras da seca.

Quatro semanas depois do acidente, seus ferimentos físicos estavam sarando. O corte em sua coxa já não era tão lívido, e já conseguia trocar o próprio curativo. Os ferimentos emocionais, no entanto, demorariam muito mais para sarar, provavelmente, a vida toda. Mas Daisy era uma batalhadora. Afinal, que outra escolha tinha? Havia gente pior do que ela. O pobre Selwyn ainda estava no hospital com uma lesão na coluna vertebral, e o pequeno Mikey tinha de lidar com a devastação de perder o pai aos seis anos de idade.

Conforme aproximava-se da casa do menino, em Bagot Street, Daisy viu o garotinho sentado na calçada, jogando as bolinhas de gude em um pequeno buraco perto da porta de entrada. As casas de tijolos vermelhos germinadas pareciam todas idênticas, exceto pelas portas. Era como se os moradores da rua estivessem determinados a superar os demais em uma competição para ver quem achava a cor mais chamativa. Daisy parou na porta de Mikey, que era pintada com um tom enjoativo de mostarda, e decidiu que aquela era a vencedora.

— Oi, Mikey. — Colocou as sacolas na calçada e remexeu em uma delas, pegando um Curly Wurly. — Parei no Sr. Singh para comprar um sorvete, mas você acredita que ele estava sem?

— Obrigado, Sra. Duggan. — Mikey pegou o chocolate.

— Não há de quê, meu amor.

Ela observou Mikey enquanto ele lutava para abrir a embalagem antes de enfiar o doce entre os dentes. Os dois da frente ainda estavam faltando, então, era difícil morder, mas ele acabou conseguindo.

— O que está fazendo aqui sozinho, Mikey?

A boca de Mikey estava grudada com o caramelo, e ele tentou mastigar mais rápido para poder responder.

— Todos os meus amigos foram para casa tomar lanche, mas eu estou trancado para fora.

— Ah, querido, isso é uma pena. Onde está sua mãe?

— Não sei. — Mikey deu de ombros. — Ela disse que deixaria a chave embaixo do tapete, mas deve ter esquecido.

— Mikey, quando foi a última vez que você comeu? — Daisy notou o jeito como ele devorou a barra de chocolate.

Ele coçou a cabeça.

— Ah... bem, eu comi um pouco de cereal no café da manhã, mas não tinha leite, então, tive que comer com os dedos, e Kevin me deu metade do sanduíche dele e um pouco de salgadinho.

— Então você ficou trancado para fora o dia todo?

Mikey assentiu enquanto engolia o resto do chocolate. Esfregou a manga da blusa na boca.

— Não está com calor com essa blusa de manga comprida? — Daisy sentou-se ao lado dele na calçada.

Ele pensou na pergunta por um instante.

— Ah, sim. Acho que um pouco, mas não tenho mais camisetas limpas.

Daisy apertou a boca em uma linha fina e determinada.

— Acho que preciso conversar com sua mãe. — Ela se levantou e estendeu a mão para Mikey. — Venha, vou levar você até minha casa, na avenida Lilac, para preparar uma refeição decente.

— Minha mãe vai ficar preocupada se não souber onde estou.

Daisy olhou o rosto inocente do garotinho. Não achava que Andrea McKinnon passasse um único segundo preocupada com o filho, mas Mikey não precisava ouvir aquilo naquele momento.

— Vamos deixar um bilhete para ela, então. — Remexeu em sua bolsa de mão, pegou uma caneta e um papel e escreveu uma mensagem. *Mikey está na minha casa. Trago ele de volta mais tarde. Não precisa se preocupar. Daisy Duggan.* Perguntou-se se Andrea notaria o sarcasmo.

Mikey comeu tão rápido que agora estava sentado na mesa lutando contra os soluços.

— Eu disse para você comer devagar. — Enquanto acariciava o cabelo do menino, notou a linha de sujeira na base do pescoço da criança. — Mikey, quando foi a última vez que você tomou banho?

— Como? Ah, minha mãe disse que não podemos.

Daisy suspeitava que essa era a primeira vez que Andrea obedecia a uma regra.

— É permitido, sim, Mikey. Ainda temos que cuidar de nós mesmos, sabia? Vou lá em cima preparar um banho para você.

Assim que ele ficou limpo, seco e vestido com uma das camisetas velhas de Jerry, Daisy juntou-se a ele no sofá.

— Sente-se melhor agora que está limpinho?

— Sim, muito obrigado, Sra. Duggan. — Ele puxou a camiseta. — É um pouco grande. — Sorriu.

— Por que não me chama de tia Daisy? Sra. Duggan faz com que eu me sinta muito velha, e só tenho quarenta e cinco anos, sabia?

— Quarenta e cinco? Isso é velha. Eu achava que meu pai era velho, e ele só tinha trinta e seis.

À menção do pai, ele abaixou o olhar e ficou brincando com a bainha da camiseta.

Daisy o puxou para seus braços.

— Ele tinha tanto orgulho de você, sabia? Sempre que ia até o *pub* era Mikey isso, Mikey aquilo, sempre contando como você ia bem na escola. O melhor da classe em matemática, não é mesmo?

Mikey assentiu e esfregou a testa. Daisy empurrou o cabelo do menino para trás e olhou a cicatriz que se escondia embaixo. Assim como a dela, já estava começando a sarar. Era difícil adivinhar quanto tempo levaria para que o coração dele fizesse o mesmo.

26

Babs nasceu para ser dona de *pub*, e nunca ninguém imaginou que pudesse escolher outra profissão. Crescera em *pubs* e aquilo era uma segunda natureza para ela. Atrás do balcão do Taverners, ela se sentia em casa tanto literal quanto metaforicamente. Até o cheiro da cerveja velha na bandeja a levava de volta para tempos mais felizes. Quando Trisha lhe pedira ajuda para cuidar do *pub*, enquanto Selwyn estava no hospital, Babs mal conseguira conter a alegria e ficou muito satisfeita em dizer ao grudento Sr. Reynolds onde ele podia enfiar aquele emprego.

O braço dela ainda estava na tipoia, o que tornava as coisas um pouco mais difíceis, mas não era nada com o que Babs não conseguisse lidar. Normalmente, ela já estaria em seu ambiente, de volta ao lugar ao qual pertencia, mas à sombra do que ocorrera há quatro semanas tudo ganhava uma luz muito diferente. Lorraine também tinha voltado, então, um cessar de hostilidades incômodas fora acordado, e as três mulheres tentavam se dar bem por causa de Selwyn. As notícias do hospital não eram as melhores, mas havia sinais encorajadores.

Entubado desde o acidente, agora Selwyn já conseguia respirar sem ajuda de aparelhos, embora ainda não conseguisse falar. Para seu crédito, Trisha passara a maior parte do tempo ao lado dele e estava atenta para garantir que ele tivesse tudo o que pudesse precisar.

Antes que o Taverners abrisse à noite e voltasse a correria normal da sexta-feira, Babs aproveitava a oportunidade para dar um jeito na papelada. Estava inclinada sobre uma pequena mesa redonda, confortável, aproveitando a solidão. Fazia quase sete semanas desde o incêndio, mas o cheiro da tinta fresca ainda permeava o ar, e as paredes pareciam mais vivas com o novo papel de parede de madeira e magnólia. Olhou para o teto e perguntou-se quanto tempo levaria até que ficasse manchado de nicotina.

Um som já quase esquecido foi registrado por seus ouvidos. Ela ergueu a cortina de renda e espiou pelo vidro salpicado de chuva, quase permitindo-se um sorriso.

— Finalmente — sussurrou.

Passou o dedo por uma coluna de números, fazendo a soma de cabeça, satisfeita por estar tão afiada na matemática quanto antes. Ouviu a porta da frente se abrir, e Lorraine entrou, o cabelo molhado pela chuva grudado no rosto. Ela jogou a bolsa na mesa e sentou-se na cadeira diante da mãe. Os papéis caíram, e Babs curvou-se para pegá-los.

— Cuidado, Lorraine. Passei um tempão separando tudo isso.

Lorraine parecia distraída.

— O quê? Ah, me desculpe, mãe. — Ajudou a pegar os papéis do chão e a colocá-los em algum tipo de ordem. Então tirou o casaco molhado e o pendurou em uma cadeira diante do aquecedor elétrico. — Só com minha sorte para ser pega pela primeira chuva que temos em meses. — Ligou o aparelho. — Vou ligar isso aqui para secar meu casaco, se não tiver problema.

— Tudo bem. Por onde andou até essa hora? — Babs empilhou os papéis com cuidado.

— Fui ver Ralph... você sabe, o pai de Petula. Ele ainda não voltou ao trabalho, então, pensei em passar lá para ver como andam as coisas.

— Pobre coitado. Como ele está? — Babs recostou-se na cadeira, esquecendo-se temporariamente da papelada.

— Está se fazendo de corajoso, mas está com uma aparência horrível, mãe. Tão pálido e abatido, e parece ter perdido ainda mais peso. O cinto já não tem mais furos para apertar, ele prendeu a calça dando um nó. — Ela balançou a cabeça. — Ele estava com Nibbles no joelho e ficou fazendo carinho nele o tempo todo. Parece acalmá-lo, então eu disse que ele podia ficar com o coelho. Pareceu um pouco cruel pedi-lo de volta agora.

— Você é uma boa menina, Lorraine. — Babs deu um tapinha nas costas da mão da filha.

— Eu me sinto mal, mãe. Fiquei pensando que deixaria escapar a qualquer momento que ele tem uma neta. Mal pude me conter, mas sei como Petula estava determinada a não deixar que ele soubesse o que aconteceu.

— Hmmm — Babs pensou. — Eu me pergunto se isso traria algum grau de conforto para ele saber que uma parte de Petula ainda vive.

— Eu pensei nisso, mas e quanto à reputação de Petula? Ela não queria que o pai pensasse mal dela, e não está mais aqui para defender suas ações. Ela era tão próxima do pai e, aos olhos dele, não fazia nada de errado. Não acho que gostaria de ser a pessoa a manchar a lembrança que ele tem dela. — Lorraine apoiou a cabeça nas mãos. — É tudo uma confusão horrível. Quero dizer, eu prometi para ela que não contaria a ninguém sobre o bebê, mas quando fiz isso não sabia que ela ia morrer. — Ela ergueu a voz em desespero pela situação.

— Quão próximos? — Babs mordiscou a ponta da caneta e olhou pela janela.

— O quê? — Lorraine ergueu a cabeça.

— Você disse que Petula e o pai eram próximos. — Babs ergueu a sobrancelha. — Estranhamente próximos?

— Por Deus, mãe, você não está sugerindo que Ralph... Eca, Deus, não, como pode até mesmo pensar nisso?

— Sinto muito, Lorraine. — Babs balançou a cabeça. — Estou só tentando descobrir por que ela não contou para você quem era o pai; por que isso era um segredo tão grande.

Babs odiava ver a filha tão perturbada, então, mudou de assunto e tentou fazer a próxima pergunta parecer o mais casual possível.

— Por acaso... ah... Ralph mencionou a necrópsia? — Secretamente, Babs temia que as autoridades descobrissem que Petula tinha acabado de dar à luz. Um interrogatório sobre o que tinha acontecido com o bebê certamente teria se seguido a isso, e ela não achava que seria capaz de aguentar tal escrutínio.

— Sim, na verdade, ele mencionou. Aparentemente, ela sofreu um ferimento fatal na cabeça, e a hipótese mais provável é que morreu ao atravessar o para-brisa e nem percebeu o carro que a atropelou quando ela aterrissou na estrada. — Lorraine estremeceu e tentou conter as lágrimas. — Ele passou por cima dela, mãe.

Babs levantou-se e deu a volta na mesa para abraçar a filha. Ainda sentada, Lorraine abraçou a mãe pela cintura, com as lágrimas quentes molhando a saia de Babs.

Babs tirou um lenço da manga e secou os olhos da filha. Molhou o lenço e limpou as manchas de máscara de cílios que escorriam pelo seu rosto. Lorraine conseguiu dar uma risadinha.

— Não tenho cinco anos de idade. — Pegou a bolsa que estava na mesa e levantou-se. — Quer que eu comece a arrumar o balcão?

— Por favor, meu amor, se você não se importar — Babs respondeu agradecida. — Estou quase terminando isso aqui, mas não acho que Trisha vá voltar tão cedo.

Lorraine parou na porta do escritório e voltou-se para a mãe.

— Mãe, não acha estranho não termos escutado nada sobre a bebê nas notícias?

Babs tinha se perguntado a mesma coisa, e até perguntara isso para Daisy, mas Daisy lhe assegurara que a bebê tinha sido encontrada e a mulher na hospedaria parecia ser uma pessoa decente, e que certamente fizera a coisa certa.

— Deve ter saído no jornal local, em Blackpool. Não se preocupe com isso, Lorraine. Tenho certeza de que está tudo bem.

Babs colocou o dedo nos lábios ao ouvir a porta da frente se abrir mais uma vez. Trisha apareceu e ficou parada ali, parecendo um coelho assustado, insegura do que fazer a seguir. Babs aproximou-se dela com cuidado e tocou seu cotovelo.

— Trisha, qual é o problema?

— Tem cheiro de cachorro molhado aqui. — Ela enrugou o nariz.

— Desculpe, é meu casaco. Fui pega pela chuva. — Lorraine olhou para o casaco que secava ali perto.

— Ah, certo. — Trisha olhou o vazio. Balançou a cabeça rapidamente, como se quisesse clarear a mente. — De toda forma, é Selwyn. Confirmaram hoje que ele nunca mais vai andar. — Enfiou a mão na bolsa e pegou um pedaço de papel. — Escrevi aqui para não esquecer. — Ela abriu o pedaço de papel amarrotado no balcão e apontou para a palavra. — É isso aqui. Ele tem uma lesão na vértebra C5, o que significa que está quad... quadriplégico.

— O que isso significa? — Lorraine segurou-se no braço de Babs.

— Bem? — Babs olhou para Trisha.

Trisha ergueu a tampa do balcão e passou para o outro lado. Pegou um copo, colocou uma dose de gim e tomou de um gole só. Repetiu o processo antes de responder.

— Eles não têm certeza ainda se é uma lesão completa, mas é certeza que Selwyn não vai mais conseguir andar. Ele ainda terá controle sobre a bexiga e o intestino. Quanto a relações sexuais, bem, pode esquecer. Por que isso tinha que acontecer comigo? — Tomou uma terceira dose de gim e bateu o copo no balcão.

— Trisha — Babs falou horrorizada —, isso não aconteceu com você, sua vaca egoísta. Isso aconteceu com Selwyn.

Trisha pareceu confusa por um instante.

— O quê? Ah, sim, bem isso vai afetar minha vida também, você sabe. Quero dizer, onde ele vai dormir? Como ele vai subir as escadas? — Ela jogou as mãos no ar. — Ele vai ser como um Dalek.

Quando estendeu a mão para se servir da quarta dose, Babs segurou seu pulso.

— Já chega.

— Esse ainda é meu *pub*, Barbara, e eu decido quando já chega. — Trisha puxou a mão.

— Ah, pelo amor de Deus, quando é que vão parar de discutir? — Lorraine interrompeu. — Precisamos nos concentrar no meu pai agora, e a briga de vocês duas não vai ajudar em nada. Sabem que ele odeia quando vocês discutem. — Colocou as mãos nos quadris e encarou as duas mulheres. — Parem já, vocês duas.

Babs colocou o braço ao redor dos ombros da filha.

— Ela está certa, Trisha. Vamos tentar nos dar bem, pelo bem de Selwyn. Parece que ele vai precisar de nós mais do que nunca.

27

No dia seguinte, Babs avançou pelo corredor do hospital, cada passo hesitante a deixando mais perto do leito do homem com o qual já fora casada. Trisha se recusara a ir, afirmando que ainda estava em estado de choque por causa do prognóstico e que não seria de ajuda alguma para Selwyn.

    Babs aproximou-se da cama de Selwyn e olhou para a figura adormecida. Suas pálpebras estavam fechadas, mas a boca estava aberta, e um fio de saliva escorria pelo canto e manchava o travesseiro. Havia tubos e fios por toda a parte, e uma bolsa de urina estava pendurada ao lado da cama. Babs sabia que os médicos já tinham explicado para ele a extensão de seus ferimentos, e o coração dela estava cheio de compaixão pelo homem que nunca deixara de amar. Ao vê-lo deitado ali, desamparado e impotente, com membros que talvez jamais pudessem ser utilizados, não pode deixar de pensar que, no fim das contas, aqueles que tinham perdido a vida no acidente é que foram os sortudos.

    Cobriu a mão dele com a sua, sentindo o calor da pele, e ficou imediatamente grata pelo fato de que, apesar de tudo, o grande coração dele ainda bombeava sangue pelas veias, mantendo-o vivo. Sorriu ao ver seu nome tatuado nos nós dos dedos dele. A tinta azul já estava um pouco desbotada, mas a alegria imensa e o orgulho que ela sentira quando ele voltou do estúdio de tatuagem estavam intactos. Ele só tinha vinte anos de idade na ocasião, e, naquele dia, eles prometeram que amariam um ao outro para sempre. Era uma pena que só ela mantera a promessa.

Babs apertou a mão dele, esperando que ele se mexesse e virasse a cabeça para olhá-la. Quando não houve resposta, ela inclinou-se perto do rosto dele e sussurrou seu nome. Ele se obrigou a abrir os olhos e a encarou, parecendo ser um esforço monumental.

— Minha boca está tão seca — ele disse com voz áspera. — Pode me servir um pouco de água, por favor, Trisha? — Era a primeira vez que Babs ouvia a voz dele desde o acidente, e embora fosse rouca, confirmava mais uma vez que estava vivo e, em algum lugar daquele corpo fraco, ainda batia o coração do homem com quem fora casada.

Ela o beijou na testa, tentando esconder o desapontamento pelo engano dele.

— Não é Trisha, Selwyn. É Babs.

— Ah, Babs, querida, me desculpe. Pensei que fosse... — A voz dele falhou, aparentemente incapaz de completar a frase.

Ela serviu um copo de água, colocou um canudo e dobrou-o em um ângulo que permitisse Selwyn beber sem ter que levantar a cabeça. Observou o pomo de Adão dele mover-se para cima e para baixo enquanto tomava longos goles, grata por alguns músculos ainda funcionarem.

— Espere aqui um minuto — ela disse quando ele esvaziou o copo.

— Não se preocupe. Não vou a lugar algum. — Ele conseguiu dar um sorriso fraco.

Ela se amaldiçoou pela falta de tato enquanto seguia até o posto de enfermagem. Voltou com um pano úmido e quente e limpou com cuidado a saliva seca que tinha se juntado nos cantos da boca dele.

— Já começou a chover? — ele perguntou.

Babs ficou aliviada em falar sobre outra coisa, mesmo que fosse só sobre o tempo.

— Tivemos uma chuva curta e forte noite passada, mas nada de mais, na verdade. Nada perto do que precisamos. Choveu em Lord outro dia, e parou o jogo por quinze minutos. Todo mundo comemorou. E temos um novo ministro da seca, Denis alguma coisa, se não me engano, mas como diabos ele vai fazer chover ninguém sabe. Há rumores de que os cientistas descobriram um jeito de colocar pedaços de gelo nas nuvens, mas me parece um pouco absurdo. Quero dizer, já ouviu falar em algo como...

— Babs — a voz de Selwyn interrompeu o falatório dela. — Sei o que está fazendo, querida, mas precisamos falar do que vai acontecer daqui pra frente, então, será que você pode parar de tagarelar sobre o maldito tempo?

Ela sabia que ele estava certo, mas não pôde conter a indignação em sua resposta.

— Você que começou perguntando se estava chovendo.

Ele fechou os olhos novamente, e ela observou o peito dele subindo e descendo. Selwyn conseguia respirar sem o auxílio de máquinas. Ela remexeu na bolsa e pegou um potinho de vaselina. Enfiou o dedo médio lá dentro e pegou um pouco para passar nos lábios secos e rachados de Selwyn. Ele abriu os olhos mais uma vez e sorriu para o rosto que pairava diretamente sobre o seu.

— Obrigado, Trisha.

Babs estampou um beijo nos lábios dele, cobrindo seus lábios com vaselina ao fazer isso.

— Já falei para você, Selwyn. Aqui é Babs.

Ele pareceu achar graça naquilo, e seus lábios se abriram em um pequeno sorriso.

— Desculpe, Babs. São os remédios. — Ele deu alguns suspiros antes de prosseguir. — Acho que Trisha vai me deixar agora.

Babs sentou-se na cadeira ao lado da cama, sentindo-se repentinamente exausta.

— Não seja ridículo, Selwyn. Aquela garota ama você tanto quanto você a ama.

— Acha que ela vai ficar ao lado de um aleijado? — Ele encarou o teto com teimosia.

— Claro que sim — Babs insistiu. — Ela tem estado aqui o tempo todo, desde que... você sabe... desde o ocorrido.

— Ah, sim, claro que ficou. — Selwyn fez uma careta. — Ela gosta de bancar a viúva em luto, isso sim. Aceitando o consolo de todos aqueles médicos bonitões.

— Selwyn! — Babs exclamou. — Pare com isso. Ela não é viúva. Você não está morto.

Ela notou a lágrima escapar pelo canto do olho dele e molhar o travesseiro. Nunca o vira chorar antes e soube que ele se sentia fraco e envergonhado, sua masculinidade erradicada ao ponto de não conseguir nem mesmo secar as próprias lágrimas.

Ela se levantou e olhou diretamente no rosto dele.

— Você não está morto — disse novamente. Agarrou os dois ombros dele e o sacudiu com força. A cama rangeu com o movimento e a bolsa de urina balançou de um lado a outro. A voz dela falhou de emoção, mas conseguiu dizer pela terceira vez, de um jeito enfático. — Selwyn Pryce, você *não* está morto.

28

Daisy olhou pela janela e sorriu enquanto observava a chuva cair na calçada. O calor ainda estava no ar, mas uma fina bruma erguia-se do asfalto, dando um ar etéreo à rua. Durante todo o verão, esperara pelo dia em que o clima finalmente se renderia, e agora era a hora. Só era uma pena que fosse no feriado bancário de agosto, pois Daisy tinha prometido a Mikey que o levaria até o parque aquático em Blue Lagoon. Era uma das coisas que ele mais gostava de fazer, mas não tinha ido lá desde a morte do pai. Não dava para esperar que aquela inútil da Andrea fosse dedicar-se ao filho. Agora que as férias escolares estavam acabando, seria a última chance de fazer a vontade do menino antes do retorno às aulas.

 Daisy brigou com o guarda-chuva que já quase tinha esquecido como usar e seguiu pelas poças de água até a casa de Mikey a algumas ruas de distância. Quando dobrou a esquina na Bagot Street, conseguiu vê-lo ao longe brincando com água na sarjeta. Ele gritava de alegria enquanto inclinava a cabeça para trás e tentava pegar as gotas de chuva com a língua. Ela o chamou, mas a chuva era tão forte que ele não a escutou. A porta da frente da casa estava aberta, e Andrea saiu, agarrando o filho pelo braço, segurando-o pela nuca e puxando-o para dentro com rudeza.

 Daisy acelerou o passo, chegando sem fôlego na frente da casa alguns momentos depois. Tocou a campainha, e a porta foi imediatamente aberta por Mikey.

— Oi, tia Daisy — ele a cumprimentou. — Só vou pegar minhas coisas.

O menino subiu correndo as escadas enquanto Andrea aproximava-se da porta com um cigarro pendurado nos lábios. Suas roupas pareciam soltas em seu corpo magro, e seu cabelo oleoso e fino parecia não ter sido lavado há mais de quinze dias. Ela tinha manchas roxas ao redor dos olhos, e se Daisy não a conhecesse, teria pensado que a mulher tinha levado um soco na cara. Um homem teria que ser bem estúpido para fazer isso, ela pensou com tristeza, e certamente teria saído bem pior dessa.

A mão de Andrea tremia ao pegar o cigarro e segurá-lo de lado.

— Que horas você vai trazer ele de volta? — Seu corpo vacilou um pouco, e ela se segurou no batente para equilibrar-se.

— Vou dar um lanche para ele e depois trago-o de volta.

— Ah... alguma chance de ele dormir na sua casa essa noite? — Andrea respirou fundo.

Embora Daisy adorasse a ideia de o garotinho ficar com ela, aquela era a casa dele e precisava conviver com a mãe. Havia um tom de irritação em sua resposta.

— O quê? De novo?

— Ah, deixe para lá então, se for muito incômodo. — Andrea ofendeu-se imediatamente. — É só que uns amigos vêm para cá hoje, e ele fica se intrometendo.

Mikey apareceu com um uma toalha enrolada embaixo do braço.

— Por favor, tia Daisy, gosto de ficar na sua casa.

— Olha só, o bandidinho prefere ficar na sua casa em vez de na minha. — Andrea segurou-o pela nuca novamente.

Daisy se sentou ao lado de Mikey no ônibus e pegou uma revista em quadrinhos na bolsa.

— Isso é para você, meu amor. Espero que não tenha lido esse ainda.

Os olhos de Mikey analisaram a capa, então, ele pressionou a revista no rosto e inalou o cheiro de tinta fresca.

— Ah, obrigado, tia Daisy. Esse é meu favorito.

Daisy sorriu carinhosamente para o garotinho. Ele era sempre tão grato por qualquer coisa que ela lhe desse, fossem bens materiais ou afeto, e ele certamente era faminto do último.

Ele projetou o lábio inferior para a frente e assoprou com força para tirar o cabelo que caía nos olhos. Daisy o viu tentar arrumar o cabelo de lado. Estava alguns tons mais claro do que no início do verão e vários centímetros mais comprido.

— Acha que vai conseguir cortar o cabelo antes de voltar para a escola?

Mikey estava absorto nos quadrinhos e não pareceu tê-la escutado.

— Mikey, quer que eu leve você no barbeiro?

Ele ergueu os olhos e deu de ombros.

— Não sei. Minha mãe disse que ia fazer isso.

Daisy ficou surpresa por Andrea ter notado o cabelo do filho.

— Tudo bem, então, se você tem certeza. — Ela deu um beijo no alto da cabeça do menino, e ele se recostou nela. O relacionamento deles tinha se transformado em algo que lembrava o de uma mãe com seu filho, e Daisy estava extremamente afeiçoada por Mikey. Andrea, em um de seus momentos mais rancorosos, a acusara de tentar preencher o vazio deixado por Jerry, mas se havia um vazio a ser preenchido era aquele deixado pela mãe negligente do pobre Mikey. Daisy só queria, pelo bem do menino, que Andrea fosse mais atenciosa e carinhosa, mas, enquanto tivesse suas transas e suas drogas, a mulher não se importava com o que acontecia com ele. O pobrezinho tinha perdido o pai tão amado, e Andrea devia estar compensando-o por isso, demonstrando amor e afeto, não entregando-o ao primeiro desconhecido que passasse perto. Mas Mikey não era estúpido. Ele sabia muito bem que a mãe mal o tolerava.

Daisy percebeu que ele tinha colocado a revista no colo e agora olhava pela janela.

— No que está pensando, Mikey? — Ela fez carinho na cabeça dele.

— Estava pensando no meu pai, só isso. — Ele não se virou, mas simplesmente deu de ombros.

— Ah, Mikey.

Ele se virou para encará-la, e a covinha no queixo revelava que estava prestes a chorar.

— A última vez que fui no parque aquático foi com ele. Ele me mostrou como mergulhar de lado, e eu estava com muito medo, mas não queria que ele pensasse que eu tinha medo. Então ele me levou até o trampolim mais alto, mas quando chegamos lá em cima, minhas pernas ficaram estranhas e tivemos que descer tudo de novo. Eu achei que fosse ficar zangado, mas ele só bagunçou meu cabelo e me deu a mão durante toda a volta. — Ele respirou fundo, estremecendo. — Eu gostaria de ter conseguido pular, tia Daisy. Então ele saberia que sou um menino corajoso. — Uma lágrima grande desceu por seu rosto e ele esticou a língua de lado para pegá-la. — Por que meu pai teve que morrer?

Daisy não confiava em si mesma para falar. Em vez disso, remexeu em sua bolsa de mão e pegou um lenço bordado. Secou os próprios olhos antes de entregá-lo para Mikey.

Ela se obrigou a falar com um tom de encorajamento na voz.

— Vou lhe dizer uma coisa. Depois que você nadar, por que não vamos visitar o túmulo do seu pai no cemitério?

Ele pareceu em dúvida, até mesmo um tanto horrorizado, com a sugestão.

— Não sei se eu gostaria disso. Vai ser um pouco assustador.

— Bem, você quem decide, Mikey. Mas acho que poderia ajudar se você visitasse o lugar de descanso final dele mais uma vez, e você poderia conversar com ele ali.

— Conversar com ele? E ele vai conseguir me escutar?

— Sim, eu acredito que sim. — Daisy assentiu.

— Mas você vai ficar perto de mim, não vai, tia Daisy? — Ele ainda parecia em dúvida.

Ela conseguiu dar um sorrisinho.

— Sempre vou estar perto de você, Mikey, pelo tempo que precisar de mim.

O clima não melhorou muito à tarde; na verdade, foi o contrário. Mas já fazia tanto tempo desde que o país vira chuva pela última vez que era quase uma novidade. De todo modo, a água em Blue Lagoon sempre fora gelada, e foi necessário um pouco de insistência de Mikey para que Daisy resolvesse descer os degraus até a piscina curiosamente colorida de verde.

Assim que ficou imersa até o pescoço, o frio a fez perder o fôlego, e ela conseguiu entender bem por que os lábios de Mikey estavam azulados. O cabelo dela coçava sob a touca de natação de borracha rosa, e ela enrugou o nariz de nojo ao pegar um pedaço de reboco e um chumaço de cabelo na superfície da água, bem diante de seu rosto. Porém Mikey estava animado, e era só isso que importava para Daisy. Ela podia aguentar um tempo nessa sopa de bactérias, desde que ele estivesse feliz.

Mais tarde, enquanto entravam de mãos dadas pelos portões do cemitério, cada um segurando um sorvete, o sol decidiu dar as caras mais uma vez. Já estava baixo no céu e brilhava pelas folhas molhadas das árvores, fazendo-as brilhar. O dia estava fresco e limpo, como se tivesse passado pelo ciclo de lavagem e agora estivesse esperando secar.

Mikey tinha mordido a ponta da casquinha, então, o sorvete derretido escorrera lá dentro e agora seguia até seu pulso. Daisy pegou o lenço mais uma vez.

— Venha aqui, seu malandro. Você não pode falar com seu pai desse jeito.

Mikey deixou que ela o limpasse e enfiou o resto da casquinha na boca. Eles chegaram ao túmulo de Karl, e Daisy colocou as sacolas no chão.

— Vou ficar sentada neste banco aqui. Leve o tempo que quiser. — Ela entregou para ele um ramalhete de rosas que tinham comprado na entrada do cemitério. — Tome cuidado com os espinhos.

Ela sentou-se no banco e observou Mikey ajoelhar-se diante do túmulo do pai. Percebeu que as solas do tênis dele estavam quase furadas e fez uma anotação mental para comprar um par novo. Ele virou-se e olhou para ela, a dúvida marcando suas feições.

— Vá em frente, fale com ele — Daisy o incentivou. Ela continuou a observar enquanto ele colocava cuidadosamente as flores em cima do túmulo. Sua voz era baixa e quase inaudível, mas Daisy conseguiu entender as palavras.

— Oi, pai — ele começou a dizer. — Acabo de vir de Blue Lagoon com a Sra. Duggan, mas agora eu a chamo de tia Daisy. Ela tem sido muito gentil comigo desde que você... desde que... bem, você sabe... desde o acidente. — Ele virou-se para olhar para Daisy mais uma vez, e ela acenou com a cabeça, encorajando-o. — Não sei por que você teve que morrer, pai. Já perguntei para muita gente, mas ninguém sabe. De todo modo, hoje eu subi no alto do trampolim e, desta vez, eu saltei. Espero que tenha visto e ache que sou corajoso. Sinto muito por não ter conseguido da última vez.

Ele se levantou e traçou as letras do nome de Karl na lápide com os dedos. Daisy percebeu que os ombros de menino estavam tremendo e pôde ouvir os soluços abafados, mas deixou-o sozinho. Ele precisava desse tempo com o pai. Ela tinha a sensação de que ele estava acostumado a abafar suas emoções em casa. Depois de um tempo, ele deu dois passos para trás e parou.

— Sinto sua falta, pai — o menino disse.

29

Pela primeira vez em semanas, Daisy acordou com o som da chaleira automática. Durante todo o verão, era virava de um lado para o outro nos lençóis grudentos, incapaz de dormir na casa vazia, e sempre despertava muito antes que a máquina começasse a gorgolejar e assobiar. Mas essa manhã foi diferente; os lençóis estavam secos e uma fria brisa outonal entrava pela janela aberta. Tinha que se preparar para seu turno em Fine Fare mais tarde, mas tinha se oferecido para acompanhar Mikey até a escola no primeiro dia de aula. Ele era um rapazinho bem resiliente, mas se as férias de verão tinham começado de um jeito bem promissor para ele, acabaram em tragédia, e Daisy sentia que hoje ele podia precisar de um pouco de apoio extra.

Vestiu o avental por sobre a cabeça e guardou a carteira e as chaves no bolso dianteiro antes de correr até a casa de Mikey. Quando ele abriu a porta, ela deu um passo para trás, surpresa.

— Em nome de Deus, o que você fez com seu cabelo, Mikey?

Ele fez beicinho, e Daisy imediatamente arrependeu-se do tom acusatório.

O menino passou os dedos para frente e para trás pelos cabelos que começavam a crescer no alto da cabeça.

— Minha mãe que fez. No início, ela só ia cortar, mas quando achou uns piolhos, disse que era melhor raspar tudo.

— Ela disse, né? Onde ela está? — Daisy apertou os lábios.

— Ainda está na cama.

— Andrea, venha aqui embaixo agora mesmo. — Daisy seguiu pelo corredor e chamou do pé da escada.

— É melhor não, tia Daisy — Mikey sugeriu. — Tentei acordá-la antes, mas ela voltou a dormir.

Uma sensação ruim começou a tomar conta de Daisy.

— Espere aqui — ela ordenou.

Subiu dois degraus de cada vez, chegando ao lado da cama de Andrea alguns instantes depois; só precisou de alguns segundos para entender por que ela não se levantava. Oito latas vazias de sidra estavam ao pé da cama, juntamente com uma garrafa de vodca que fora tomada quase até o fim. Daisy olhou para a figura patética na cama, o corpo nu descarnado emaranhado nos lençóis sujos. Procurou a pulsação e ficou quase desapontada ao encontrá-la.

— Ah, Andrea, você não merece aquela criancinha, e certamente ele não merece você.

Mikey estava sentado pacientemente no pé da escada, roendo a unha do polegar.

— Venha, meu amor, sua mãe ainda está dormindo. Vamos para a escola. Pegou tudo?

Ele olhou para os sapatos gastos, e Daisy ergueu o queixo do menino com o indicador, para poder olhar seu rosto.

— Mikey?

— Ela esqueceu de me dar dinheiro para o almoço. — Ele enrubesceu um pouco e afastou o olhar.

Daisy revirou o bolso do avental e pegou algumas moedas. Ele estendeu a mão como um menino de rua do período vitoriano implorando por algumas migalhas mirradas.

No portão da escola, Daisy parou e soltou a mão de Mikey. Ele ficara quieto o caminho todo, e Daisy não conseguira envolvê-lo na conversa normal.

— Quer que eu entre com você?

Ele pareceu um pouco horrorizado com a sugestão.

— Não, obrigado, tia Daisy. Já estou na segunda série. Eu ia parecer um bebezão.

Arrumou a mochila nos ombros e, sem olhar para trás, atravessou os portões, juntando-se a um círculo de meninos envolvidos no sério negócio de trocar figurinhas.

— Venho buscar você mais tarde, Mikey.

Ele se virou e lhe deu um aceno indiferente, e Daisy esperou não o ter envergonhado. Claro que ele podia ir andando sozinho para casa — ela tinha certeza de que ele já fizera isso várias vezes —, mas ela tinha uma necessidade avassaladora de protegê-lo. Seu turno no hospital começava às cinco, então, teria tempo suficiente para pegar Mikey, dar um leite com biscoito para ele e depois devolvê-lo para a mãe antes que seu segundo trabalho começasse. Seus dois empregos e sua interação constante com outras pessoas mantiveram seu ânimo elevado durante todo o verão. Teria sido fácil para ela cair em uma depressão consumidora; já quase acontecera uma vez, quando perdera Jim, mas naquela época tinha o pequeno Jerry para cuidar, e ele lhe dera um propósito, uma razão para sair da cama pela manhã. Ela podia ter enviuvado, mas ainda era mãe, dissera a si mesma. Agora que estava sozinha, percebia que Mikey tinha preenchido o mesmo papel que Jerry tivera todos aqueles anos atrás, e sabia que precisava de Mikey tanto quanto o menino precisava dela.

Quando começou a jornada até o supermercado, percebeu que caminhava atrás de uma mãe com um bebê recém-nascido em um carrinho. Seus pensamentos se voltaram, como acontecia com frequência, para a bebê que deixara para trás, em Blackpool, e mais uma vez especulou o que teria acontecido com ela. Havia pouca dúvida de que sua vida teria sido encerrada no asfalto da rodovia se Daisy não a tivesse abandonado... não, repreendeu a si mesma, não abandonado, colocado cuidadosamente nos degraus daquela hospedaria. Não podia arrepender-se de seus atos, disse para si mesma. Pelo menos, agora a criança tinha a chance de uma vida, e certamente isso era o melhor.

Às três e quinze da tarde, Mikey atravessou os portões da escola e mostrou um desenho para Daisy.

— Cuidado, ainda está molhado — o menino avisou.

— É linda, Mikey, você é tão inteligente. — Daisy segurou a pintura com cuidado para evitar que a tinta pingasse.

— Somos meu pai e eu na moto dele. — Ele sorriu para ela. — Olhe, este sou eu sentado na garupa dele.

Mikey desenhara o rosto de Karl com dois pontos no lugar dos olhos, e um semicírculo representando um grande sorriso. Daisy sentiu que lágrimas indesejadas começavam a aparecer.

— Seu pai parece feliz, Mikey.

O tom de voz de Mikey era como se aquilo fosse óbvio.

— Bem, ele está na moto, não está? Ele sempre ficava feliz quando estava de moto. Ele ia me ensinar a pilotar um dia. — Ele disse sem amargura ou melancolia, e Daisy permitiu-se acreditar por um segundo que Mikey ficaria bem.

Ela olhou para a camiseta manchada dele.

— Olhe só seu estado, com todas as medalhas do almoço.

— Com minhas o quê?

— Essas manchas de comida por toda a camiseta; medalhas do almoço, é como costumamos chamá-las. — Ela limpou-as com o lenço. — Não estão saindo. Provavelmente, vou ter que lavá-las direito quando chegarmos em casa.

Ele saltitava ao lado dela enquanto seguiam para casa.

— Tia Daisy?

— Sim, meu amor.

— Você vai me ajudar a encapar meus livros?

— Como é que é?

— A professora disse que temos que encapar nossos livros para mantê-los bonitos. Meu pai fez para mim no ano passado, então, não sei como fazer.

— Ah, eu lembro que Jerry fazia isso. Claro, ele era muito bom nisso. Costumava usar a régua e medir tudo, para que ficasse perfeito. — Ela olhou para Mikey. — Vamos descobrir juntos como fazer, que tal? Tenho um pouco de papel contact em algum lugar que pode servir. Mas não sei se teremos tempo hoje. Tenho que estar no trabalho às cinco. Talvez possamos fazer isso no fim de semana.

— Então não vou ficar na sua casa para o jantar, tia Daisy? — Ele parou de andar e fez beicinho.

— Essa noite não, Mikey, sinto muito. Mas tenho certeza de que sua mãe vai preparar algo gostoso. Dei para ela a receita da minha torta de cordeiro outro dia; talvez ela faça isso. — Ela beliscou a bochecha dele de um jeito brincalhão e sorriu. — Anime-se, rapaz. Se não guardar esse beiço, todos os passarinhos vão pousar nele.

Daisy deixou Mikey na casa dele e se despediu.

Mikey achava que só garotos malcriados eram mandados para a cama sem jantar e se esforçava para imaginar o que poderia ter feito para merecer tal punição. Havia tomado leite e comido biscoito na casa da tia Daisy mais cedo, mas ainda estava com fome — quase sempre ele estava com fome —, e ainda bem que tinha conseguido engolir o guisado de cordeiro no almoço da escola, embora não fosse igual ao que tia Daisy fazia. O dela não tinha pedaços de gordura e não precisava mastigar por meia hora antes de engolir. Deitado agora em sua cama, seu estômago roncava só de pensar naquele cozido aguado com bolinhos de massa boiando nele. Não que esperasse uma deliciosa refeição caseira ao chegar em casa da escola — não era tão estúpido assim —, mas em geral sua mãe costumava preparar algo comestível. De vez em quando, ela até se superava e esquentava uma carne enlatada. Claro que ela mesma não comia. A única coisa que Mikey a via colocar na boca era um cigarro. De vez em quando, ela enrolava um, e Mikey ficava fascinado pelo jeito como ela arrumava o tabaco no papelzinho branco, enrolava tudo como se fosse uma salsicha bem fininha e colocava entre os lábios, tudo só com uma mão. Ela achava que era uma habilidade e tanto. Até seu pai tinha que usar as duas mãos.

Conseguia ouvi-la fazendo barulho na cozinha, xingando, enquanto batia as portas do armário. Era óbvio que alguma coisa a irritara, e ele estava grato por estar no santuário de seu pequeno quarto. Ela gritou da escada, a voz rouca:

— Mikey, estou indo ao mercado, acabou a sidra. — Do jeito que ela falava, parecia que era um alimento básico, mas talvez para sua mãe fosse. Ele ouviu-a abrir a porta da frente antes de acrescentar: — Você pode descer agora, acho que já teve tempo suficiente para pensar. Posso pegar uma lata de feijão para você, se você quiser.

Mikey não tinha certeza sobre o que supostamente tinha que ter pensado, mas desceu da cama e foi até a cozinha, no andar debaixo, os pés descalços grudando no linóleo engordurado. Abriu o saco de pão e pegou a última fatia; só a casca, coberta com pontos de mofo azul. Ele tirou o mofo e enfiou o pão seco na boca. Foi até a sala e ficou surpreso ao ver que a mãe tinha acendido o fogo. Não conseguia imaginar por que a mãe tinha feito isso, já que estava uma noite bem agradável, mas ela parecia sentir frio. Como sempre, ela esquecera de colocar a grade de proteção da lareira, então, ele posicionou-a no lugar, embora o tapete já estivesse todo salpicado de marcas de queimadura.

Demorou bem mais de uma hora para ela voltar, parecendo descomposta e sem equilíbrio, com uma garrafa de sidra enfiada embaixo de cada braço. Ela exalava um cheiro adocicado e enjoativo que o fez recordar da pilha de compostagem que tia Daisy fazia depois que cortava o gramado.

— Ah, que bom, você manteve o fogo aceso. — Ela ajoelhou-se na frente da lareira e destampou uma garrafa, tomando um longo gole antes de oferecê-la para Mikey. — Quer um pouco?

— Não, obrigado, só tenho seis anos. — Mikey negou com a cabeça. Ela franziu o cenho para ele, como se aquela fosse uma informação nova. O estômago dele roncou. — Você trouxe feijão para mim?

— O quê? Ah, maldição, não. Esqueci. — Ela abriu a latinha de tabaco. — Tem pão no armário, coma um pouco.

— Estou bem.

— Você quem sabe.

Mikey desceu da cadeira e foi até o aparador. Pegou um velho álbum de fotos e começou a folhear as páginas.

— O que você está fazendo? — Andrea indagou.

— Quero ver fotos do meu pai.

— Não de novo. Você precisa superar, Mikey. Seu pai se foi. — Andrea rosnou e deitou de costas no tapete diante da lareira.

— Eu sei disso, mas gosto de olhar para ele. — O menino analisou uma foto de Karl usando uma camisa de linho branco e uma calça escura de couro, o pé em uma cadeira, enquanto dedilhava seu violão, a concentração marcando suas feições. — Ele ia me ensinar a tocar violão. Ele era muito bom nisso. — Olhou para a mãe, esperando confirmação. — Meu pai podia fazer qualquer coisa, não é mesmo?

Andrea soltou uma nuvem de fumaça.

— Ah, sim, ele não fazia nada errado, seu pai era perfeito. — Ela apoiou-se nos cotovelos. — Venha aqui.

Ele se ajoelhou ao lado dela no tapete, e ela pegou o álbum dele.

— Tire aquela grade da lareira.

Os primeiros movimentos de pavor começaram a encher sua barriga vazia. Andrea tirou o celofane e pegou a primeira foto. Era uma de Karl segurando Mikey ainda bebê. Enquanto embalava o filho, ele sorria diretamente para a lente da câmera.

Andrea lançou um olhar superficial e irônico e jogou a foto no fogo.

— Não, mamãe, por favor! — Mikey gritou.

As chamas rugiram, ganhando vida e lamberam a imagem do pai dele, comendo-o primeiro pelas pernas, depois o pequeno Mikey dormindo, até encontrar o rosto sorridente de Karl.

Quando a última foto foi consumida pelo fogo, os soluços de Mikey tinham diminuído, mas seus olhos continuavam inchados, e a manga de sua camiseta estava manchada de ranho e lágrimas. Andrea fechou o álbum vazio, e o barulho o fez dar um pulo.

— Pronto, todas se foram. — Ela olhou para o rosto manchado de Mikey. — Ah, pare de choramingar e vá fazer um chá para nós.

Quando ele voltou com o chá, ela estava de costas, um braço largado sobre os olhos. A caneca escaldante balançou em suas mãos enquanto ele a segurava em cima dela. Pensou no que a mãe tinha acabado de fazer.

Não havia mais foto alguma do pai agora, e Mikey nunca mais veria o rosto dele novamente. Ele inclinou a caneca para que uma gota do chá quente pingasse direto no peito de Andrea. Era só ele virar o punho e todo o líquido quente cairia em uma torrente escaldante, fazendo a pele dela derreter como as chamas tinham derretido as fotos. Mas Mikey sabia que não devia fazer isso, pois, se estivesse observando-o de algum lugar, o pai ficaria desapontado com ele. Abaixou-se e colocou a caneca na lareira. Quando ela acordasse, a bebida estaria fria. Era adequado para ela.

Ele subiu as escadas, jogou-se na cama e fechou os olhos com força. Estava aliviado por descobrir que ainda podia ver o pai com os olhos da mente, um lugar que sua mãe jamais seria capaz de alcançar. Era tudo o que lhe restava agora e teria de ser o suficiente.

30

Em geral, o Natal era a época do ano favorita de Trisha, uma chance de saborear uma dose tripla de licor com limonada, enfeitada com uma cereja espetada em um palito de plástico equilibrado na borda de um copo. Ela adorava pendurar meias para si e para Selwyn na lareira do salão, e deixar uma torta de carne moída e uma dose de uísque para o Papai Noel. Aos vinte e seis anos de idade, sabia que isso era ridículo, mas queria manter as tradições para quando Selwyn e ela tivessem um bebê. Mas tudo tinha mudado agora: não haveria bebê e nada mais seria como antes.

Estava empoleirada em uma escada, arrumando alguns enfeites prateados em volta das molduras dos quadros e adicionando um raminho de azevinho em cada uma quando Barbara chegou.

— Acordou cedo hoje, Trisha.

Ao som da voz de Barbara, ela se desequilibrou no último degrau e teve que se segurar na escada para não cair.

— Maldição, Barbara. Você quase me mata de susto.

— Desculpe. Deixe-me ajudar você. — Ela mexeu na caixa de decorações e pegou uma corrente de papel. — Ah, olhe, Lorraine fez isso quando estava na escola.

— Já viu dias melhores. — Trisha olhou o enfeite que estava bastante gasto.

— Você está certa. — Babs guardou de volta na caixa. — Talvez seja hora de jogar fora.

— Você podia levar para o Selwyn. Colocar no quarto dele. Deve ser bom para ele ter alguma coisa que o faça se lembrar de casa.

— Ah, é uma ideia muito gentil, Trisha. — Ela hesitou por um segundo. — Ah... Que tal se você levar para ele hoje à tarde?

— Eu não vou — respondeu seca. Ocupou-se com as decorações, sem virar-se para olhar Babs.

— Ah, Trisha, por favor. Ele fica perguntando de você. Já faz dias que você não vai.

Trisha desceu da escada e passou por Babs para pegar um espanador. Começou a polir o balcão com um vigor que normalmente Babs teria aprovado.

— Você pode cuidar disso, Barbara. De todo modo, é você quem ele quer ver, não a mim.

— Você sabe que não é verdade. Só que convém a você acreditar nisso, essa é a verdade.

Selwyn ainda estava na unidade especializada em lesões da coluna, e o progresso vinha sendo lento. Ele ainda não tinha se levantado da cama, permanecendo deitado, de costas, desde aquela fatídica noite em julho. Toda tentativa de colocá-lo em uma posição sentada o fazia sentir-se fraco ou com vontade de vomitar. A rotina que ele tinha de suportar para tomar banho ou fazer suas necessidades, as rodadas sem fim de fisioterapia na cama, a pena nos olhos dos médicos e das enfermeiras, tudo isso servia para corroer sua dignidade, até que tudo o que restava era uma sombra da pessoa que ele costumava ser.

— Você é muito melhor com ele do que eu, Barbara. Vi o jeito como fala com ele e como consegue mantê-lo animado, como se tudo fosse ficar bem. — Ela largou o espanador e pegou um copo.

— São só oito horas, Trisha. Não tenho certeza se isso é o certo. — O tom de voz desaprovador de Babs só fez com que Trisha ficasse mais determinada.

Ela tomou uma dose de gim.

— Então me diga, Barbara, o que é o certo, porque eu gostaria muito de saber.

— Só temos que tratá-lo do mesmo jeito que sempre fizemos. É verdade que a vida dele será diferente a partir de agora, mas ele não morreu, Trisha, e ainda merece viver a melhor vida que pudermos dar a ele.

Trisha pegou a lata de Brasso.

— Preciso de mais tempo, Barbara. Sinto muito. — Acenou com a cabeça na direção da lareira. — Agora, vou começar a polir essas peças de latão.

Babs a deixou trabalhar e foi para a cozinha tentar obrigar-se a comer algo no café da manhã. Seu apetite não era mais o que costumava ser; ela perdera peso nos cinco meses desde o acidente, e seu rosto tinha uma expressão desgastada que ainda a chocava toda vez que se olhava no espelho.

Lorraine enfiou a cabeça pela porta.

— Estou indo para o trabalho, mãe. Vejo você mais tarde. — Deu um beijo no rosto de Babs e pendurou a bolsa de patchwork no braço. — Aproveitando — acrescentou —, vou ver o pai da Petula quando estiver voltando para casa, então, vou chegar um pouco mais tarde.

— Você vai ver Ralph? — A menção de Petula sempre fazia Babs sentir um mau pressentimento.

— Sim, ele diz que tem algo para mim. Ainda não voltou ao trabalho, então, vou passar lá no caminho para casa. Provavelmente é algum presente de Natal ou coisa assim.

Lorraine sempre sentira um carinho especial por Ralph Honeywell. O jeito superprotetor dele definitivamente deixava Petula maluca, mas ele era gentil, atencioso e colocara a filha no centro de seu universo. Como a mãe de Petula podia ter abandonado uma família tão unida era um mistério para Lorraine até hoje. A vaca egoísta nem se preocupara em aparecer no funeral de Petula, e Lorraine nunca esqueceria quão arrasado Ralph ficara quando tudo o que ela fez foi mandar um cartão expressando simpatia pela perda dele. Perda *dele*. Como se ela não tivesse nada a ver com a filha.

Já estava escuro quando Lorraine chegou à casa de Ralph, e as cortinas da sala estavam fechadas. Ela entrou pelo portão lateral da casa a fim de ver Nibbles no quintal de trás. O coelho pulou na gaiola ao ver Lorraine. Ela enfiou o dedo pelas grades e acariciou seu nariz aveludado.

— Como vai, amigão? — Os olhinhos rosados dele pareciam joias incrustadas no pelo branco. Ela ficou feliz em ver que a gaiola estava limpa e bem arrumada como sempre, e ele tinha uma grande bola de palha para aconchegar-se do frio noturno de inverno.

A porta da frente estava entreaberta, mas Lorraine achou que mesmo assim era mais educado tocar a campainha, que era daquelas que tocavam uma musiquinha que parecia durar para sempre. Quando não teve resposta, ela abriu a porta e chamou do *hall* de entrada.

— Ralph, você está aí? Toquei a campainha, mas você não deve...

Parou ao perceber um envelope grosso e marrom no aparador do *hall*. O nome dela estava escrito com uma caneta preta de ponta grossa. Cutucou o envelope todo e imaginou que devia ser um livro. Que gentil da parte dele pensar nela, esse momento do ano devia ser difícil para ele.

Sentindo-se uma intrusa, seguiu pelo corredor até a cozinha. Era evidente que Ralph estava no meio do processo de fazer o jantar. A panela de pressão estava no fogão, e Lorraine reconheceu o cheiro do seu cozido favorito. Um pedaço de repolho roxo estava largado de lado, e o caldo púrpura fazia um anel na fórmica. Ela abriu a porta da sala de jantar e ouviu o estalar do toca-discos que arranhava o LP depois de muito tempo que a música tinha parado de tocar. Ela ergueu o braço e o colocou no começo do disco, e então olhou para o selo da gravadora: *I couldn't live without your love*. Ralph estava tocando sua música favorita de Petula Clark, cantora de quem a filha recebera o nome.

— Ralph — chamou mais uma vez. — É Lorraine, onde está você?

Ela voltou para o *hall* e o chamou pela escada. Sua paciência estava se esgotando, então, segurou o corrimão e colocou o pé no primeiro andar, pronta para subir. Foi quando o viu. Ou pelo menos viu as solas de seus chinelos xadrez enquanto seu corpo sem vida balançava pendurado no balaústre sobre sua cabeça.

31

Não parecia fazer sentido assar um peru, então, o jantar de Natal de Daisy não foi muito diferente do que qualquer almoço de domingo. Comprou um frango pequeno e um pouco de linguiça no açougue para fazer um belo recheio. Também tinha planejado fazer um pouco de molho, quem sabe até acrescentar uma dose de porto. Haveria sobras de carne mais do que suficiente para seu sanduíche de vinte e seis de dezembro. Ela vira uma receita na *Woman's Weekly* que continha mel e cenoura, e embora parecesse um pouco estranho, achou que devia experimentar, mesmo imaginando que seria um pesadelo limpar a forma do assado depois.

    Tinha desejado que Mikey dormisse em sua casa na véspera de Natal, para poder mimá-lo na manhã seguinte, mas ele estava preocupado que o Papai Noel não pudesse encontrá-lo se não estivesse em casa. Então Daisy prometera telefonar e ir vê-lo na manhã de Natal. Ela já dera os presentes dele para Andrea, e mesmo que estivesse desapontada por não poder vê-lo abrir os pacotes, tinha que respeitar seus sentimentos. O Natal sem o pai seria difícil.

    Olhou o frango mais uma vez e abaixou o gás antes de vestir a touca com borda de peles e o casaco, e seguir para a casa de Mikey. Embora não houvesse neve, o tempo estava claro e a geada pesada enfeitava os galhos das árvores e dava um certo ar natalino. Um tordo bicava o gelo da banheira de pássaros, e pingentes compridos de gelo pendiam como estalactites de uma fenda na calha.

Jerry e ela sempre tomavam uma bebida no Taverners na manhã de Natal enquanto o peru assava no forno. Selwyn costumava ser especialmente alegre nessa época do ano, distribuindo gratuitamente ponche quente e torta de carne moída caseira para os clientes. Até Trisha adotara a tradição, e todo mundo deixava de lado o fato de sua torta não chegar aos pés da de Babs e devorava as oferendas gordurosas com fingido entusiasmo.

Quando Daisy virou na Bagot Street, viu um grupo de crianças brincando com seus brinquedos novos. Estavam confortavelmente embrulhados com luvas e cachecóis, os rostinhos corados com o frio e os gritos animados perfurando a tranquilidade do ar matinal. Ela esfregou os olhos e tentou ver se Mikey estava entre eles; ficou triste ao perceber que não. Um garoto tinha ganho uma mobilete e estava correndo para cima e para baixo na rua, mostrando para os amigos e empinando. Mikey sempre quis uma dessas. Seu pai tinha dito que ele era um pouco jovem para isso, mas prometera que compraria uma quando ele fosse mais velho. Agora essa tarefa teria de ficar para outra pessoa.

Daisy não queria bater na porta de Mikey com a tristeza estampada no rosto, então, esperou alguns instantes para recompor-se. Depois de algumas batidas rápidas, Mikey abriu a porta. Ainda estava vestido com pijama, um bigode de leite sobre o lábio superior e os olhos vermelhos e inchados. Segurava Galen, o macaco de pelúcia, pendurado ao lado do corpo.

— Feliz Natal, Mikey. — Daisy abraçou o menino e o beijou no alto da cabeça, então, o afastou a um braço de distância e observou seu rosto. — Qual é o problema? Você andou chorando?

Mikey assentiu e engoliu em seco.

— Ele não veio — sussurrou.

— O quê? Quem não veio? Do que está falando? Ah, não, quer dizer... — Ela passou por Mikey e entrou na sala. A meia deplorável dele ainda estava pendurada na lareira, completamente vazia. A árvore de Natal patética, quase sem enfeites, acomodada no canto, sem um único presente embaixo dela.

— Onde está sua mãe? — Daisy lutou contra a raiva que começava a crescer.

— Não sei. — Mikey deu de ombros. — Estava aqui quando saí da cama, mas depois eu a ouvi sair.

— Por favor, não me diga que passou a noite sozinho?

Mikey ignorou a pergunta.

— Ele não tomou o leite nem comeu a torta, usei meu próprio dinheiro para comprar a torta. Biffer estava vendendo no parquinho no dia que estivemos lá. — Ele abriu a cortina de renda suja e apontou para as crianças brincando na rua. — Parece que ele passou por aqui, menos na minha casa. Deve ser porque eu fui malcriado, como minha mãe sempre diz.

— Mikey, você não foi malcriado, não seja bobo.

— Então por que ele não me trouxe algum presente?

Daisy não tinha uma resposta imediata que pudesse tranquilizá-lo, mas estava determinada a descobrir que desculpa possível Andrea teria para desapontar o único filho na primeira manhã de Natal desde que perdera o pai. A coisa toda era inacreditável.

— Só vou espiar lá em cima por um segundo, Mikey. Espere aqui, sim?

Ela estava tão furiosa que era difícil regular a respiração. A cama de Andrea estava desfeita, mas Daisy não achava que ela fosse o tipo de pessoa que arrumava a cama, então, não era evidência que tivesse dormido em casa. O cinzeiro na mesa de cabeceira estava transbordando, e duas canecas de chá estavam grudadas na superfície, um bolor acinzentado cobrindo os resíduos.

Daisy começou a remexer as gavetas; com cuidado no início, mas depois, quando sua raiva transbordou, começou a tirar as roupas de Andrea e a largá-las em uma pilha no chão. Depois de um tempo achou o que estava procurando na prateleira de cima do guarda-roupa: os presentes que comprara para Mikey e que supostamente Andrea tinha de ter colocado embaixo da árvore. Ela os enfiou embaixo do braço e chamou o menino.

— Mikey, venha aqui em cima se vestir. Vou levar você para minha casa. Ele se vestiu e depois seguiram até a casa de Daisy.

Quando terminaram de comer a ceia de Natal, Mikey estava bem mais animado. Seu cabelo já tinha crescido desde que Andrea o raspara, e o chapéu de papel fino ficava escorregando pelos seus olhos. Ele tinha ficado especialmente contente com os presentes que Daisy lhe comprara.

— Podemos brincar com Pangaré Teimoso agora, tia Daisy?

— Claro que podemos, meu amor. — Ela levantou-se para tirar os pratos. — Só vamos escutar a rainha primeiro, e então nós vamos brincar.

Mikey desceu da cadeira e levou seu prato para a cozinha. Parecia elegante com o novo suéter que ela tricotara para ele. Ele tinha escolhido a lã azul-clara e passara décadas remexendo na caixa de botões do armarinho da Sra. Penny antes de escolher três com o formato de caixinhas de correio vermelhas em homenagem ao trabalho do pai como carteiro.

Ele se vestiu e depois seguiram até a casa de Daisy.

Quando o discurso da rainha terminou, Mikey abriu o jogo e começou a montá-lo na mesinha diante da lareira. Daisy serviu-se de mais um pouco de vinho e apoiou os pés sobre o pufe. Era bom ter uma criancinha em casa novamente no Natal, e Mikey era grato pelas coisas mais singelas. Ela desejava poder pegá-lo e levá-lo para algum lugar onde sua mãe jamais pudesse magoá-lo novamente. Não que Andrea fosse violenta com ele — Daisy jamais teria permitido isso —, mas ela estava tão absorta em seu mundinho esquálido, que não parecia notar o filho metade do tempo. Mikey sentia falta da atenção e da aprovação da mãe; qualquer gesto gentil por parte de Andrea era apreendido pelo menino e parecia sustentá-lo durante dias.

Daisy provou ser inútil no jogo que comprara para Mikey. Toda vez que colocava uma parte no pangaré teimoso, ele dava um coice e fazia Mikey rolar de tanto rir. Valia a pena perder só para ouvir aquela gargalhada contagiante.

— Você gostaria de escolher um chocolate da árvore de Natal, Mikey? — Daisy perguntou depois da vigésima partida. — Depois talvez a gente possa jogar outra coisa. Que tal damas? Meu Jerry adorava jogar damas. Eu nunca conseguia derrotá-lo. — Ela riu.

— Sim, por favor, tia Daisy, mas você precisa me ensinar primeiro.

— Um garoto inteligente como você vai aprender rapidinho.

Ele foi até a árvore e escolheu o chocolate com o mesmo cuidado e atenção com o qual escolhera os botões.

— Pegue quantos quiser, Mikey. Afinal de contas, é Natal.

— Sério? — Ele agarrou um punhado como se fossem as joias da Coroa e sentou-se de pernas cruzadas diante da lareira enquanto desembrulhava seu espólio um a um.

Com a indesejada interrupção vinda da campainha, Daisy levantou-se da cadeira e deu de cara com Andrea na porta. O cabelo dela parecia finalmente ter sido lavado, mas estava desgrenhado nas pontas, com longas raízes escuras aparecendo. Seus olhos azuis contrastavam com a pele pálida, e ela tinha uma ferida imensa no lábio superior. Ela se balançava nos calcanhares enquanto mexia no cabelo.

— Ele está aqui, adivinhei?

Daisy sentiu um cheiro de álcool velho e apertou os lábios.

— Está falando de Mikey? — Andrea forçou a entrada, empurrando Daisy contra a parede. — Ora, você não quer entrar?

— Mamãe, você voltou. Por onde andou? — Mikey ergueu os olhos de seu tesouro de chocolate quando a mãe invadiu a sala.

Andrea olhou para Daisy.

— Ah... eu fui ver um amigo e acabei... me atrasando. — Deu de ombros e estendeu a mão. Mikey deixou que ela o colocasse em pé e então a abraçou pela cintura. Ela não devolveu a demonstração de afeto, mas deu uns tapinhas na cabeça dele. — Não seja meloso, menino. Na verdade, andei escolhendo seu presente.

Mikey olhou para ela, o cenho franzido demonstrando sua descrença.

— O que foi? Não me olhe assim. Venha, está lá fora.

Daisy seguiu os dois até a rua. Ali, estacionada na calçada, com o guidão em um ângulo destacado, estava a mobilete que Mikey desejara por tanto tempo. Ele esfregou os olhos fechados e os abriu novamente, como se não pudesse acreditar no que estava vendo. Andrea ficou parada com as mãos nos quadris ossudos; certamente achava que era candidata ao título de Mãe do Ano.

— E então?

— É para mim?

— Não, é para Daisy. — Ela olhou para o céu. — Claro que é para você, seu idiota. — Segurou o guidão e colocou a mobilete em pé. — Suba.

Mikey subiu no assento, mas seus pés não alcançavam o chão.

— Ainda sou pequeno demais.

— Tem certeza de que ele tem idade suficiente para uma dessas, Andrea? Quero dizer, ele não tem nem sete anos ainda — Daisy argumentou.

Andrea fez cara feia para ela.

— Sei quantos anos meu filho tem, obrigada. — Virou-se para Mikey. — Você vai se acostumar, e vamos pedir para Bill, da casa ao lado, que abaixe o assento. Agora venha, vamos para casa. — Colocou Mikey no assento novamente e começou a empurrá-lo pela calçada.

— Mãe, esse é o melhor presente que já ganhei e você é a melhor mãe do mundo.

Andrea deu um olhar presunçoso por sobre o ombro.

— Olha só, ele está todo cheio de si.

Daisy o chamou, mas ele estava tão envolvido com o presente novo que não pareceu escutá-la. Ela levantou o braço e acenou.

— Tome cuidado, Mikey. Vejo você amanhã. — Ele não se virou, mas ela continuou na calçada olhando para eles até que dobraram a esquina. — Feliz Natal, meu amor — sussurrou.

Sozinha na sala, ela começou a guardar o Pangaré Teimoso. No fim das contas, o Natal não tinha sido tão ruim, mas agora, enquanto o silêncio a cercava, foi tomada pela tristeza. Então pensou ter escutado um barulho vindo da cozinha, um tilintar de porcelana, e olhou na direção da porta, meio esperando que Jerry aparecesse, oferecendo-lhe uma xícara de chá. Então caiu em si, e quando as lágrimas de autopiedade ameaçaram cair, não conseguiu pensar em um motivo para impedi-las.

32

Nem mesmo com o cheiro persistente de peru invadindo o ar e os enfeites pendurados nas janelas, o hospital era um lugar menos deprimente nessa época do ano. Trisha acenou com a cabeça para as enfermeiras reunidas em seu posto e sentiu uma fagulha momentânea de simpatia pelo fato de terem que passar o Natal naquele lugar esquecido por Deus. Enfiou a cabeça pela porta do quarto de Selwyn e rezou para ouvir a respiração suave e rasa que lhe dissesse que ele estava dormindo e que não teria de enfrentar outra rodada de conversa tensa e inútil. Barbara e Lorraine já tinham ido visitá-lo naquela tarde, e agora ela havia ficado sem desculpas para não ir vê-lo. Era sua vez de bancar a esposa leal e obediente.

Enquanto se aproximava da cama na ponta dos pés, bateu o dedão em uma das rodas da cama. Quando estendeu o braço para equilibrar-se, bateu no copo de água na mesinha de cabeceira, que se estilhaçou no chão. Era demais para uma entrada discreta.

— Quem está aí? — Selwyn estava deitado de costas.

Trisha olhou para o rosto dele e passou a mão sobre sua testa.

— Sou eu, Trisha. — Sabia que devia beijar a testa suada ou, que Deus a perdoasse, os lábios rachados dele, mas não tinha estômago para isso. Nos cinco meses que passara naquela cama, Selwyn não vira a luz do dia, e sua pele estava fina como papel, as veias azuis em sua têmpora serpenteando até os cabelos rebeldes, que ninguém se incomodara em cortar.

Ao som da voz dela, o rosto dele mudou imediatamente de uma máscara confusa para uma de alegria.

— Trisha, você veio! — ele exclamou.

Ela sentou-se ao lado da cama dele e colocou a bolsa sobre os joelhos. Não pretendia ficar muito tempo.

— Claro que vim. Nada me impediria de ver você no dia de Natal, Selwyn. — As palavras dela foram ditas com um tom vazio que não se incomodou em disfarçar. Queria amá-lo, mas, apesar do que Barbara dissera, ele simplesmente não era mais o mesmo homem com quem se casara. *Na saúde e na doença.* Quem quer que tivesse inventado isso nunca esteve na ala do hospital que cuida de lesões na coluna.

— Venha e sente-se aqui na cama, onde posso ver você.

Trisha sentiu um estremecimento involuntário e espremeu-se relutante na cama ao lado do corpo inerte dele.

— Na minha gaveta — ele disse —, tem uma coisa para você.

Ela inclinou-se e pegou um pacote pequeno, embrulhado com papel vermelho e um laço de cetim branco em cima.

— O que é isso, Selwyn?

— Feliz Natal, meu amor.

Ela encostou no laço e puxou a fita adesiva, retirando-a do papel com cuidado. Dentro havia um belo medalhão em formato de coração, um que ela tinha visto no verão e cobiçara desde então. Selwyn mandara gravar na parte de trás: *Trisha, você é a luz da minha vida. Para sempre seu, Selwyn.*

Ela segurou o colar contra a luz e deixou a corrente escorregar por entre seus dedos.

— É realmente lindo, Selwyn, mas como conseguiu...

— Babs comprou para mim. Sinto muito, mas não tinha mais ninguém para pedir.

Por um instante, Trisha pensou como aquilo devia ter sido dolorido para Barbara. Controlando-se, ela levantou-se e inclinou-se sobre a cama. Abaixou os lábios na direção dos de Selwyn e permitiu que se tocassem por um breve momento. Ele abriu os lábios e tentou erguer a cabeça na direção dela, mas ela recuou com o cheiro rançoso do hálito dele e afastou-se com nojo mal disfarçado.

— Obrigada, Selwyn. Vou guardar isso para sempre com carinho. — Colocou o colar na caixa novamente e guardou na bolsa. — Agora, eu realmente preciso ir.

— O quê? Já? Você acabou de chegar. Precisamos conversar várias coisas. Sobre o que vai acontecer quando eu tiver alta.

Só pensar em compartilhar a cama novamente com este velho que não podia mais andar ou controlar suas funções corporais era repugnante para ela. Por mais difícil que fosse para ele ouvir aquilo, já era hora.

— Sinto muito, Selwyn. Não posso fazer isso. Não sirvo para você. — Depois de manter seus sentimentos verdadeiros apenas para si por tanto tempo, de repente ela descobriu que não podia mais se controlar. — Sei que vai pensar que sou uma vaca superficial e insensível, mas não adianta mais fingir. Não sou como Barbara, não posso amá-lo desse jeito.

— Trisha — ele implorou. — Você ainda vai se acostumar com a ideia. Vai dar a volta por cima, eu sei...

— Já se passaram cinco meses, Selwyn. Não vou mudar de ideia agora. Todos os nossos planos se foram pela janela. Tenho só vinte e seis anos. Não posso ficar presa a um homem que não pode me dar o que preciso. — Tentou suavizar o tom duro. — Olhe, estou só sendo honesta com você. É o mínimo que merece. Você nunca devia ter deixado Barbara. Vocês dois nasceram um para o outro; você sabe, ela sabe, todo o maldito *pub* sabe. — Ela gesticulou para o corpo horizontal dele, que parecia um manequim grotesco desde a noite do acidente. — As regras do jogo mudaram demais para mim, Selwyn. — Pegou a bolsa e dirigiu-se para a porta, parando brevemente só para dar uma última olhada na forma desamparada dele. — Sinto muito — sussurrou.

— Espere, Trisha, por favor, não vá. Eu ainda amo você.

As palavras apaixonadas dele não conseguiram comovê-la, e foi naquele momento que ela teve certeza de que não haveria volta. Barbara podia ficar com ele.

33

Podia ter algo a ver com o espumante subindo à cabeça ou com o estado de espírito pensativo no qual o Natal a deixara, ou talvez uma combinação das duas coisas, mas quando foi para a cama na noite de Natal, Lorraine decidiu que era hora de ler o diário de Petula. Já tinha lido o bilhete que Ralph colocara dentro do envelope.

Quero que fique com este diário, Lorraine. Cabe a você decidir se vai lê-lo ou não, mas não quero que caia em mãos erradas depois que eu me for. Não tenho dúvidas de que a mãe de Petula vai fuçar por todo lado para ver o que consegue saquear. Obrigado por ter sido uma boa amiga para minha Petula. Não sobrou mais nada para mim aqui agora, então, vou me despedir. Sinto muito que seja você que tenha de me encontrar.

Cuide-se, Lorraine.
Obrigado, Ralph Honeywell

O horror inicial por ter encontrado o corpo de Ralph tinha se dissipado um pouco depois de ler o bilhete. As palavras finais dele antes de subir as escadas e acabar com a própria vida tinham sido endereçadas para ela, um pensamento trágico que agora Lorraine considerava um honra e um privilégio. Tirou o diário de debaixo do travesseiro e acariciou a capa de veludo azul. Ela estava com Petula no dia em que a amiga comprou o caderno no mercado, e ambas tinham ficado histéricas quando leram as palavras douradas: *Diáro de cinco anos. 1975-1980*. O rapaz desgrenhado, de unhas sujas que administrava o lugar, não tinha achado graça.

— O que é tão engraçado?

— Olhe, aqui diz "Diáro" em vez de "Diário".

— E daí? Vão levar ou não? — Ele deu de ombros.

Uma senhora de idade que mal ficava em pé aproximou-se delas e olhou o diário de perto.

— Vou levar um — declarou.

Lorraine e Petula se entreolharam.

— Cinco anos? Otimismo ou o quê? — Petula zombou.

Lorraine deu um sorriso triste com a lembrança. Que irônico que Petula só tivesse vivido mais dezoito meses até que sua vida fosse interrompida de maneira tão trágica. A velhinha provavelmente continuava firme e forte.

Havia um pequeno cadeado de latão na lateral do diário, mas era frágil, e um puxão rápido com uma faca de manteiga foi o suficiente para que as páginas se abrissem e revelassem os pensamentos mais íntimos de Petula.

Lorraine escondeu o diário embaixo das cobertas quando sua mãe colocou a cabeça pela porta.

— Boa noite, meu amor — Babs falou. — Sabia que Trisha ainda não voltou do hospital? — Puxou a manga do roupão e espiou o relógio de pulso. — Já passam das onze, o que acha que isso quer dizer?

— Não sei, mãe, mas ela não pode estar ainda no hospital, pode? — Lorraine suspirou e puxou o cobertor ao redor do queixo. — Eles colocam todo mundo para fora às oito.

— Hmmm, é o que pensei. — Babs apertou as unhas no batente da porta. — Só espero que ela não tenha sofrido um acidente trágico e esteja largada em uma valeta qualquer.

Lorraine notou o sorrisinho brincando nos lábios de Babs.

— Mãe, você não presta!

Com a mãe fora do caminho, Lorraine abriu o diário e começou do início. Levou as páginas até o nariz; estavam impregnadas com o cheiro familiar da casa de Petula, uma mistura curiosa de óleo essencial de patchouli e biscoitos velhos. Não levou muito tempo para perceber que Petula tinha o hábito decepcionante de registrar as minúcias de sua vida, e Lorraine sentiu-se culpada por achar as divagações da amiga chatas demais. Quando chegou ao mês de março de 1975, estava com dificuldade para manter os olhos abertos, e foi só a menção de seu próprio nome que a deixou alerta de novo. Aparentemente, as duas tiveram algum tipo de discussão — que obviamente era culpa apenas de Lorraine —, e Petula estava pensando se valia a pena continuar a amizade.

Lorraine é uma mala sem alça de vez em quando. Não sei por que ainda somos amigas. Acho que nos vemos demais. Sentamos lado a lado no escritório. A conversa mole sem fim dela compete com o barulho das máquinas de escrever, e isso me deixa maluca. Mas minha taquigrafia está melhorando e, com sorte, serei transferida daquele buraco para um escritório só meu. Ah, no outro dia, ela pegou emprestado meu disco de David Cassidy e devolveu todo riscado e coberto com fios de nylon do carpete.

Lorraine abaixou o diário e olhou para o teto. Fechou os olhos e pensou no que poderia ter feito para provocar a ira de Petula. Era um pouco irritante que Petula tivesse a última palavra, e Lorraine não pudesse se defender. Quanto ao disco de David Cassidy, já tinha um maldito risco nele antes que Petula lhe emprestasse.

Pegou o diário novamente e folheou mais algumas entradas, aliviada em ler que, lá por abril, Petula já considerava que eram amigas de novo. Muitas noites alegres no Taverners tinham sido registradas, com Trisha pegando bebidas para elas quando Selwyn não estava olhando, bem como a vez em que foram pegas roubando balas na Woolies. Tinham saído em disparada pela rua, agarradas ao fruto do roubo, com o jovem vendedor da loja, um rapaz todo sardento, perseguindo-as em seu sapato de salto plataforma. Lorraine sorriu consigo mesma, mas seu coração ficou pesado de tristeza porque jamais compartilhariam essas aventuras novamente. Ler as palavras da amiga só confirmava o quanto sentiria sua falta.

Já era meia-noite quando Lorraine chegou a outubro de 1975. Ao virar a página, viu que o registro da sexta-feira, 24, estava escrito inteiramente com sinais taquigráficos. Ficou olhando para a mistura incompreensível de riscos fortes e fracos, pontos e traços. Folheou o restante do diário, mas aquela era a única entrada escrita daquele jeito. No sábado, 25, Petula voltou a escrever normal.

Resolvi que vou tentar esquecer o que aconteceu ontem. Todo mundo pode cometer um erro na vida. Ninguém é perfeito, certo?

Lorraine ficou olhando para aquelas palavras, perguntando-se que diabos a amiga tinha feito. Petula tentara convencer Lorraine a juntar-se a ela no curso noturno para aprender taquigrafia, mas Lorraine achava que era uma perda de tempo. Estava bem feliz como datilógrafa e não achava que seria capaz de lidar com aqueles rabiscos aparentemente ilegíveis para os quais olhava agora. Estava diante de um dilema. Era óbvio que Petula não queria que ninguém lesse aquele registro e tomara cuidados extras para garantir que isso acontecesse. Não havia como Lorraine descobrir o que estava escrito ali. Não seria justo com Petula, e não era da conta de ninguém. Apagou a luz do abajur e aconchegou-se sob as cobertas, mas, como sempre, só foram necessários alguns segundos antes que a lembrança do corpo de Ralph, balançando sobre sua cabeça, a fizesse acender a luz de novo. Acabou adormecendo.

No outro dia, pela manhã, sua mãe estava preocupada.

— Trisha não voltou para casa noite passada — Babs quebrou mais dois ovos na tigela da Pyrex e mexeu vigorosamente. — Acha que devemos nos preocupar?

— Está preocupada que ela não volte ou que ela volte? — Sorriu.

— Vou ao hospital. — Babs desamarrou o avental.

— Agora? É cedo demais. Pelo menos termine o café da manhã.

— Não estou com fome. Você se vira.

Babs abriu a porta do quarto de Selwyn, a apreensão usual pelo que poderia encontrar fazendo-a segurar a respiração. Quando viu que a enfermeira estava dando banho de esponja em Selwyn, soltou o ar com suavidade e apoiou a testa na porta, a tristeza de entrar nesse quarto sem alegria tomando conta dela. A mulher havia tirado a calça do pijama dele e esfregava suas partes íntimas com um vigor que em geral era reservado para limpar a banheira. O acidente tinha tirado tudo dele, inclusive sua dignidade.

Babs entrou no quarto enquanto observava a enfermeira lavar Selwyn com braços dignos de uma arremessadora de peso. Não havia ternura, nem cuidado, nem amor.

— Posso cuidar disso agora, enfermeira, se não se importa.

A enfermeira parou e largou a esponja na tigela, derrubando água com sabão pelos lados, molhando a roupa de cama.

— Está tudo bem, querida, estou quase terminando. — Olhou para o relógio na parede. — É cedo demais para visitas. O que a traz aqui a essa hora?

— A freira disse que não havia problema se eu viesse ver meu marido. Agora, se me dá licença, precisamos de um pouco de privacidade. — Era tudo o que Babs podia fazer para impedir-se de arremessar a mulher porta afora, como um bêbado que estivesse incomodando em seu *pub*.

A enfermeira não pareceu notar a irritação.

— Se é o que você quer. Já acabei a parte de baixo, então, você só precisa lavar a parte de cima e fazer a barba dele, se quiser. Há dias que ele não é barbeado. Está muito descuidado. — A enfermeira riu da própria piada insana que fez, saindo do quarto e deixando Babs furiosa, mas em silêncio.

— Selwyn, é Babs. — Ela aproximou-se da cama.

— Eu sei, querida, ouvi você.

— Como está se sentindo?

— Você sabe que não consigo sentir nada.

— Não dificulte as coisas, Selwyn, sabe o que quero dizer.

— Ela foi embora.

— Eu sei, acabei de mandá-la embora.

— Não estou falando da maldita enfermeira. Trisha foi embora.

Ciente repentinamente da nudez dele, Babs puxou o lençol por sobre seu corpo e sentou-se na cama.

— Ah, eu me perguntava por que ela não tinha voltado para o *pub* noite passada. Sinto muito, Selwyn.

— Não dá para culpá-la de verdade, dá? Quero dizer, olhe para mim, não sirvo para nada. Talvez eu tenha sido egoísta em pedir que ela ficasse. Ela é só uma jovem, e não posso nem lhe dar um filho agora. Ela precisa achar alguém que possa fazer isso.

Babs segurou a mão esquerda dele; a aliança dourada era tudo o que restava de seu casamento agora. Lutou contra a vontade de arrancar a aliança do dedo dele.

— Quem ia querer ficar casado comigo agora, não é mesmo? — Ele deu uma risada triste.

— Eu, Selwyn. Eu quero ficar casada com você. É tudo o que eu sempre quis, e nada mudou.

Ele prosseguiu, como se não tivesse ouvido uma palavra do que ela disse.

— Eu estava me agarrando pela ponta dos dedos, Babs, e agora Trisha pisou neles.

Babs começou a tirar a blusa do pijama dele, deslizando-a gentilmente pelos ombros. Pegou um pouco de água com sabão entre as mãos e massageou o peito dele, com gentileza no início, depois com mais firmeza, como se estivesse sovando massa. Ela apertou os dentes, lutando para manter o desespero longe da voz.

— Consegue sentir isso, Selwyn? — Não esperou uma resposta, mas bateu com os punhos ensaboados no corpo dele, desejando que ele respondesse ao seu toque. Uma lágrima solitária correu pela lateral de seu nariz e ficou pendurada ali antes que ela a secasse, deixando uma bolha de sabão no lábio superior.

Selwyn sorriu, mas a voz dele saiu rouca.

— Sei que não te mereço, Babs. — Fez uma pausa e engoliu em seco, seus olhos vidrados como bolinhas de gude. — Mas obrigado.

34

Quando janeiro chegou, Lorraine estava mais do que pronta para voltar ao trabalho. Embora fosse verdade que as coisas estivessem um pouco mais calmas no *pub* agora que Trisha fora embora, ela estava cansada de ter que trabalhar atrás do balcão, administrar a adega e até limpar os banheiros. Pegar e trocar os desinfetantes em pastilha velhas dos urinóis era algo além do dever de qualquer um, ainda mais para Lorraine, e Babs finalmente concordara em contratar mais gente para aliviar o fardo.

Enquanto seguia para o escritório pelas calçadas traiçoeiras e geladas, Lorraine sentia um ânimo em seu caminhar que não estava presente há semanas. Enfiou a mão enluvada no bolso e pegou o pedaço de papel que tinha cortado cuidadosamente do diário de Petula. Apesar da promessa que fizera para si mesma, a curiosidade tinha vencido, e agora levava o texto para o trabalho, para ser transcrito pela velha senhorita Warbrick. Lorraine não deu explicação do pedido e ninguém perguntara, mas no fim do dia, quando bateu na porta da senhorita Warbrick, pode ver pela sobrancelha erguida no rosto da secretaria e seu ar questionador, que os rabiscos de Petula revelavam um pouco mais do que ambas esperavam.

— Fiz o meu melhor — a senhorita Warbrick explicou. — Os sinais estão bons, embora eu não tenha conseguido entender algumas palavras e adivinhei outras. Quem quer que tenha escrito isso fez com cuidado e precisão; certamente não foi escrito na pressa.

— Obrigada pela ajuda. Estou muito agradecida. — Lorraine ofereceu a caixa de chocolates Milk Tray que comprara, mas a senhorita Warbrick segurou o envelope com ar resoluto.

— Todas as vogais ainda estão presentes, sabe, os pontos e os traços.

Lorraine simplesmente assentiu. Não precisava de uma aula de taquigrafia agora.

A senhorita Warbrick deu um sorriso meio satisfeito.

— Sabe que posso anotar um ditado na velocidade de cento e cinquenta palavras por minuto.

— Isso é impressionante. Agora, se puder me dar... — Lorraine estendeu a mão com ar agradecido, e a senhorita Warbrick entregou-lhe o envelope.

O *pub* devia abrir novamente às seis, e Lorraine ficou aliviada de ver os novos funcionários no balcão quando retornou. Sua mãe ainda estava no hospital, então, tinha um tempinho para esquivar-se para ler a transcrição da senhorita Warbrick. Subiu correndo as escadas e fechou a porta do quarto atrás de si. O fato de a secretária ter colocado o papel em um envelope lacrado só aumentava a tensão enquanto Lorraine passava o dedo sob a aba e tirava o conteúdo lá de dentro. Sempre profissional, a senhorita Warbrick tinha digitado as palavras de Petula com perfeição, e Lorraine acomodou-se para ler o que a amiga não queria que ninguém visse.

Fui ao pub essa noite com Lorraine. Estava lotado, e Selwyn decidiu que podíamos continuar todos lá depois que o pub fechasse. Lorraine me (convenceu?) a usar um pouco de sombra azul e acabou maquiando meu rosto inteiro, com cílios postiços, batom, tudo o que eu tinha direito. Achei que parecia um pouco (ilegível), mas alguns dos rapazes do pub disseram que eu estava bonita. Não acho que isso tenha acontecido antes! O velho Cherry B estava (ilegível) como sempre e eu me sentia um pouco embriagada no fim da noite. Trisha tinha nos perguntado se queríamos misturar Cherry B com sidra, o que ela disse se chamar "transada". Isso acabou sendo um mau presságio. De todo modo, Lorraine estava dando em cima de Karl, mesmo que fosse um tanto quanto óbvio que ele não queria nada com ela. Na verdade, era (embaraçoso?), e eu resolvi ir para casa. Jerry estava no pub com a mãe, e eles foram embora ao mesmo tempo, então, caminhamos para casa juntos. Chegamos primeiro à casa deles. Daisy entrou, mas insistiu que Jerry me acompanhasse o resto do caminho. Ele não pareceu ficar muito feliz com isso.

Meu pai tinha ido para a cama, e a casa estava às escuras. Por algum motivo que não consigo (entender?), eu o convidei para um café. Sempre achei que ele fosse um pouco estranho, mas foi fácil conversar com ele, e ele me contou tudo sobre sua namorada, Lydia, que tinha ido embora para a (Austrália?). Senti um pouco de pena dele, e quando ele disse que ia embora, dei um beijo em seu rosto. Ainda me pergunto o que me possuiu para que eu fizesse isso. Ele é um pouco mais baixo do que eu, então foi mais um gesto (ilegível) do que qualquer outra coisa. Estávamos parados no hall, nossos rostos separados por poucos centímetros, e ele acariciou minha bochecha e disse que eu estava bonita. Ha, ha! Mesmo considerando que ele tinha tomado alguns drinques, aquilo era exagerar um pouco as coisas. (Pode ter certeza de que é a última vez que uso maquiagem.)

Quando percebi, ele estava me beijando na boca, e embora eu esperasse sentir repulsa, na verdade, foi muito bom. Na minha limitada experiência, eu diria que ele beija bem, embora fosse óbvio que estivesse nervoso. Eu estava presa contra a parede, e senti as mãos dele se esgueirando por baixo da minha saia. Ele hesitou e me olhou nos olhos por um segundo, como se estivesse esperando minha permissão. Eu fiquei surpresa pelo tanto que queria que ele continuasse, então, não fiz nada para detê-lo. É embaraçoso demais para entrar em detalhes aqui, mas basta dizer que foi bom, mesmo que não tenha sido assim que planejei perder minha virgindade. Estragou as coisas um pouco o fato de, no momento crítico, ele ter me chamado de Lydia.

Lorraine deixou o papel de lado e caminhou pelo quarto, de um lado para o outro, passando as mãos pelos cabelos. *Ah, meu Deus, ah, meu Deus.* Entre todas as pessoas possíveis, Petula resolvera fazer sexo com Jerry. Elas tinham prometido contar tudo uma para a outra, mas Petula sempre insistira que estava se guardando para o casamento, e acontece que a safadinha tinha feito em pé, encostada em uma parede, com um cara que sequer era seu namorado. Não era de se estranhar que tivesse feito aquele registro usando taquigrafia.

Lorraine sentou-se na cama, incapaz de evitar a sensação de traição. Deitou-se sobre o travesseiro e encarou o teto, perguntando-se como a amiga tinha permitido que aquilo acontecesse. Então a ficha caía lentamente, e ela começou a contar os meses desde a data do registro. Quando chegou em julho de 1976, nove dedos estavam erguidos. Jerry era o pai do bebê de Petula.

Quando voltou do hospital, Babs imediatamente assumiu seu posto atrás do balcão. Só fazia uma semana que Trisha tinha ido embora, e Babs não teve problema para reassumir sua posição de direito como dona do Taverners. Sempre soubera que Trisha era uma vaca superficial e egoísta, que só tirara Selwyn dela porque podia fazer isso. Nunca o amara e agora provara isso de um jeito espetacular.

Os primeiros clientes começavam a reunir-se ao redor do balcão, uma fumaça azul-clara pairando sobre suas cabeças como uma névoa enquanto tomavam as primeiras e merecidas bebidas pós-trabalho. A essa hora da noite, sua clientela era formada por homens, a maioria deles esperando que as esposas preparassem o jantar em casa. Depois de algumas cervejas, a maioria se esquecia de ir embora, e Babs os recordava gentilmente, mesmo que isso significasse um prejuízo nos negócios. Ela acabara de tirar a decoração de Natal, e, sem os enfeites, o *pub* parecia sóbrio demais.

Lorraine veio do fundo e puxou a manga da roupa da mãe como se fosse uma criança impaciente.

— Lorraine, estou conversando com Ken, não seja mal-educada. — Babs virou-se novamente para Ken. — Desculpe, querido, continue, você estava falando que Sheila foi à reunião da Tupperware...

Ken tomou outro gole de sua cerveja.

— Aquilo me custou uma fortuna. Quero dizer, de quantas caixinhas de plástico uma mulher precisa? Cada vez que abro o armário, sou atingido por uma avalanche daquelas malditas coisas.

— Outra cerveja? — Babs deu uma gargalhada.

— Sim, vamos nessa, já que você está me obrigando. Ela tem outra dessas reuniões esta noite, não estou com pressa.

— Aqui está, com espuma. — Babs começou a encher o copo.

— Mãe — Lorraine insistiu. — Preciso dar uma palavra com você.

— O que foi, amor?

— Aqui não. — Ela acenou com a cabeça na direção do escritório nos fundos.

— Tenho um *pub* cheio de clientes, Lorraine. Isso vai ter que esperar.

— Sei quem é o pai do bebê da Petula.— Lorraine abaixou a voz até tornar-se um sussurro.

Babs não reagiu, mas terminou calmamente de encher o copo de cerveja e entregá-lo para Ken, a espuma espalhando-se pelas costas de sua mão. Pegou Lorraine pelo braço e a levou até os fundos.

— Estou com a sensação de que não vou gostar disso. Me diga, então. Quem é ele?

— É o Jerry — sussurrou Lorraine, colocando a mão ao redor da boca.

— O quê? Eu não esperava por essa. — Babs ficou boquiaberta. — Você quer dizer Jerry Duggan? O filho da Daisy?

— Sim, ele — Lorraine sussurrou. — Percebe o que isso quer dizer, não?

Esperou que a mãe compreendesse as implicações daquilo. Babs esfregou o rosto com as mãos e abaixou a cabeça,

— Ah, meu Deus. Quer dizer que Daisy fez o parto da própria neta e depois largou-a na frente da casa de uma desconhecida.

— Você entendeu tudo, mãe! — Lorraine exclamou. — Precisamos contar para ela.

— Não, ainda não. — Babs colocou a mão no ombro da filha. — Preciso pensar, Lorraine. Não faça nada sem mim. — Virou-se e dirigiu-se ao bar. — Preciso voltar ao trabalho.

Quando Babs tocou o sino, indicando que era hora de fechar, já tinha tomado sua decisão. Aquele segredo não era seu, e Daisy merecia saber a verdade. O que Daisy faria com essa informação era uma questão dela, mas, no que dizia respeito a Babs, o bastão deveria ser passado e sua consciência estaria limpa.

35

Daisy estava sentada na mesa da cozinha, ajudando Mikey com a tabuada, embora, verdade seja dita, ele fosse muito melhor do que ela naquilo. Seus colegas de classe ainda sofriam para somar e subtrair, mas ele já estava na tabuada do doze.

Ultimamente, já era fato consumado que ela seria a responsável por pegar o menino na escola e dar o jantar a ele. As comidas que Andrea lhe dava eram basicamente uma desgraça, como batatas desidratadas de um pacote que ela misturava com água quente. Não havia desculpa para aquilo; até mesmo Andrea era capaz de descascar uma batata. Daisy achava que a mulher tinha tomado jeito na semana anterior, quando Mikey disse que ela havia feito couve-flor gratinada, mas acontece que ela simplesmente tinha fervido um maço de couve-flor, jogado umas fatias de queijo por cima e enfiado tudo no forno. Sem carne, sem peixe, nada. Não era de admirar que o pobre menino fosse pele e osso, e Daisy assumira para si a missão de engordá-lo.

Daisy passou o dedo pela tabela de multiplicação.

— Gosto da tabuada do nove, tia Daisy. Qual é sua favorita?

Ele era um menino estranho de várias maneiras. Quem teria uma tabuada favorita?!

— Não sei, Mikey, nunca pensei nisso. — Ela colocou o bolo de chocolate recém-tirado do forno no meio da mesa. — Quer espalhar a cobertura?

— Ah, sim, por favor. — Ele desceu da cadeira e pegou a tigela de cobertura derretida, esticando a língua, concentrado enquanto mergulhava a faca cuidadosamente e espalhava o chocolate reluzente sobre o bolo. A cobertura escorreu pelos lados e acumulou-se no prato. — Parece delicioso, tia Daisy. Obrigado por fazer o bolo para mim.

— Não há de quê, filho. — Daisy bagunçou o cabelo dele com carinho e lhe entregou o chocolate granulado.

— Posso dormir aqui esta noite, por favor? — Ele espalhou o granulado sobre o bolo e admirou o resultado.

Daisy foi surpreendida pela súbita mudança de assunto.

— Claro que pode, meu amor. Sua mãe saiu de novo?

— Não tenho certeza, mas não gosto da cama na minha casa. Tem um cheiro ruim e me dá coceira.

— Verdade? — Ela segurou o braço dele e levantou a manga da camisa. A pele dele estava coberta de pontinhos vermelhos, todos machucados onde ele havia coçado. — Ah, isso não parece bom. Tenho um resto de loção de calamina no armário do banheiro. Já faz um bom tempo desde que Jerry teve catapora, mas espero que não tenha estragado. — Deu um beijo no alto da cabeça de Mikey. — Vamos lá colocar um pouco. Depois vamos passar na sua mãe para avisar que você vai dormir aqui esta noite.

Andrea atendeu a porta só de calcinha e sutiã, o cigarro obrigatório pendurado nos lábios, todas as costelas visíveis pela pele translúcida. Nem se incomodou em disfarçar o desapontamento.

— Ah, são vocês. Eu achei que fosse trazê-lo mais tarde. — Não parecia nem um pouco incomodada com seu estado de nudez.

— Fiquei em primeiro lugar na prova de matemática hoje, mãe. — Mikey entrou no *hall* e abraçou a figura ossuda da mãe.

— Sério? Você é um belo de um trapaceiro, não é?

Daisy puxou Mikey para perto de si e sussurrou em seu ouvido.

— Acho que você é um garoto muito inteligente. Agora, vá lá em cima e pegue seu pijama. — Ela virou-se para Andrea. — Ele vai ficar em casa esta noite e pelo futuro próximo, a menos que você arrume a cama dele. Ele disse que cheira mal e está coberta de per-

Os segredos que nos cercam 203

cevejos. Ele está cheio de picadas, Andrea, e a menos que você limpe esse lugar, vou levar o caso às autoridades.

— Não, você não vai fazer isso. — Andrea deu uma gargalhada e soprou uma nuvem de fumaça no rosto de Daisy. — Quer que ele vá para uma instituição de caridade? Se o que ouvi sobre esses lares para crianças for verdade, ele está bem melhor aqui. O lugar dele é comigo. Sou a mãe dele.

A última coisa que Daisy queria era chamar o serviço social. Mikey precisava ser nutrido para florescer e aproveitar seu potencial excepcional, não ser enfiado em uma instituição na qual seria apenas mais uma criança, faminta de afeto e atenção. Ela não deixaria que aquilo acontecesse, e Andrea sabia disso.

— Apenas arrume a cama dele, Andrea — ela replicou entredentes. — O professor dele me pegou na saída da escola outro dia e disse que Mikey está dormindo na aula.

— Bem, então, ele não devia dar aulas. — Andrea a acompanhou até a rua.

Daisy estava cortando o bolo de chocolate quando alguém tocou a campainha. Automaticamente olhou para o relógio da cozinha.

— Quem pode ser? Não é dia de o leiteiro receber o pagamento — Colocou uma fatia de bolo no prato de Mikey e foi abrir a porta.

— Boa noite, Daisy. Como você está? — Babs estava animada, mas seu tom de voz parecia forçado.

— Estou bem, obrigada. — Daisy franziu o cenho enquanto olhava para Babs e para Lorraine. — Que surpresa adorável. Ah... O que traz vocês aqui esta noite?

As duas mulheres se entreolharam, nenhuma delas parecia saber o que dizer a seguir.

— Podemos entrar, Daisy? Por favor. — Foi Lorraine quem encontrou sua voz primeiro.

Daisy abriu mais a porta e as convidou para dentro.

— Por favor, vamos até a cozinha. Acabo de fazer um bolo. Gostariam de uma fatia?

Mikey ergueu os olhos quando elas entraram, as mãos e o rosto manchados de cobertura de chocolate.

— Vocês se lembram de Mikey, não é mesmo?

— Claro que sim. Como está, Mikey? — Babs não o via desde o acidente, mas tinha perguntado sobre ele em inúmeras ocasiões.

Ele deu de ombros e enfiou um grande pedaço de bolo na boca.

— Tudo bem — murmurou.

— Ele está um pouco mais bonito — Daisy comentou. — Não é mesmo, Mikey, você não está um pouco mais bonito? — Colocou a chaleira no fogo. — Vocês tomam um chá, certo? — Não esperou pela resposta. — Como vai Selwyn?

— Ainda na reabilitação, mas é possível que venha para casa nas próximas semanas — Babs comentou. — Conseguiram colocá-lo sentado outro dia, o que foi realmente um feito. Ele disse que ficou um pouco atordoado depois de todos esses meses deitados, mas suponho que seja um começo.

— Devo dizer que foi um pouco estranho Trisha ir embora daquele jeito, bem quando Selwyn mais precisava dela. — Daisy cruzou os braços sobre o peito. — Quase caí de costas quando me contaram.

— Ele tem nós duas, Daisy: a família dele. É tudo de que precisa agora. — Babs colocou um braço ao redor de Lorraine e a puxou para perto.

— Ele não podia estar em melhores mãos, Babs. — Daisy assentiu, concordando.

Mikey sugou ruidosamente seu canudo ao tentar extrair as últimas gotas do suco de laranja do copo. Babs acenou com a cabeça na direção dele.

— Ele parece bem. Como está se saindo, você sabe, *sem o pai*? — Ela fez as últimas palavras com a boca, sem som.

— Ele vai chegar lá — Daisy respondeu. — Estou ajudando Andrea com ele porque ela é tão... — Procurou a palavra certa, mas Babs preencheu o espaço vazio.

— Inútil?

— Hmmm, um eufemismo, se é que já ouvi um, mas, sim, você pegou o espírito da coisa.

— Posso ver televisão, por favor, tia Daisy? — Mikey desceu da cadeira. — Aí vocês podem falar sobre mim.

A chaleira começou a apitar, e Daisy a tirou do fogo antes que o barulho ficasse alto demais.

— Sim, pode sim, Mikey, e não se preocupe: não vamos falar de você.

— Não é nada bobo, não é? — Babs falou quando ele saiu.

— Ah, sim, afiado como uma águia — Daisy concordou. — Também é um rapazinho muito inteligente.

— Sabe, passei algum tempo com Karl no dia do acidente — Babs começou a contar —, e ele me disse que a primeira coisa que faria na segunda-feira seguinte, pela manhã, seria ver o advogado para conseguir a custódia dele.

Daisy balançou a cabeça, a tristeza tomando conta dela de repente.

— Ah, querida, isso é trágico. O pobre garotinho tinha a felicidade ao alcance da mão e, em um instante, tudo foi tirado dele. — Tirou um lenço da manga, secou os olhos e tentou recuperar a compostura. — Mesmo assim, faço o melhor que posso por ele, e, para ser honesta, ele também é um conforto para mim. É bom ter um menininho em casa de novo. De todo modo, tenho certeza de que não vieram até aqui para falar sobre Mikey. Tem alguma coisa que eu possa fazer para ajudá-las?

Lorraine, que estava em silêncio até agora, deu um passo adiante.

— Tenho notícias que minha mãe acha... bem, nós duas achamos que devemos compartilhar com você.

— Vão em frente, então, me digam o que é. — Daisy ergueu as sobrancelhas.

Lorraine olhou para a mãe, incerta sobre como prosseguir, mas Babs veio ao seu resgate.

— Bem, é uma história um pouco longa, mas tudo se resume a... — Ela parou e apontou para uma cadeira. — Ah... talvez você deva se sentar.

— Estou bem em pé, obrigada, então, se puder acabar de vez com o suspense. — Daisy colocou as mãos nos quadris.

— Ok, se tem certeza. — Babs prosseguiu. — Parece que Petula teve um tipo de... Bem, suponho que podemos chamar de... lance com alguém, que resultou em sua gravidez. Eles não estavam em um relacionamento ou nada do tipo, mas ela escreveu sobre o ocorrido em seu diário, e parece que o pai era... — Deu um passo adiante e tocou no braço de Daisy. — Parece que o pai era Jerry.

Daisy abriu a boca para falar, mas as palavras não saíram. Certamente, Babs devia estar enganada. Jerry não era do tipo de ter uma transa de uma só noite; a bebê não podia ser dele. Mas, mesmo que tentasse negar para si mesma, a verdade a atingiu no peito como uma bala de canhão, e ela agarrou-se à mesa para se equilibrar. Realmente tinha abandonado o sangue do seu sangue, sua única neta, na frente da casa de uma desconhecida?

Babs puxou uma cadeira.

— Sente-se, Daisy, você levou um choque. Vamos terminar o chá. — Virou-se para a filha. — Lorraine, três torrões de açúcar para Daisy.

— Ah, meu Deus, o que foi que eu fiz? — Daisy apoiou os cotovelos na mesa e massageou as têmporas.

— Onde você guarda os saquinhos de chá, Daisy? — Lorraine perguntou, abrindo as portas dos armários e remexendo dentro deles.

Daisy ergueu os olhos, e era óbvio que sua mente estava em outra parte.

— Ah, eu... Não uso saquinhos, são caros demais. Uso chá em folhas. Estão naquela lata listrada de azul e branco bem ali.

— O que vai fazer agora? — Babs esfregou as costas de Daisy.

— Honestamente? Não sei, Babs. Quero dizer, tem certeza de que o bebê é de Jerry?

Lorraine colocou a chaleira no meio da mesa e cobriu-a com o protetor de crochê.

— Bem, Petula escreveu sobre isso em seu diário usando taquigrafia, enquanto todos os outros registros foram escritos de maneira normal. E não há menção a nenhum outro... hmmm... episódio com garotos. E as datas também batem.

— Isso dificilmente pode ser considerado conclusivo, não é?

— Não, Daisy, não é. Mas é provável, e achamos realmente que você deveria saber.

Os segredos que nos cercam

Mais tarde, quando Mikey já estava acomodado na cama, aconchegado sob o cobertor, Daisy pegou a foto de Jerry de cima da lareira e soprou a fina camada de poeira que tinha se acumulado na superfície, repreendendo-se internamente pela negligência tão incomum. Passou os dedos sobre o rosto sorridente dele.

— Ah, Jerry, meu rapaz. No que você estava pensando?

36

Daisy estava determinada a fazer algo especial para o sétimo aniversário de Mikey. Seria outro marco para o menino superar a morte do pai. Eles já tinham sobrevivido ao primeiro Natal sem Karl e Jerry, e embora não tivesse sido exatamente tranquilo, tinham passado por aquilo juntos. Agora, já estavam em junho, e o aniversário do acidente se aproximava com rapidez, juntamente com o primeiro aniversário de sua neta.

Desde que Babs lhe contara que Jerry era o pai da garotinha, ela guardara segredo, com medo das repercussões e do vespeiro no qual inevitavelmente mexeriam. Apesar do trauma da descoberta, Daisy não tinha dúvidas de que tinha feito a coisa certa. Afinal, era muito provável que a bebê não tivesse sobrevivido ao acidente. Mas não tinha certeza se as autoridades veriam dessa maneira. Entretanto, agora, conforme o primeiro aniversário da criança aproximava-se, sentia uma necessidade absurda de pelo menos ter certeza de que a neta estava sendo cuidada por pais adotivos amorosos.

Na primeira vez que sugeriu para Mikey um fim de semana em Blackpool, ele fora completamente contrário à ideia e disse que nunca mais queria voltar lá. Daisy conseguia entender perfeitamente a reação do menino, embora destacasse que aquele era o lugar onde ele passara o último dia feliz com o pai e que poderia encontrar algum conforto ao revisitar a cidade. Ao longo dos meses seguintes, aos poucos, Mikey foi concordando com o jeito de pensar dela, e quando Daisy sugeriu que fossem passar o sétimo aniversário dele lá, ele abraçou a ideia com um entusiasmo que Daisy ainda não sentia. Andrea ficou mais do que feliz de livrar-se do filho no fim de semana; quando Daisy a recordou de que aquele seria o dia do aniversário dele, ela simplesmente deu de ombros com indiferença e comentou.

— Ah, é mesmo?

As ruas de Manchester pareciam resplandecentes com metros e metros de bandeirolas vermelhas, brancas e azuis penduradas entre os postes das ruas, e bandeiras do Reino Unido colocadas na frente dos edifícios. Uma janela de escritório mostrava orgulhosamente um cartaz caseiro com os dizeres "Beth governa bem" pintados em vermelho. Mikey acomodou-se ao lado de Daisy no ônibus, com Galen sentado entre eles. Daisy pegou o macaco de pelúcia e colocou-o no joelho.

— Ele precisa de um assento só para ele, de tão grande que é. — Deu uma cheirada no alto da cabeça do brinquedo. — Hmmm, também está precisando de um banho.

— Por que tem bandeiras por todos os lados, tia Daisy? — Mikey limpou a sujeira da janela do ônibus com a manga da blusa e espiou o lado de fora.

— É para a rainha, querido. É o Jubileu de Prata dela, o que significa que ela é nossa rainha há vinte e cinco anos.

Mikey roeu a unha do polegar em silêncio.

— Ah, certo. O que alguém tem que fazer para virar rainha?

— Tem que ser filha do rei. — A resposta pareceu satisfazê-lo, e o menino ficou em silêncio enquanto continuava a olhar pela janela.

— Alguma coisa está incomodando você, Mikey, meu amor?

— Esse ônibus não vai bater, né, tia Daisy? — Ele olhou para ela e enrugou o nariz.

— Ah, Mikey, é por isso que parece tão preocupado? Claro que não. — Ela alcançou a bolsa que estava embaixo do assento e pegou um presente embrulhado. — Estava guardando isso para quando chegássemos a Blackpool, mas já pode ficar com ele agora. — Passou o pacote para ele. — Feliz aniversário, Mikey.

— Obrigado! — ele exclamou ao pegar o presente e rasgar o papel. Era um *kit* de artista em uma linda caixa de mogno, cheia de lápis, giz de cera, pincéis e vários tubos de tinta, todos organizadamente enfileirados na tampa. Havia um bloco de papel grosso e um livro de instruções de como desenhar paisagens, pessoas e animais. Os olhos de Mikey estavam arregalados de admiração enquanto passava os dedos pelos vários pincéis. Pegou um e passou os pelos suaves pelo rosto.

— Você gostou? — Daisy perguntou.

— É o melhor presente que já ganhei. — Mikey confirmou, acenando positivamente com a cabeça. — Vou fazer um desenho para sua parede, tia Daisy. Obrigado.

— Não há de quê. Estou feliz que tenha gostado. Sei como você já é bom no desenho e na pintura, então, isso vai deixá-lo ainda melhor.

A caminhada do ponto de ônibus até Claremont Villas era curta, e Mikey seguia ao lado dela, carregando orgulhosamente seu novo estojo de artista, e com Galen enfiado embaixo do outro braço.

— Eu posso fazer um desenho da praia — declarou o menino. — Ou de um burro, ou daquela torre logo ali. — Daisy sorriu para o entusiasmo contagiante dele, aliviada por, aparentemente, ele ter tirado da mente qualquer lembrança que tivesse em relação a Blackpool.

Pararam assim que chegaram ao portão da hospedaria, e Daisy respirou fundo para acalmar os nervos. Olhou para o outro lado da rua, na direção do ponto de ônibus onde se escondera há quase um ano, desejando que alguém atendesse a porta e encontrasse a bebê.

Adotou um tom de voz alegre.

— Aqui estamos. É aqui que vamos nos hospedar. — Abriu o portão e Mikey a seguiu até a porta da frente. Daisy olhou para o exato lugar em que deixara a criança, mal acreditando agora que tinha feito isso. O degrau estava recém-encerado, e uma cesta de petúnias roxas estava pendurada sobre sua cabeça.

A porta abriu-se, e a dona do estabelecimento sorriu para os dois.

— Bom dia, bem-vindos a Claremont Villas. Você deve ser a Sra. Duggan. — Ela se curvou e estendeu a mão para Mikey. — E quem é você?

— Sou Mikey. — O menino ergueu seu novo estojo. — Olhe o que tia Daisy me deu de aniversário. É hoje.

— Ah, isso não é ótimo? Hoje é seu aniversário? Se eu soubesse, teria feito um bolo.

Daisy examinou com cuidado o rosto da proprietária. Embora só tivesse visto a mulher de relance no ano anterior, estava certa de que aquela era a mesma pessoa que encontrara sua neta. A Sra. Roberts parecia gentil e verdadeira, até mesmo maternal, e Daisy só queria confessar que fora ela quem havia deixado o bebê na porta da hospedaria. Não podia mais esperar nem mais um instante para descobrir para onde a Sra. Roberts tinha levado a criança, mas pensou que devia agir com cuidado. Aguardara quase um ano por aquele momento; mais algumas horas não fariam mal.

Depois de desfazer as malas, Daisy e Mikey fizeram uma caminhada pelo calçadão. A onda de calor do último verão era uma lembrança distante agora, e, embora o céu estivesse sem nuvens, eles lutaram contra o vento do litoral que chicoteava seus rostos. De repente, Mikey parou e apontou para o outro lado da rua.

— Olhe, é o *pub* onde comemos frango na cesta.

Daisy olhou para o Ferryman, onde tinha feito o parto da própria neta no chão do banheiro. A tinta estava descascando nas paredes caiadas, e um grupo barulhento de motoqueiros se reunia do lado de fora, acelerando os motores. Até mesmo àquela distância, dava para sentir o cheiro rançoso da gordura da cozinha. Cobriu o nariz com a mão e virou-se, puxando Mikey pelo braço

— Vamos, meu amor, vamos voltar à hospedaria para comer.

A sala de jantar do Claremont Villas tinha quatro mesas separadas, cada uma com uma toalha de renda e um vaso de frésias de plástico. Os talheres de cabo de osso brilhavam, e, embora estivesse gasto em alguns lugares, o tapete de estilo ousado tinha sido aspirado recentemente, o que confirmava para Daisy que Mary lhe era páreo no que dizia respeito à limpeza. A sala começava a encher, e Daisy cumprimentou os outros hóspedes educadamente com a cabeça, conforme entravam. Mary trouxe a entrada e colocou pratos de vidro diante de Mikey e Daisy.

— Hoje temos coquetel de camarão. Espero que esteja bom.

— Perfeito, e parece maravilhoso. — Daisy assentiu. Pegou um limão cortado em zigue-zague e o espremeu sobre os camarões.

Mary saiu da sala enquanto todos saboreavam suas refeições. Há dias, Daisy pensava na melhor maneira de tratar do assunto da bebê, e ainda não estava nem perto de uma solução. Havia tentado vários tipos de abordagem em sua cabeça, mas sempre soavam ridículos até mesmo para seus ouvidos. *Eu me pergunto, será que você se lembra se algum bebê já foi deixado na sua porta?* Viu? Ridículo: como alguém se esqueceria disso? *Sabe a bebê que foi encontrada na sua porta no ano passado? Pode me dizer o que fez com ela?* Daisy balançou a cabeça e limpou o canto da boca com o guardanapo.

— Como estavam os camarões, Mikey?

Ele tinha limpado o prato todo, então, era uma pergunta retórica.

— Gostei deles, tia Daisy, mas o que era aquele pozinho vermelho em cima?

— Era páprica, Mikey. — Daisy deu uma risada. — Imagino que sua mãe não use esse tipo de coisa.

Mary voltou para pegar as travessas, o rosto avermelhado com o calor da cozinha. Na porta, pareceu mudar de ideia e voltou para os fundos, retornando alguns segundos depois com uma bebê apoiada no quadril.

— Desculpem, mas eu a escutei chorando lá no fundo. Os dentes dela estão nascendo, vê? — As bochechas da bebê estavam vermelhas e brilhantes com as lágrimas. Mary embalou a menina para cima e para baixo e beijou seu rosto molhado, e um pequeno sorriso marcou o rosto molhado da criança. Ela ergueu a mão da bebê e a balançou para Daisy. — Diga oi. — A bebê virou-se e enterrou o rosto no pescoço de Mary. A mulher riu. — Ela é um pouco tímida.

— Ela é... essa bebê é sua? — Daisy estava boquiaberta.

— Sim, é minha. É minha filha. — Ela levantou a mão da bebê mais uma vez. — Diga oi, Beth.

Os segredos que nos cercam   213

37

Daisy olhou para a bebê de olhos azuis, que agora ria enquanto Mary fazia cócegas nas solas de seus pés. Não era possível que fosse a mesma criança; devia ser uma coincidência. Levou alguns instantes para recuperar a voz.

— É linda. Quanto tempo ela tem?

A bebê envolveu os bracinhos gorduchos no pescoço de Mary.

— Vai fazer um ano no próximo mês.

Sentindo os cabelos da nuca se arrepiarem, Daisy pegou seu copo e tomou um gole de água para acalmar-se. Só seria necessária mais uma pergunta.

— Mês que vem? Que adorável. — Parou antes de acrescentar casualmente. — Que dia?

Mary se distraiu com a baba que escorria pela boca de Beth e caía no chão.

— Ah, meu Deus. Preciso pegar um pano. — Entregou a bebê para Daisy. — Você se importa?

Daisy pegou a garotinha e a colocou no joelho. Procurou alguma semelhança familiar no rostinho da menina e não demorou muito para achar. Estava tudo nos olhos. A bebê tinha os mesmos olhos azul-esverdeados de seu filho ao nascer, mas era mais do que isso; era o formato deles, o jeito como as sobrancelhas formavam um arco perfeito. Levantou com cuidado a franja da garotinha e espiou embaixo. Um redemoinho, exatamente como o de Jerry. Não tinha dúvidas de que era a bebê de Jerry em seu colo. Sua própria neta. Mary retornou e começou a limpar o tapete.

— Que dia mesmo você disse que é o aniversário dela? — Daisy falou com a mulher, que estava abaixada.

— Como? Ah, sim, é no dia vinte e quatro. — Mary endireitou-se e apoiou as mãos nas costas.

Uma onda de náusea tomou conta do estômago de Daisy. Ela colocou a mão na boca e lutou para manter a compostura quando a verdade tornou-se clara. Mary tinha ficado com a bebê e a criava como se fosse sua. Era um cenário que Daisy não imaginara, e não tinha ideia de como lidaria com isso. Sua reação inicial foi de ressentimento. Mary estava criando a neta dela como se fosse sangue do seu sangue, quando Daisy podia muito bem ter ficado com ela se soubesse que era filha de Jerry. Quando Mary pegou a bebê, e a garotinha sorriu para ela, uma pequena pontada de inveja atingiu o coração de Daisy. Mas Mary era claramente apaixonada por Beth, e não havia dúvidas de que a menina era muito bem cuidada.

— Ela tem seus olhos. — Daisy aventurou-se.

— Sim, também acho. — Mary não hesitou. Alisou o cabelo de Beth para o lado e fez cócegas embaixo do queixo da menina. Beth deu uma risadinha, as gengivas de fora mostrando sua alegria. — Vamos lá, você. É hora de tomar banho. — Virou-se para Daisy. — Se me der licença, Ruth vai servir o resto da refeição.

A jovem garçonete colocou o prato principal, purê com torta de frango, na mesa. Várias ervilhas rolaram e caíram no colo de Daisy.

— Ah, desculpe por isso — Ruth desculpou-se, lançando um olhar nervoso na direção da cozinha.

— Está tudo bem. Não aconteceu nada. — Daisy as pegou com a colher de sobremesa.

Mikey já estava comendo com vontade, mas Daisy tinha perdido completamente o apetite; sentia-se como se tivesse engolido uma bexiga inflada.

— Você não está com fome, tia Daisy? — Mikey notou imediatamente.

— Bem, a entrada foi bem servida, não foi? Sei que não devia ter comido todo aquele pão integral. — Ficou olhando enquanto Mikey enchia a boca de purê. — Não sei onde você coloca tanta comida. — Riu.

Depois do jantar, Daisy levou Mikey até *Pleasure Beach*. O garotinho estava animado por ficar acordado até tão tarde, e Daisy insistiu que ele merecia um regalo especial no dia do aniversário. Andaram de mãos dadas, serpenteando entre os brinquedos, as luzes piscando e a música alta. Multidões clamavam por uma volta no carrinho bate-bate.

— Quem quer ir em um brinquedo onde carros batem uns nos outros? Não parece ter graça. — Mikey não parecia impressionado.

Daisy o afastou de lá, concordando internamente.

— Venha, vamos para algum lugar mais tranquilo. Que tal irmos ao tobogã ou à pescaria, hein?

Quando fizeram a curva, deram de cara com uma barraca cheia de macacos de pelúcia, todos grotescamente pendurados pelo pescoço.

— Olhe! — Mikey exclamou. — Foi aqui que meu pai ganhou Galen para mim.

— Que legal. — Daisy o levou para longe da atração, até uma galeria. — Vamos no caça-níqueis, que tal? — Remexeu na bolsa e entregou um punhado de moedas para Mikey. Ela começava a se perguntar se tinha sido uma boa ideia trazer Mikey para Blackpool em tão pouco tempo. Havia recordações de Karl por toda parte.

Mais tarde, com Mikey já na cama, Daisy sentou-se na sala de estar para tomar uma bebida. Virou-se ao ouvir a porta raspar no tapete, e Mary enfiou a cabeça pela abertura da porta.

— Se importa se eu lhe fizer companhia? Em geral, tomo alguma coisa antes de me recolher.

— Claro, por favor, a casa é sua. — Daisy gesticulou para a poltrona diante de si.

Mary se serviu de uma dose de vinho e sentou na poltrona.

— Ah, é bom tirar o peso dos pés. — Tirou as sandálias e enfiou as pernas embaixo do corpo. — Beth tem acordado a maioria das noites por causa do nascimento dos dentes. Realmente, isso acaba com a pessoa, posso afirmar. — Recostou a cabeça na poltrona e fechou os olhos.

Daisy aproveitou a oportunidade para observar o rosto de Mary. Estimava que a outra mulher devia ser uns dez anos mais jovem que ela, certamente não mais do que trinta e cinco anos. Não havia dúvidas que era uma mulher atraente, a pele impecável e uma boa estrutura óssea. Seu cabelo estava cuidadosamente enrolado, com exceção de uma mecha comprida que caía pela testa, a qual ela tinha o costume de jogar para trás com um meneio rápido de cabeça. Daisy observou as mãos da mulher mais jovem e concluiu que eram as mãos de alguém decente, sem medo de trabalho duro. Acenou com a cabeça na direção da foto de casamento no alto da lareira.

— Onde está seu marido, Sra. Roberts? — Assim que fez a pergunta, lamentou o tom inquisitivo, que parecia simplesmente intrometido.

— Thomas morreu em um acidente na mina há dois anos. Sou viúva. — Mary abriu os olhos e falou sem se abalar.

— Ah, querida, isso é uma tragédia. Sinto muitíssimo. — Daisy brincou com os botões de seu cardigã enquanto tentava pensar. Tinha medo de irritar Mary com mais perguntas sobre o marido falecido, mas tinha uma necessidade desesperada de preencher o silêncio desconfortável. Olhou para a janela de guilhotina. — Ah... com... que frequência você tem que lavar essas cortinas de renda?

Mary suspirou.

— É isso realmente o que você quer saber ou está se perguntando sobre o pai de Beth?

Daisy sentiu o rosto ficar vermelho.

— Bem, não é exatamente da minha conta, Sra. Roberts — respondeu, embora nada estivesse mais distante da verdade.

— Está tudo bem, Sra. Duggan. Não fico mais embaraçada com isso. — Limpou a garganta, ergueu o queixo e falou de modo desafiador e sem vergonha. — Beth foi concebida como resultado de um caso de uma noite, mal pensado, mas não é algo que eu lamente. Como eu poderia? Viu como ela é adorável. Ela é meu mundo. — Fez uma pausa para tomar outro gole de vinho. — Estamos indo bem, só nós duas, e eu não mudaria o que aconteceu por nada.

Daisy ficou horrorizada com a facilidade com que a mentira saiu da língua dela. Mary devia ter dito aquilo tantas vezes que acabou acreditando na história.

— Sim — concordou. — Ela é uma coisinha adorável, isso é verdade.

Mary baixou os olhos e falou em um tom de voz tão suave que foi difícil para Daisy entender adequadamente.

— Levei muito tempo para aceitar que Thomas estava morto. Ele ficou preso na mina, sabe, e eles selaram o poço com os corpos lá dentro. Pode imaginar algo mais horrível? — Ergueu os olhos e olhou para a fotografia do marido falecido. — Percebo agora que eu estava enganando a mim mesma, mas sem um corpo, eu simplesmente não conseguia acreditar que ele nunca mais voltaria. O luto consumia tudo, e só quando Beth chegou, percebi que havia um sentido na vida apesar de tudo, e que talvez eu pudesse seguir em frente. — Enquanto prosseguia, empurrou a mecha rebelde de cabelo sem perceber. — Ainda sinto falta de Thomas, todos os dias, e sei que nunca mais amarei outro homem como eu o amava, mas Beth torna a dor mais suportável. — Deu de ombros. — Suponho que eu possa dizer que ela me salvou. Sou feliz novamente, e é algo que achei que jamais aconteceria.

Embora soubesse da mentira, Daisy sentiu uma mistura inesperada de tristeza e pena ao ouvir a história de Mary. Analisou a mulher mais jovem, buscando em seu rosto qualquer sinal que revelasse falsidade, mas sua feição era uma máscara de compostura que não deixava transparecer nada. Sem palavras, Daisy tamborilou com os dedos no braço da poltrona e simplesmente assentiu.

— Uma vez por mês. — Mary terminou de tomar sua bebida e levantou-se.

— Como? — Daisy franziu o cenho.

— Você perguntou com que frequência lavo as cortinas. A resposta é uma vez por mês. Boa noite, Sra. Duggan.

Daisy teve um sono agitado naquela noite, remexendo-se tanto que acabou emaranhada nos lençóis de nylon, fazendo faíscas voarem de sua camisola. Mikey dormia um sono profundo na cama ao lado, aparentemente nocauteado pelo ar marinho. Ela deu um sorriso carinhoso para a criança que dormia, o braço largado sobre Galen. Certamente era possível amar uma criança que não era sangue do seu sangue. Mary dera um lar maravilhoso para Beth; era claro que era uma mãe atenciosa e amorosa, e afastar a criança de tudo aquilo seria cruel para as duas.

Daisy saiu da cama e foi até a janela. Abriu as cortinas e olhou para a baía, a luz da lua brilhava na superfície agitada do mar escuro. Ouviu um baque surdo atrás de si e virou-se para encontrar Galen caído no chão. Mikey se mexeu, sentindo a ausência do brinquedo macio. Daisy pegou o macaco de pelúcia e colocou-o na dobra do cotovelo do menino.

Não sabia dizer por quanto tempo continuou a olhar pela janela, mas quando finalmente voltou para a cama, os pés doendo pelo frio que subia do chão de madeira, tinha tomado uma decisão. Na primeira vez que segurara a neta, a criança era um mero pedaço de gente, cuja própria mãe era incapaz de amar. O futuro da bebê parecia sombrio, porém com o cuidado dedicado de Mary no último ano, a menina floresceu, e agora sua vida era repleta de promessas. Mary provara ser uma substituta mais do que adequada para a mãe biológica de Beth, e Daisy pretendia recompensar essa devoção da única forma que podia. Daria a Mary a paz de espírito que ela merecia.

38

Março de 2016

    Michael dobrou o recorte de jornal e o colocou no balcão de granito. Na maior parte do tempo, conseguia manter os acontecimentos daquele dia apavorante enterrados o bastante para que não o machucassem. Quarenta anos tinham se passado, mas se permitisse a si mesmo pensar no que tinha acontecido, podia reviver cada gota de terror que sentira quando era um menino de seis anos. Quando tiraram seu pai dos destroços, Michael estava sentado na calçada com um cobertor áspero ao redor do corpo trêmulo, Babs ao seu lado com o braço ileso firmemente ao redor de seus ombros. Karl fora trazido para fora e colocado em uma maca, mas Babs agarrou a cabeça de Michael e a puxou de encontro ao peito, para que ele não pudesse ver. Ele se lembrava dos beijos que ela dera no alto de sua cabeça enquanto o embalava para frente e para trás.

    A voz de Beth o trouxe de volta ao presente.

    — Michael, sinto muito. — Esfregou o antebraço dele, de cima a baixo. — Sei que isso deve trazer de volta lembranças muito dolorosas para você.

    — Foi há muito tempo, Beth — ele disse. — Você é minha família agora, você e Jake.

    — Papai, você vai voltar a ler para mim? — Ao som de seu nome, Jake ergueu os olhos do livro.

— Em um minuto, filho. — Ele voltou-se para Beth. — Você falou alguma coisa sobre uma carta?

— Está no envelope. — Ela puxou um banco debaixo do balcão da cozinha. — Acho melhor você se sentar.

Michael acomodou-se no banco ao pegar a carta para ler.

4 de junho de 1977

Cara Sra. Roberts,

Estou escrevendo para lhe agradecer pela adorável estadia em Claremont Villas. Blackpool sempre foi muito especial para mim, pois foi onde meu falecido marido, Jim, e eu passamos nossa lua de mel. Contudo, não foram apenas boas lembranças que me trouxeram de volta a este lugar. Há quase um ano, fiz algo de que não me orgulhei na época, mas que consegui aceitar desde então. Sua filha é realmente adorável e é óbvio que está crescendo cercada pelo amor e afeto que dedica a ela, e acho que você merece um pouco de paz de espírito.

Imagino que mesmo agora, um ano depois, você tenha medo cada vez que alguém bate na sua porta, mas deixe-me assegurar-lhe que a mãe de Beth nunca vai voltar para reivindicá-la. Ela morreu naquele mesmo dia, em um acidente de ônibus. Coloquei um recorte de jornal no envelope, com esta carta. Fui eu quem deixou Beth na sua porta naquele dia. Se eu não tivesse feito aquilo, ela teria perecido nos braços da mãe.

A jovem garota que deu à luz nem mesmo sabia que estava grávida e estava apavorada que o pai descobrisse. Acho que nenhuma de nós estava pensando direito quando decidimos deixar a bebê em algum lugar onde seria encontrada e cuidada.

Também acho que talvez tanto você quanto eu tenhamos violado a lei naquele dia, e nenhum bem viria de ir até as autoridades agora, depois que quase um ano se passou. Espero que você possa relaxar, sabendo que será capaz de criar Beth como sua filha sem temer que alguém volte para buscá-la.

Sinceramente,
Daisy Duggan

Beth pegou a carta de Michael quando ele terminou de ler, e a releu mais uma vez, embora soubesse de cor cada uma das palavras traiçoeiras.

— Você acredita nisso? — ela sussurrou. — Toda a minha vida pensei que a identidade do meu pai fosse algum grande segredo, quando, na verdade, minha mãe guardava o maior segredo de todos. Ela sequer era minha mãe biológica. Como ela pôde fazer isso?

— Tampouco consigo acreditar que tia Daisy estava envolvida nisso. — Michael balançou a cabeça.

— Ah, vou ter uma palavrinha com ela quando voltar, não se preocupe. — Beth bufou.

— Papai, você não vem?

— Desculpe, Jake. Podemos terminar a história uma outra hora? Vá ver TV por enquanto.

Jake olhou para o pai como se não pudesse acreditar em sua sorte. Em geral, os pais pediam que ele desligasse a televisão.

— Você estava naquele ônibus, Michael. Quem era minha mãe? — Beth segurou a mão do marido e a levou aos lábios.

— Deus, isso foi há quarenta anos, Beth. Eu só tinha seis anos. — Michael coçou a cabeça.

— Certamente não é algo de que você se esqueceria.

— Na verdade, tento não pensar muito nisso. — Michael encarou a esposa.

Beth cedeu.

— Sinto muito, você está certo. — Beth cedeu. — Vou conversar com Daisy sobre isso. — Inflou as bochechas e leu a carta mais uma vez antes de atravessar a cozinha para pegar o telefone.

— Não, eu quem sinto muito. — Michael desculpou-se. — Você merece saber. — Ele pegou gentilmente o telefone da mão dela e olhou para o relógio da cozinha. — Agora não, Beth, por favor. O telefone não é a forma mais adequada para algo tão importante como isso. Daisy logo estará de volta, vamos esperar até lá. — Apertou a ponta do nariz e fechou os olhos com força antes de continuar. — Bem, a carta diz que sua mãe morreu no caminho para casa. Só uma garota morreu, e o nome era... ah... Petula, acho. Na verdade, eu não conhecia os outros passageiros; eram só amigos do meu pai, do *pub* que ele frequentava. Eu nem mesmo devia ter ido à viagem, mas Andrea me largou com meu pai no último minuto. De todo modo, não tinha ideia de que essa tal de Petula havia tido um bebê. Nem mesmo imagino quando isso pôde ter acontecido. — Bateu no queixo com o indicador e franziu o cenho, concentrando-se. — A menos que tenha sido no *pub*, no fim do dia. Pensando bem, ela estava doente e teve que se deitar no micro-ônibus, enquanto terminávamos de comer. Talvez tenha sido aí.

— Pobre garota. Eu me pergunto por que ela tinha tanto medo que o pai descobrisse. Quantos anos ela tinha?

— Não tenho certeza. — Michael balançou a cabeça. — Ela parecia velha para mim, mas eu só tinha seis anos; todo mundo parecia velho para mim.

— Que decisão terrível para uma jovem garota tomar. E, pense bem, se Petula não tivesse morrido, eu poderia descobrir quem era meu pai. Ou talvez isso não importasse; ela mesma poderia ter sido compatível com Jake.

Beth olhou para o filho, agora sentado de pernas cruzadas diante da televisão, com o polegar na boca.

— Precisamos nos concentrar no que é importante. Não é apenas curiosidade, mas uma questão de vida ou morte, vida ou morte *do nosso filho* — ela enfatizou. Pegou um bloco de notas e uma caneta na gaveta da cozinha. — Certo, pense, Michael. Petula tinha irmãos ou irmãs?

— Não, tenho quase certeza que não. — Michael balançou a cabeça. — Só quatro anos mais tarde descobri que o pai dela tinha tirado a própria vida. Eram só os dois, e ele não conseguiu ver uma maneira de superar aquilo sozinho.

Beth parou por um instante, a caneta pairando em expectativa.

— Como tudo isso é trágico. Outro caminho sem saída, então. — Mastigou a ponta da caneta. — Quem mais sabia sobre o bebê? — Parou e apontou para o próprio peito com a caneta. — Sobre mim?

Michael estudava a carta novamente.

— Acho que mais alguém sabia de alguma coisa — ele disse, lentamente. Virou a carta para que Beth pudesse lê-la. — Olhe, Daisy diz: *Acho que nenhuma de nós estava pensando direito quando deci-*

dimos deixar a bebê em algum lugar onde seria encontrada e cuidada. Isso quer dizer que mais do que duas pessoas, certo? Se Daisy estivesse se referindo apenas a si mesma e a Petula, teria escrito "nenhuma de nós duas".

— Certamente se soubesse quem era meu pai, Daisy teria colocado isso na carta, mas não há menção a ele.

— Daisy não conhecia Petula tão bem assim. Acho que é altamente improvável que a moça confidenciasse isso para ela. Mas tinha uma pessoa que podia saber — Michael ponderou. — Ela era amiga de Petula, Lorraine, que também estava no ônibus. Acho que é um bom lugar para começar, não acha?

Beth deu as costas para o marido e ficou olhando pela janela, com a carta de Daisy na mão.

— Eu me pergunto por que ela não quis ficar comigo.

— Quem?

— Petula, minha mãe de verdade. Sei que Daisy falou que ela estava morrendo de medo do pai, mas para abandonar seu próprio bebê...

Michael puxou a esposa em um abraço.

— Mary era sua mãe verdadeira, Beth, e você não podia ter tido uma melhor. — Ele a beijou no rosto e prendeu seu cabelo atrás da orelha. — E pense nisso: se Petula a tivesse levado para casa, você estaria naquele ônibus.

— Deus, você está certo. Eu não tinha pensado nisso. — Beth estremeceu.

Ao som da gargalhada de Jake, os dois se viraram e olharam o filho. Ele dava risada com seu desenho favorito, as bochechas coradas com o calor do fogo.

— Vamos conseguir fazer com que ele fique melhor, Beth. Você vai ver. — Michael deu um sorriso tranquilizador.

Meia hora mais tarde, Michael recostou-se na cadeira da escrivaninha, enquanto Beth massageava seus ombros. Uma busca rápida na internet não mostrara ninguém com o nome Lorraine Pryce que pudesse encaixar-se no perfil. Lorraine devia estar com cinquenta e tantos anos agora, provavelmente casada e, sem o novo sobrenome, era quase impossível de ser localizada. Ele suspirou e virou-se para Beth.

— Só tem uma coisa a ser feita — ele declarou. — Tenho que voltar.

— Para onde?

— Ao lugar onde tudo começou. — Ele segurou as mãos dela e beijou seus dedos.

39

As ruas onde Michael crescera tinham mudado pouco em quarenta anos. Os paralelepípedos podiam estar enterrados sob uma camada de asfalto, mas as casas germinadas de tijolos vermelhos continuavam resolutamente em pé.

Ele parou diante da porta de sua antiga casa, em Bagot Street, sorrindo ao perceber que os proprietários atuais tinham substituído o horrendo tom amarelo-mostarda por um azul-claro de muito mais bom gosto. Não tinha vontade alguma de bater na porta e pedir para dar uma espiada lá dentro. Aquela casa não lhe trazia lembranças felizes, e não tinha nem mesmo certeza do que o atraíra até lá. O pequeno buraco na calçada, no qual passara várias horas rolando suas bolinhas de gude, há muito tempo fora preenchido. Ele passara a maior parte da infância em prazeres tão simples e perguntou-se brevemente como as crianças de hoje sobreviveriam sem todos os equipamentos eletrônicos para mantê-las entretidas e conectadas com os amigos. Não pôde deixar de sentir que os meninos de hoje estavam perdendo um companheirismo inestimável que vinha do fato de brincar na rua com os amigos. As meninas costumavam brincar de amarelinha, e os meninos, de pião.

Ele virou-se e olhou para a antiga casa de Kevin do outro lado da rua. Kevin sempre tivera o melhor pião — um pião imbatível que só anos mais tarde Michael descobriu que fora queimado em forno e coberto com uma camada de esmalte incolor para unhas. Riu consigo mesmo com a lembrança. Não era de estranhar que nunca tivesse sido capaz de derrotar Kevin, e ainda ganhara ralados nos nós dos dedos na maior parte do outono por causa das disputas. As crianças de hoje não sabiam o que estavam perdendo.

Quando o vento de março começou a açoitar seu rosto, Michael ergueu o colarinho e acelerou o passo, deixando a rua na qual crescera sem olhar para trás. Não voltaria lá novamente. Só precisou de cinco minutos de caminhada para chegar à antiga casa de Daisy, na avenida Lilac, lugar que guardava lembranças muito mais doces para ele. Não era a primeira vez que se perguntava o que teria acontecido com ele se Daisy não o tivesse acolhido sob sua asa e moldado a vida dele. Desde seu sétimo aniversário, quando ganhara dela um *kit* de artista, a influência de Daisy fora grande. Com seu encorajamento e elogios infinitos, ela o fizera acreditar que poderia tornar-se arquiteto, e claro que estava certa. Ela sempre estava. Sem Daisy, ele não teria uma carreira de sucesso e um escritório próprio, e sem Daisy, ele nunca teria conhecido Beth.

Depois daquela primeira visita, eles retornaram a Claremont Villas, em Blackpool, todos os anos, sempre no fim de semana do aniversário dele, e Michael brincava com a pequena Beth na praia. No início, ele achava que ela era um estorvo; seis anos mais nova, ela realmente não era muito divertida. Mas conforme os anos se passaram e os dois cresceram, a diferença de idade se tornou irrelevante, e com o tempo, eles perceberam que a amizade entre eles se transformara em algo maior. Daisy e a mãe de Beth, Mary, tinham se tornado grandes amigas, e eles eram realmente como uma pequena família.

Michael se surpreendeu mais uma vez com o fato de Daisy e Mary terem conspirado ao longo dos anos para manter a identidade da mãe biológica de Beth em segredo. Ele olhou para o relógio de pulso e apertou os olhos para tentar enxergar a data. Daisy devia estar de volta antes do fim do mês e certamente tinha algumas explicações para dar.

Já era fim de tarde quando chegou ao Taverners. Ficou aliviado em ver que o *pub* passara por uma reforma considerável desde a década de 1970; estava com um pouco de fome, e era possível encontrar alguma comida decente no cardápio. A fachada de azulejos brancos e verdes que lembrava um banheiro público tinha desaparecido, e no lugar havia um pórtico de madeira com uma porta de vidro com o nome do *pub* em uma elegante escrita intrincada. Uma luminária iluminava o piso preto e prateado sob seus pés enquanto ele segurava a maçaneta de latão e abria a porta. A clientela de sábado à tarde mergulhava avidamente nas delícias gastronômicas do lugar, todas servidas em placas de ardósia cinza no lugar de pratos. O lugar certamente percorrera um longo caminho desde os dias em que Selwyn servia sanduíches de queijo enrolado no pão branco, com um tomate maduro demais, se tivesse sorte. A área do balcão era toda em plano aberto agora, com o aconchego limitado a uma época passada.

— No que posso ajudá-lo? — Uma jovem vestida com uniforme preto sorriu na direção dele e ergueu as sobrancelhas.

— Uma cerveja, por favor.

— É pra já. — Ela puxou uma alavanca, e a espuma rodopiante encheu o copo e transbordou. — Mais alguma coisa?

Michael olhou a lousa atrás da cabeça da garçonete e sorriu consigo mesmo. Uma das coisas que mais odiava era o jeito pretencioso como os restaurantes descreviam a comida nos cardápios. Por que não diziam simplesmente "caldo" em vez de "suco", ou "molho" em vez de "redução"? Ainda na década de setenta, ele se lembrava de que o pai, Karl, usava um medalhão ao redor do pescoço. Agora, aparentemente, medalhão era um pedaço de carne de porco. E era um mistério para ele por que simplesmente não chamavam *cod goujons* de isca de peixe. Claro que Beth não concordava com ele. Como *food stylist*, era o trabalho dela arrumar os pratos da maneira mais atraente possível, e, no que dizia respeito a ela, o mesmo valia para as descrições.

Ficou tentado a pedir o bacalhau na cerveja com fritas cortadas à mão e cozidas duas vezes. Apontou para a lousa.

— O que diabos é caviar de Manchester?

— Purê de ervilhas. — A garçonete franziu o cenho e respondeu como se ele fosse um idiota.

Michael assentiu.

— Claro, que bobagem a minha. — Michael assentiu. — Neste caso, vou querer torta de carne na cerveja, por favor.

— Vai querer com fritas ou salada? — Ela digitou algo na tela no caixa.

Em geral, nessas horas, ele olhava para a esposa e pedia, relutantemente, uma salada. Mas Beth não estava ali.

— Fritas, por favor.

Levou a cerveja até uma mesa vazia escondida em um canto. Outra garçonete apareceu com um isqueiro e acendeu uma vela. Depois pegou um jogo de talheres embrulhado em um guardanapo no bolso da frente do avental e o colocou sobre a mesa.

— Só um, certo?

— Sim, apenas eu. — Michael assentiu. Não conseguia se lembrar da última vez que fizera uma refeição sozinho em um *pub*. De fato, tampouco conseguia lembrar-se da última vez que tinham saído para jantar em família. A vida deles girava em torno de hospitais, e prazeres simples como este eram uma lembrança distante.

De repente, ele se sentiu culpado e indulgente por tomar esse tempo só para si quando Beth estava em casa com o filho adoentado. Ele devia simplesmente ter entrado, perguntado o que precisava saber e depois saído em sua busca por informação.

Agora, estava impaciente para a comida chegar e olhava ansioso para a porta dupla de vaivém com janelinhas redondas na parte de cima que dava para a cozinha. Deixou a cerveja até a metade e aproximou-se novamente do balcão. A mesma jovem estava servindo outro cliente.

— Desculpe, o proprietário está?

— Você está falando de Barry, o gerente?

— Ah, bem, sim, pode ser ele.

— Ele está lá no fundo, arrumando os barris. Peço para ele falar com você assim que terminar.

Michael voltou para a mesa e pegou um pedaço de cera que tinha escorrido pela lateral da vela. Quando sua comida chegou, teve de admitir que parecia bem especial. A crosta de massa da torta havia crescido mais de cinco centímetros e tinha um tom dourado, e as fritas eram servidas empilhadas, como no jogo de Jenga. Enquanto comia, um homem apareceu ao seu lado.

— Tudo certo com sua comida?

Era outra coisa que odiava. Funcionário de restaurante perguntando sobre a comida quando era fácil ver que você tinha acabado de colocar uma garfada na boca.

Michael assentiu e limpou a boca com o guardanapo. Então engoliu rapidamente e tomou um gole de cerveja.

— Sim, está tudo muito bom, obrigado.

— Alex, que trabalha no balcão, disse que você queria falar comigo.

— Ah, sim, você deve ser Barry. Estou procurando pela família Pryce. Selwyn era o proprietário aqui há uns quarenta anos, e eu esperava que alguém por aqui pudesse se lembrar dele. É o último endereço conhecido que tenho deles, entende?

— Selwyn Pryce? E você disse que ele era o proprietário? — Barry coçou o queixo.

Michael assentiu e mordeu a ponta de uma batata frita.

— Quarenta anos é muito tempo. — Barry riu. — Eu nem tinha nascido.

— Eu sei... Percebo que há apenas uma chance remota de alguém se lembrar dele, mas não tenho outras opções, então, mesmo que improvável...

— Na verdade, espere um minuto — Barry o interrompeu. — Fizemos uma festa de sessenta anos uma vez para alguém que fora a proprietária daqui.

O coração de Michael acelerou, mas ele se recusou a se deixar levar.

— Alex, que horas Doreen chega? — Barry chamou a garota atrás do balcão.

— Só amanhã, Barry. — Ela continuou a enrolar guardanapos nos talheres.

— Doreen faz todas as nossas sobremesas — Barry explicou. — Ela está aqui há mil anos. Posso ligar para ela, se você quiser.

— Eu ficaria muito grato, de verdade. — Michael se levantou e apertou a mão de Barry.

Fora um tiro no escuro, mas quando Michael saiu do *pub*, tinha em sua posse um papel com o nome e o endereço de alguém que conhecia a família Pryce e podia lhe dizer o paradeiro de Lorraine.

Sentado no ônibus, a fumaça de diesel invadia suas narinas e o deixava levemente enjoado. Desejou ter vindo de carro, embora as taxas de estacionamento fossem exorbitantes no centro e, as vagas, um luxo nas tardes de sábado. As ruas molhadas brilhavam sob as luzes, e um grupo de garotas pulou para trás, assustadas, quando o ônibus passou por uma poça, encharcando-as. Enquanto continuava a assobiar e balançar pelas ruas repletas de árvores nos arredores da cidade, Michael brincava com o pedaço de papel na mão e preparava o discurso em sua mente.

A grande casa de três andares em estilo vitoriano parecia bem cuidada, com um gramado aparado e canteiros livres de mato. Como todas as casas na vizinhança, era maculada apenas pela abundância de lixeiras com rodas que cada proprietário era obrigado a manter: marrom, cinza, verde e azul, cada uma delas grosseiramente pintada com um número em tinta branca espessa.

Toda quinta-feira de manhã, a casa do próprio Michael virava um caos, e Beth tentava lembrar qual lixeira devia ficar pronta para a coleta naquele dia. "Pânico do lixo", era como Beth chamava. Michael ainda tinha um sorriso no rosto quando a porta da frente se abriu e uma loira bastante exuberante, que ele imaginou estar beirando os sessenta e tantos anos, olhou para ele do ponto de vista privilegiado que tinha do degrau de cima.

— É melhor você não estar vendendo nada — ela avisou, enquanto começava a fechar a porta.

— Não, não é nada disso. — Ele pegou o pedaço de papel do bolso. — Estou procurando por Patricia Atkins.

— Sou eu. Quem quer saber? — Ela estreitou os olhos.

— Meu nome é Michael McKinnon. — Michael estendeu a mão. — Eu gostaria de saber se pode me dar alguns minutos.

Ela ignorou a mão dele.

— Para quê? — A voz dela era rouca e grave por causa do cigarro.

Era óbvio que ela não estava com disposição para gentilezas, então ele decidiu ir direto ao ponto.

— Você conhece uma garota chamada Lorraine Pryce?

As feições dela se anuviaram por um instante, enquanto segurava o batente da porta. Quando o silêncio se arrastou, Michael ficou com medo de ter chegado a outro beco sem saída. Sentia-se constrangido por impor sua presença e estava prestes a pedir desculpas e ir embora quando ela, por fim, falou:

— Certamente a conheço. Lorraine Pryce era minha enteada.

40

Michael seguiu Trisha até a cozinha da casa e aceitou a oferta dela para sentar-se em uma imensa mesa de pinus.

— Quer um chá?

— Não, obrigado. — Ele balançou a cabeça. — Acabei de tomar uma cerveja no Taverners.

— Então foi Barry quem lhe deu meu endereço?

— Sim. — Michael assentiu. — Ele telefonou para alguém da equipe que trabalha no Taverners há muito tempo, e ela deu o...

— Se importa se eu fumar? — Trisha o interrompeu e remexeu no maço de cigarros.

— Por favor, é sua casa, vá em frente.

Ela acendeu o cigarro e encheu os pulmões de fumaça. Michael pode vê-la relaxar visivelmente, e sentiu uma ligeira simpatia pela óbvia dependência de tabaco da mulher.

Trisha percebeu que ele a observava e sorriu como se estivesse pedindo desculpas.

— Hábito horrível, eu sei. — Deu de ombros e tragou longa e tranquilamente mais uma vez. — Então, por que quer saber sobre Lorraine?

Michael se remexeu em seu assento.

— Olhe, é melhor eu começar do início. Você não se lembra de mim, não é mesmo?

— Não. Eu devia? — Ela franziu o cenho.

— Já faz muito tempo, mas tenho certeza de que não se esqueceu do acidente de ônibus. — Parou por um segundo. — Sei que eu não esqueci.

— Como sabe sobre isso? — Trisha sacudiu as cinzas da ponta do cigarro, seu interesse fora despertado.

— Eu estava no ônibus. — Ele deixou suas palavras fazerem sentido enquanto Trisha tentava reconhecê-lo.

— Michael McKinnon, você diz? — Só levaram alguns segundos para a ficha cair. — Maldição! Você não é pequeno Mikey, é? O filho de Karl?

— Em carne e osso.

Ela recostou-se na cadeira e observou-o do outro lado da mesa.

— Meu Deus! Com frequência, eu me perguntava o que tinha acontecido com você. — Estendeu o braço pela mesa e segurou a mão dele. — Como tem passado?

Era difícil resumir um passado de quarenta anos.

— Nada mal. Estou casado agora, com um filho de cinco anos, Jake. — Não estava disposto a explicar sua situação para uma quase desconhecida. Só queria informação e, então, seguiria seu caminho.

— Bem, estou feliz por você. De verdade. Foi uma tragédia perder o pai daquele jeito.

Michael ficou tocado pela aparente preocupação dela e sentiu que tinha de perguntar para Trisha sobre sua situação também, mesmo que estivesse ansioso para seguir seu caminho.

— E quanto a você?

— Como provavelmente você deve ter ouvido, deixei Selwyn alguns meses depois do acidente — ela falou aquilo tão casualmente que Michael imaginou que há muito ela tivesse deixado de lado qualquer remorso com a decisão. — Não pude lidar com ele daquele jeito, e ele ficou muito melhor com Barbara. Então eu casei com Lenny depois que saiu da prisão. Eu disse que esperaria por ele, só não achei que teria de esperar vinte anos. — Ela deu uma risada rouca, que se transformou em uma tosse de arrancar os pulmões. Com os olhos lacrimejando, ela bateu no peito e pegou o maço de cigarros. — Santo Deus, preciso parar com essas coisas.

Michael a esperou recompor-se antes de continuar.

— De qualquer forma, Barry, no *pub*, disse que talvez você pudesse saber onde posso encontrar Lorraine. Você sabe?

Ela continuou a falar como se não tivesse ouvido a pergunta.

— Não apareci no Taverners por vários anos depois daquilo, certamente, não, enquanto Selwyn e Barbara ficaram por lá, mas quando eles foram embora e os donos seguintes melhoraram o lugar, comecei a frequentar novamente. Foi comprado por uma rede agora, e Barry é o gerente. Comemorei meus sessenta anos ali há alguns anos. — Ela olhou para Michael para verificar se ele ainda estava escutando. — O lugar ali é bem fino agora, não é?

— E Lorraine, você sabe onde ela está agora? — Michael assentiu e reclinou-se sobre a mesa.

— Bem, como você pode imaginar, não somos tão próximas, mas, sim, eu sei onde ela pode estar. — Ela se levantou e remexeu em uma gaveta cheia de cacarecos, pegando uma pequena agenda telefônica plástica. Procurou a letra "L" e apertou o botão para abrir a tampa. — Aqui está: Lorraine Fenton.

— Isso é incrível. Você tem o número do telefone dela? — Michael esticou o pescoço para olhar.

— Número de telefone? Bom Deus, não. Ela mora nos Estados Unidos; mesmo se tivéssemos alguma coisa para falar uma com a outra, eu não poderia me dar ao luxo de ligar para ela. — Trisha deu de ombros. — Mas ainda mando cartões de Natal.

Os ombros de Michael caíram um pouco, e Trisha foi rápida em entender a linguagem corporal dele.

— Posso ver que essa não era a resposta que você queria, mas provavelmente vai conseguir o telefone dela no guia. Posso saber por que quer entrar em contato com ela?

— Ah, é uma longa história e já tomei muito do seu tempo. Só vou copiar o endereço, se me permitir. — Enfiou a mão no bolso e pegou uma caneta. — Tem um pedaço de papel?

— A mãe dela deve ter o número de telefone.

— A mãe dela? — Michael ergueu os olhos, um brilho de esperança fazendo seu coração acelerar.

— Claro. Você deve se lembrar de Barbara... Você sabe, Babs, como costumavam chamá-la.

— Claro que me lembro dela. Quer dizer que ela ainda está...
— Viva? Ah, sim. Ela mora em um asilo em Didsbury.

Quando saiu da casa de Trisha, a chuva tinha se transformado em granizo, e Michael pegou o celular para chamar um táxi. Ao descer do carro, quinze minutos mais tarde, observou o Residencial Pinewood e deu um assobio baixo de admiração. Era uma propriedade de fachada dupla com um amplo caminho de cascalho que seguia até a porta de frente, com uma enorme janela balcão de cada lado. Uma porta de vidro fumê abriu-se automaticamente para que Michael entrasse na recepção. Um candelabro pendia do teto abobadado, e os pés dele afundaram no grosso carpete verde-claro. Ele já vira hotéis cinco estrelas menos luxuosos.

A recepcionista era impecável e educada, com um uniforme azul elegante e um lenço de seda rosa amarrado no pescoço. Quando ela sorriu para cumprimentá-lo, Michael achou que ela parecia uma comissária de bordo.

— Boa noite, posso ajudá-lo? — Ele tinha certeza de que os músculos do rosto dela deviam doer.

Michael limpou a garganta.

— Sim, eu gostaria de saber se posso falar com uma das moradoras, Barbara Pryce.

— Ela está esperando você?

— Ah... não, mas não vou demorar muito.

A recepcionista sorriu.

— Se há uma coisa que nossos moradores têm de sobra é tempo. — Ela lhe deu uma caneta e empurrou o livro de visitas pelo balcão. — Pedirei para alguém buscá-la, se fizer a gentileza de assinar aqui.

Babs estava sentada sozinha na sala comunitária, um jornal dobrado nos joelhos, os olhos fechados e as mãos cruzadas no colo. Michael aproximou-se e ajoelhou-se ao seu lado. Sem querer assustá-la, ele segurou uma de suas mãos e passou o polegar gentilmente pela pele fina. Ela não se mexeu, e ele aproveitou a oportunidade para observá-la. As feições dela ainda eram fortes e bonitas, não muito enrugadas pelo passar dos anos, embora seus cabelos, antigamente escuros, estivessem completamente brancos. Ele conseguia ver o couro cabeludo rosado por baixo dos cachos. Lembrava-se do quanto o seu pai gostava dela, e do dia incrível que passaram no parque, até que Michael se perdeu e Babs o encontrou. Ela procurou por ele logo depois do acidente também, e ele sentiu uma onda de afeto pela mulher, querendo de repente que ela soubesse o quanto ele era grato.

Ele se levantou e ouviu os joelhos estalarem. As pálpebras de Babs se abriram, e ela olhou para ele, a confusão marcando seu rosto.

— Babs, desculpe acordá-la. Sou Michael McKinnon. Ah... você sabe, Mikey — Michael falou, sua voz era apenas um sussurro.

Babs tentou falar. Abriu e fechou a boca algumas vezes antes que qualquer palavra saísse.

— Mikey? — Conseguiu dizer depois de um tempo.

Ele abaixou-se do lado dela novamente, para que ela pudesse vê-lo melhor.

— Você se lembra de mim, não é mesmo? — O cheiro de lírio do vale pairou entre eles.

Um sorriso fraco tomou os lábios dela, que estendeu a mão e fez carinho no rosto dele.

— Como eu poderia me esquecer? — Colocou as mãos nos braços da poltrona e tentou erguer-se.

— Ah, por favor, Babs, não se levante.

Ela o empurrou de lado e levantou-se, deixando o corpo ereto.

— Não sou tão velha e decrépita para não poder me levantar e cumprimentar minhas visitas.

Michael sentiu-se mal, castigando-se internamente.

— Sinto muito. — Inclinou-se para a frente e deu-lhe um abraço constrangido. — É bom ver você.

Ela gesticulou na direção da outra poltrona.

— Puxe aquela poltrona aqui para perto, por favor, e podemos conversar decentemente.

Se instantes atrás as feições dela eram sonolentas, agora estavam animadas; Michael descobriu que estava feliz por ter ido até lá, mesmo que acabasse sendo uma visita improdutiva.

Os segredos que nos cercam

— Ah... bem, como você está? — ele começou.

Babs esperou alguns segundos antes de responder, um sorriso pairando em seus lábios.

— Ah, pequeno Mikey. Você não me procurou depois de todos esses anos para perguntar isso, não é?

Ela tinha uma fagulha no olhar, e Michael soube que ela estava brincando com ele, ainda tão afiada quanto antes. Ele ergueu as mãos para o alto.

— Você me pegou.

Babs inclinou-se para a frente e deu uns tapinhas no joelho dele, como se ainda fosse o mesmo garotinho da última vez que ela o vira.

— O que posso fazer por você, Mikey?

Uma vida tinha se passado desde que alguém que não fosse tia Daisy o chamasse assim, e sua mente foi direto para seu filho que, verdade seja dita, raramente estava longe de seus pensamentos. O pequeno Jake, tão vulnerável e tão cheio de vida. Uma vida que simplesmente deixaria de existir se não fosse por um aparelho. As pessoas sempre chamavam Michael de corajoso, mas aquilo não era nada comparado ao que o filho tinha de enfrentar dia após dia. Aquela era a definição verdadeira de coragem. Michael puxou o colarinho e deixou entrar um pouco de ar, o nó em sua garganta tornando quase impossível conversar. Seus olhos estavam cheios de lágrimas, que ameaçavam cair a qualquer momento.

— Preciso da sua ajuda, Babs.

Babs tirou um lenço de uma caixa na mesinha lateral e o entregou a Michael. Ao ver aquilo, ele não conseguiu mais conter as lágrimas, que escorreram pelo seu rosto, mas ele as secou rapidamente, envergonhado.

— Sinto muito — fungou. — De vez em quando é difícil se manter firme.

Ele sentia-se seguro ali, aconchegado naquela poltrona de couro, sem ninguém exigindo nada dele. Respirou fundo e prosseguiu.

— É difícil saber por onde começar, então, por favor, tenha um pouco de paciência. Odeio trazer o passado de volta, em especial quando é tão traumático, mas você se lembra do acidente de ônibus? — Babs ergueu as sobrancelhas e o encarou sem acreditar no que ouvia. — Sinto muito, é claro que você se lembra. Quero dizer, como esqueceríamos aquela noite? Nossas vidas mudaram para sempre, e... — Ele percebeu que estava divagando e queria ter dado um chute em si mesmo quando lembrou do que acontecera com Selwyn. Sabia que parecia tarde demais para perguntar, mas não conseguiu se conter: — Onde está Selwyn? Quero dizer, ele ainda está... conosco? — Ficou com vergonha da falta de tato excruciante, desejando que Beth estivesse ao lado dele para tirá-lo do buraco em que se encontrava.

Babs balançou a cabeça.

— Ele morreu em 2000, de pneumonia. Estava com sessenta e nove anos. Viveu vinte e quatro anos com aquelas lesões, e não acho que tenha passado um dia em que tivesse pena de si mesmo. Ele era um homem incrível, e tive sorte de ser casada com ele.

— É mais provável que ele tenha tido sorte em te ter — garantiu.

Babs acenou com a mão, ignorando o comentário.

— Isso é amor, Mikey. É o que alguém faz quando ama.

Aquele momento estava se transformando em uma experiência de humildade para Michael.

— E sua filha, Lorraine?

— Ela mora nos Estados Unidos, na Califórnia. — O rosto de Babs iluminou-se. — Casou-se com um cirurgião, mas os dois estão aposentados agora. Eles têm uma boa vida. — Olhou para a sala confortável. — Quem você acha que paga por tudo isso?

— Isso é bom — Michael comentou, perguntando-se como podia voltar a conversa mais uma vez para o acidente. Podia ouvir o barulho de louça vindo da cozinha e sentir o cheiro de frango assado invadir a sala de estar. — Bem, logo você vai jantar, então, é melhor eu não tomar muito seu tempo. — A expressão de expectativa no rosto dela lhe deu confiança para continuar. — Isso vai parecer um pouco maluco, mas você sabia que Petula deu à luz naquele dia?

Pronto, aí estava. Ele tinha dito. Não dava para retroceder agora. Os olhos de Babs ficaram sombrios, e ela pareceu escolher as palavras com cuidado.

— Na verdade, eu estava ciente, sim. Eu ajudei no parto. — Manteve a cabeça erguida. — Não tenho vergonha do que fizemos, se é o que está pensando. Fizemos a coisa certa, sabe? Ela poderia ter morrido se Petula a tivesse levado para casa.

— Sim, eu percebo isso. — Michael assentiu, concordando. — Mas você já se perguntou o que aconteceu com ela? Com a bebê?

— Há muitos anos, não, mas pensei muito nela, em especial naquele primeiro ano.

— Daisy também estava envolvida nisso, não estava?

— Eu não teria conseguido sem a ajuda dela. — Babs assentiu. — Ela foi brilhante no parto, tão gentil com Petula, e foi quem pegou a bebê e a deixou em algum lugar onde pudesse ser encontrada.

— A hospedaria Claremont Villas.

— Sim, esse nome soa familiar. — Babs franziu o cenho. — Não fui com Daisy. Estava ocupada demais arrumando a bagunça e cuidando de Petula.

— Bem, parece que Daisy foi tomada por um desejo incontrolável de descobrir o que aconteceu com a criança. Fui com ela para Blackpool quase um ano mais tarde, e a bebê ainda estava ali. Mary Roberts a chamou de Beth, e estava criando a menina como se fosse sua própria filha.

— Daisy nunca me contou que tinha voltado. — Babs ficou boquiaberta. — Mas suponho que faça sentido. A bebê estava bem, não estava?

— Muito bem, na verdade. Esse foi o motivo pelo qual tia Daisy não disse mais nada. Voltamos para Blackpool todos os anos depois disso... e Beth e eu agora somos casados.

Michael recostou-se na poltrona e aguardou suas palavras serem absorvidas. O cérebro da velha senhora podia estar tão afiado quanto antes, mas aquilo levaria um tempo para ser computado. Babs apertou os lábios, pronta para fazer uma pergunta, mas pareceu mudar de ideia. Balançou a cabeça de leve, como se quisesse clarear a mente, então, apoiou as pontas dos dedos nas têmporas e fechou os olhos.

— Por que está me contando isso agora? — perguntou depois de um tempo.

Falando baixo, Michael explicou sobre Jake e o desespero deles em encontrar parentes consanguíneos.

— Nossa última esperança era encontrar o pai de Beth, mas Mary nunca falou nada sobre ele. Claro que agora sabemos o motivo; ela tampouco sabia. Mary teve um AVC antes que Jake piorasse, então nem chegou a perceber como isso era importante para nós. — Michael pegou a mão de Babs, como se pudesse espremer a informação dela. — Babs, por acaso Petula contou a Lorraine quem era o pai do bebê?

— Sinto muito sobre seu filho, Mikey. — Ela pegou outro lenço e assoou o nariz. — Não consigo imaginar como deve ser difícil para todos vocês. Petula não nos contou quem era o pai, mas nós descobrimos no diário dela, alguns meses mais tarde.

— Sério? Você tem um nome? — Michael sentou-se na ponta da poltrona.

Babs falou como se fosse óbvio, e ele fosse um tolo por ter que perguntar.

— Ora, era Jerry, claro. Jerry Duggan.

Michael afundou na poltrona ao entender as implicações das palavras de Babs.

— Está falando de Jerry, filho da Daisy?

— Exatamente. — Babs assentiu. — Mas estou surpresa que você já não...

Michael a interrompeu ao levantar-se e começar a caminhar em círculos, passando a mão pelo cabelo.

— Quer dizer que Daisy é avó de Beth?

— Sim, ela é, mas...

Ele olhou para o relógio e tentou calcular a diferença de tempo. Precisava telefonar para Daisy imediatamente.

— Essa é uma notícia inacreditável. Espere só até eu contar para ela.

— Mas ela já sabe, meu amor. Ela sempre soube. — Babs se levantou da poltrona e colocou a mão no braço de Michael.

41

Assim que voltou para a rua, Michael pegou o telefone no bolso. A tela ganhou vida, e ele resmungou internamente ao ver o símbolo no canto esquerdo superior mostrando que tinha uma ligação perdida. Arrastou o símbolo para baixo e viu que eram seis ligações perdidas no total, quatro de casa e duas do celular de Beth.

Ao deslizar seus dedos na tela, um sentimento de terror instalou-se em seu estômago como um pudim indigesto. O celular de Beth caiu direto na caixa postal. As palmas de suas mãos começaram a formigar e seus dedos pareciam inúteis enquanto ele rolava a lista de contatos em busca do telefone do táxi. Disse a si mesmo que estava tudo bem, que Beth estava apenas impaciente de descobrir se ele tinha notícias; devia ser isso. Era típico dela amolá-lo em busca de informações, em vez de esperar que ele telefonasse.

Já estava no táxi, indo para casa, quando Beth finalmente atendeu. A voz dela estava rouca e cansada, e ele soube imediatamente que seus temores iniciais estavam corretos. Depois de uma conversa breve e tensa, ele desligou e se inclinou para falar com o motorista.

— Mudança de planos, amigo. Hospital Infantil de Manchester, por favor, o mais rápido que puder.

Michael entrou correndo no hospital, o casaco de chuva rodopiando atrás de si, como se estivesse em uma série médica de TV. Enquanto se aproximava da recepção, passou as mãos pelos cabelos.

— Meu filho veio para cá há uma hora. Jake McKinnon.

A enfermeira digitou no teclado e analisou a lista de nomes.

— Ele foi transferido de ala. Pedirei a um segurança que o leve até lá. — Para alguém que lidava com esse tipo de situação todos os dias, a expressão dela era séria, e ele ficou grato por ela não tratar seu filho como outro paciente qualquer.

— Obrigado — conseguiu dizer.

Michael viu Beth antes que ela o visse. Ela estava parada do lado de fora do quarto de Jake, olhando pela janela, a palma da mão limpando o vidro, segurando Galen pendurado ao lado do corpo. Michael acelerou o passo, chamando o nome dela ao chegar mais perto. Ela se virou assim que o ouviu aproximar-se, deu um passo adiante e caiu em seus braços como uma marionete que tivesse perdido os fios, os soluços abafados pelo colarinho do casaco dele.

— Vim assim que pude. Como ele está? — Ele a afastou um pouco, gentilmente, para que pudesse olhar o filho pela janela, como se ele fosse um bicho no zoológico. Jake estava deitado na cama, quase totalmente escondido por fios. Várias máquinas apitavam e piscavam, e três enfermeiras estavam ao redor dele, ajustando os equipamentos e verificando as leituras.

— Estável agora, mas chamaram o Dr. Appleby — Beth falou. Mostrou Galen e tentou sorrir. — Ele estava pedindo isso.

Michael pegou o macaco e cheirou a cabeça do seu brinquedo de infância favorito. Viu quando a enfermeira acariciou a testa de Jake com ternura, antes de segurar seu pulso e olhar o relógio.

— Me diga o que aconteceu.

— É tudo minha culpa, Michael.

— Pare com isso, Beth. — Ele passou o braço ao redor dos ombros dela. — Você precisa parar de se culpar.

O ar tranquilizador dele pareceu trazer confiança para Beth prosseguir.

— Ele estava lá em cima, brincando com o Lego no quarto. Sei que ele gosta de brincar na frente da lareira, mas eu queria passar aspirador e deixar a sala arrumada para variar. Há décadas não consigo fazer algo tão normal quanto trabalho doméstico, mas notei que o carpete estava com pedaços de cereal e farelos de biscoito. O pó na lareira tinha quase dois centímetros de altura, e tive o impulso de deixar tudo limpo. Jake não reclamou muito quando disse que ele devia levar a caixa de Lego lá para cima; ele até me ajudou a guardar tudo na caixa. — Ela sorriu para Michael. — É um menino tão bom.

— Você não precisa me dizer isso. Continue. — Ele pediu.

— Bem, assim que subiu, ele espalhou as peças no chão e voltou a construir seu edifício. Eu falei que levaria leite quente para ele em alguns minutos. Então ouvi a campainha e me virei para atender antes de ele responder. — Ela estremeceu e sua voz falhou. — Era Elaine, a vizinha, que queria saber como Jake estava, e eu a convidei para uma xícara de chá. — Olhou para Michael como se quisesse confirmar que tinha feito a coisa certa. — Quer dizer, como eu não ia fazer isso?

— Claro, você só estava sendo educada, não tem problema. Então, o que aconteceu?

— Michael, eu juro que ele não ficou sozinho mais do que dez minutos, mas quando levei o leite lá para cima, ele estava deitado de costas no chão, os olhos semicerrados e completamente imóvel. — Ela soluçou. — Achei que ele estivesse morto, Michael. Sinto tanto... foi tudo minha culpa.

— Beth, não foi sua culpa. — Ele a puxou em um abraço feroz, sua resposta firme e enfática. — Não sei quantas vezes tenho que dizer para você parar de se culpar por tudo o que acontece.

Ele olhou para o macaco comido de traças. O pelo já tinha sumido há muito tempo, e um olho desaparecera, mas o sorriso ainda estava estampado em seu rosto. Michael fez carinho na cabeça do macaco e pensou em seu pai. Galen era sua única ligação com Karl, um lembrete triste do último e trágico dia do pai.

— Meu pai estava determinado a ganhar esse macaco para mim no parque. Eu estava chateado porque tinha me perdido e achava que nunca mais o veria. Nunca vou me esquecer da expressão de alívio no rosto dele quando Babs me levou de volta. Ele me apertou até eu mal conseguir respirar, e me segurou por décadas, sem dizer nada. Acho que estava emocionado demais para falar, e não queria que eu o visse chorar. — Olhou para Jake, deitado imóvel na cama.

— Agora sei como ele se sentiu. Ele achou que tinha perdido o filho e estava apavorado.

— Você ainda sente falta dele, não sente?

— Ele morreu quando eu tinha seis anos, Beth. Quarenta anos é bastante tempo, mas, sim, eu gostaria de ter podido ficar com ele por mais tempo.

Eles se viraram quando ouviram o Dr. Appleby aproximar-se.

— Boa noite, Beth, Michael. — Dispensou outras gentilezas enquanto avaliava a condição de Jake. — Sinto dizer que os testes confirmaram que Jake perdeu noventa por cento da função dos rins, ele atingiu o estágio final da falência renal. — Esperou que suas palavras fossem compreendidas. — Agora, sei que soa horrível, mas, por favor, tenham certeza de que ele pode continuar com a diálise, que vai realizar adequadamente o trabalho dos rins. Vamos mantê-lo aqui por alguns dias para monitorar seu progresso, e depois não há motivo para ele não voltar para casa e continuar as diálises noturnas por lá até encontrarmos um doador compatível.

— Mas quanto tempo isso vai levar, doutor? — Beth perguntou.

— Para encontrar um doador? — O Dr. Appleby ergueu a sobrancelha. — Vou ser honesto com vocês. Pode ser que demore anos, ou podemos ter sorte e achar um na próxima semana. É realmente uma loteria.

— Quando poderemos entrar para vê-lo? — Michael segurou o braço de Beth e acenou com a cabeça na direção da janela do quarto de Jake.

O Dr. Appleby conseguiu dar um sorriso.

— Vou falar com a enfermeira, e veremos o que é possível fazer. — Deu um tapinha no ombro de Beth. — Não fique alarmada demais com os aparelhos; só estamos monitorando Jake por enquanto, e os sinais estão bons.

Beth segurou a mãozinha do filho, consolada pelo calor que ela emitia. Os olhos dele estavam fechados, e ele parecia em paz, apesar dos fios compridos que cercavam seu corpo frágil.

— Você sabia que só um terço da população é registrada como doadora de órgãos?

— Bem, suponho que isso não seja algo no qual as pessoas pensem até que as afete diretamente — Michael respondeu. — Quero dizer, nós não éramos registrados até que isso acontecesse, não é?

— O pior de tudo é que sei que ficarei em êxtase quando um doador for encontrado, mas isso não vai acontecer a menos que alguém morra primeiro. Como podemos ficar felizes quando outra família acaba de perder alguém que ama?

— É difícil — Michael concordou. — Mas talvez seja um conforto para os parentes se souberem que a pessoa que amam ainda vive em outro corpo. — Deu de ombros. — Não sei, talvez queira dizer que a morte não foi em vão.

— Não, suponho que não. — Ela olhou para o marido. — De todo modo, ainda não me disse como foi sua busca. Alguma novidade? — Ela notou o leve tremor da pálpebra dele. — Michael?

— Aqui não. Vamos conversar lá fora.

Beth deu um beijo carinhoso na testa de Jake, colocou Galen ao lado dele, por baixo do cobertor, e seguiu Michael até o corredor.

— Vamos tomar um café — ele sugeriu.

— Não, me diga agora, o que você sabe? — Ela segurou o braço dele e o manteve no lugar.

Michael deu um olhar furtivo para os dois lados do corredor como se fosse revelar alguma informação ultrassecreta.

— Eu descobri algo.

— Vá em frente. — Beth sentiu os joelhos fraquejarem.

— Descobri o nome do seu pai. — Fez uma pausa momentânea. — Mas você não vai gostar.

— Pelo amor de Deus, Michael, me diga quem é. — Ela nem tentou disfarçar a impaciência.

Ele colocou as mãos sob os cotovelos dela, enquanto Beth o encarava com expectativa.

— É o filho de Daisy, Jerry.

Ela o encarou boquiaberta por vários segundos antes de recuperar a voz.

— O quê? Não, isso não é possível. Daisy teria dito alguma coisa.

— Eu sei — Michael concordou. — É incrível que ela tenha mantido isso em segredo por anos. Quero dizer... Ela é sua avó, Beth.

Quando as palavras de Michael penetraram em sua mente, os pensamentos de Beth voltaram-se para Daisy e para o papel que ela tivera na vida deles. Ela colocara o jovem Michael, então com seis anos de idade, sob suas asas, apresentara um para o outro e guardara o segredo de Mary todos esses anos. Os dois a amavam como se ela fosse parte da família, e acontece que ela realmente era.

— Mas por que ela não falou nada? Não entendo.

— Ela está fora há três meses, Beth. Não tem ideia de que as condições de Jake pioraram, lembra? Ela obviamente fez algum tipo de promessa para sua mãe... para Mary, para não revelar quem eram seus pais.

— Vou ligar para ela agora mesmo. — Beth começou a remexer sua bolsa.

Michael tirou o telefone da mão dela com gentileza.

— Por favor, Beth. Sei que é um choque, mas agora não é hora de ir com tudo para cima dela. Ela volta depois de amanhã. Então nós conversaremos e veremos o que ela tem a dizer.

— Mas...

Michael colocou o dedo sobre os lábios dela.

— Você ouviu o Dr. Appleby. Jake está estável, o aparelho está funcionando, e ele está fora de perigo imediato. Esperamos até agora; podemos esperar mais alguns dias.

42

— Gostaria de outra taça de champanhe, Sra. Duggan?

Daisy ergueu os olhos para a comissária de bordo, maravilhando-se com o fato de que a maquiagem imaculada da moça ainda estivesse fresca e intocada, mesmo depois de várias horas no ar. Assentiu e levantou a taça. A passagem na classe executiva custara uma fortuna; ela podia muito bem aproveitá-la ao máximo.

— Sim, por favor, seria ótimo.

A comissária encheu a taça de champanhe dela e dirigiu-se ao passageiro de trás com a mesma pergunta.

Depois de três meses longe, Daisy sempre ficava ansiosa de voltar para casa. O pior do inverno certamente já teria passado, e era bom pensar nos dias quentes de primavera que se aproximavam, os quais ela planejava passar arrumando os vasos no jardim. Apertou o botão na lateral de seu assento que, lentamente, se moveu até a posição horizontal, como se fosse a cadeira de um dentista. Grata, ela esticou os músculos e perguntou-se por quanto tempo mais seus velhos ossos a permitiriam fazer uma viagem tão árdua.

Assim que terminou de tomar o champanhe, pegou mais uma coberta do bolso do assento diante dela. Passou hidratante no rosto e posicionou uma máscara nos olhos. Se conseguisse passar as últimas horas de voo dormindo, com sorte chegaria se sentindo um pouco mais revigorada. Mikey estaria esperando por ela no aeroporto, e ela sentiu uma pontada de animação ao pensar em revê-lo.

Ele era como um filho para ela, e ela sentia muita falta dele. A vida dele acabara não sendo tão ruim assim, e Daisy sabia que em grande parte era responsável por isso. Mas a verdade era que ele salvara a vida dela também, dando-lhe um motivo para levantar de manhã, alguém para quem cozinhar, para tricotar e encher de afeto, e ela sempre seria grata por isso. Agora, ele estava casado e feliz, com uma família só sua, e Daisy também tivera participação nisso. Aos oitenta e cinco anos de idade, ela sabia que provavelmente não estaria por perto por muitos anos mais, mas podia morrer sabendo que o menininho assustado que perdera o adorado pai e que era negligenciado pela mãe tinha acabado bem.

Pensou no pequeno Jake, tão parecido com o pai de tantas maneiras; quieto, contemplativo e tão corajoso. Ele entrara e saíra de hospitais durante toda a curta vida, e sua resiliência era admirável para alguém tão jovem. E havia Beth. Daisy também fora a arquiteta da vida dela, embora fosse claro que Beth não estava ciente desse fato. Daisy ficara profundamente triste por estar longe quando Mary faleceu, porque sabia como Beth era próxima da mãe. Quis voltar no minuto em que soube das notícias, mas Mikey a persuadira a permanecer onde estava e desfrutar o restante das férias. Ele estava certo: haveria tempo mais do que suficiente para oferecer seus respeitos a Mary quando voltasse. Se havia uma pessoa que entendia o motivo de ela não ter voltado, teria sido a própria Mary. Na mente de Daisy, não havia nenhuma sombra de dúvidas de que tinha feito a coisa certa todos aqueles anos atrás, quando deixara o vulnerável embrulho na porta de Mary.

Daisy sentiu o avião balançar quando começou a descer por entre grossas nuvens. Bocejou teatralmente para tentar desentupir os ouvidos, enquanto a comissária de bordo lhe pedia gentilmente que colocasse o assento na posição vertical. Daisy começou a guardar seus pertences na mala de mão e deslizou os pés inchados no sapato. Colocou o urso de pelúcia que comprara para Jake no aeroporto em cima da mala e acomodou-se para os minutos finais de viagem.

O avião sacudiu nas nuvens, os ventos fortes golpearam para a esquerda e para a direita, fazendo com que as palmas das mãos de

Daisy ficassem úmidas de ansiedade. Ela apertou os olhos com força enquanto ouvia o ruído das rodas descendo e esperou que elas se conectassem ao chão. Foi só quando sentiu o solavanco tranquilizador confirmando que o avião tinha aterrissado em segurança que ela soltou a respiração e olhou pela janela. Era um dia cinzento e opaco, embora um sol fraco tentasse brilhar com valentia por entre as nuvens. Não estava chovendo, mas havia uma bruma úmida no ar da manhã. Daisy sorriu. Estava em casa.

Michael e Beth estavam no saguão de desembarque, em um silêncio nervoso e apreensivo. Michael olhou mais uma vez para o painel e analisou a lista, em busca do número do voo de Daisy.

— Olhe, já aterrissou. — Ele apontou. — Logo ela deve sair de lá.

— Acho que vou telefonar para Elaine ver como Jake está. — Michael olhou fixo para ela. — Sinto muito, você está certo. Não faz nem dez minutos que liguei, não é?

Jake tivera alta do hospital no dia anterior, e Beth estava naturalmente inquieta por deixá-lo. Mas também estava desesperada para ver Daisy. Jake estava estável agora, fazendo diálise em casa à noite, e todos tentavam manter-se positivos e continuar com suas vidas da melhor forma possível. Não tinham outra escolha. Elaine tinha o número do celular de Beth, o número de Michael, o número do hospital e o número do Dr. Appleby. Uma mala com uma muda de roupas estava sempre pronta no *hall* de entrada, esperando o dia feliz em que uma ligação diria que tinham encontrado um doador.

Foi Michael quem a viu primeiro, atravessando as portas duplas, empurrava o carrinho de malas e fazia o melhor possível para avançar em linha reta. Embora parecesse cansada, ela irradiava saúde, o cabelo prateado contrastando com a pele bronzeada. Quando ela os viu, sorriu e ergueu o braço para acenar, fazendo o carrinho virar e atropelar o pé de um passageiro.

— Desculpe — ela murmurou.

Michael veio ao seu auxílio e a cumprimentou com um abraço carinhoso e um beijo no rosto. Beth ficou para trás, ainda sem saber muito bem como lidar com a situação. Michael a proibira de simplesmente falar tudo de uma vez, como era seu jeito habitual.

— Como vai, tia Daisy? Você parece bem.

— Ah, tive férias ótimas, tive sim, mas é bom estar de volta. — Ela apertou o braço dele. — Não há lugar como nosso lar, sabia? — Só então ela viu Beth. — Ah, Beth, que gentil virem os dois me esperar. — Ela puxou a mulher mais jovem em sua direção e segurou o rosto dela entre as mãos. — Você parece cansada e perdeu peso. Perder sua mãe realmente cobrou um preço. — Parou e olhou ao redor. — Onde está Jake?

O saguão de desembarque do aeroporto de Manchester certamente não era o lugar para conversar sobre uma vida de segredos. Michael levou Daisy para a saída.

— Jake está bem. Ficou em casa com Elaine. Foi parar algumas vezes no hospital enquanto você estava viajando, mas está estável agora.

— Hospital? — Daisy parou de repente. — Mikey, por que diabos vocês não me telefonaram?

— Ele está bem, tia Daisy. Olhe, vamos levá-la para casa. Vamos colocar a chaleira no fogo e então vamos conversar um pouco.

— Sinto muito por sua mãe, Beth. — Enquanto Michael estava ocupado com o carrinho, Daisy deu o braço para Beth.

— Ah, verdade? Que...

Michael lançou um olhar de advertência por sobre o ombro. Ele estava certo. Aquilo podia esperar.

O cheiro da casa de Daisy na avenida Lilac sempre transportava Michael de volta para a infância. A cera de abelha que ela usava para polir o aparador de mogno estava impregnada tanto na madeira quanto nas fundações da casa.

— Já liguei o aquecedor para você — ele anunciou quando Daisy colocou a chave na porta.

— É muito gentil de sua parte, Mikey, meu amor.

— Também trouxe pão e leite.

Daisy estendeu o braço e bagunçou o cabelo dele.

— Você ainda é um bom rapaz. — Voltou-se para Beth. — Ele é mesmo um bom rapaz, não é? Você cuide bem dele, Beth.

Beth deu um sorriso fraco que não alcançou seus olhos.

— Você está estranhamente quieta, Beth. Está tudo bem? — Daisy franziu o cenho e segurou o braço de Beth. — É Jake, não é? Tem alguma coisa que vocês não estão me dizendo. Mikey... O que está acontecendo?

— Por que não vamos nos sentar na sala? — Michael sugeriu — Então podemos contar para você o que está acontecendo aqui.

— Tudo bem — Daisy respondeu com cautela. — Só preciso colocar uma roupa para lavar primeiro. Preciso...

Beth não conseguiu mais se controlar e a interrompeu com mais ferocidade do que pretendia.

— Pelo amor de Deus, Daisy, você pode, por favor, ir se sentar? Tem algo que precisamos falar com você.

Apesar do bronzeado, a cor abandonou o rosto de Daisy.

— Eu sabia que tinha algo errado. Dava para sentir no ar. O que aconteceu?

— Na sala, tia Daisy... por favor. — Michael gesticulou na direção da porta.

Daisy largou-se no meio do sofá de três lugares, e Michael e Beth ficaram parados diante da lareira. Beth cruzou os braços e a encarou.

— Sinto como se estivesse em um julgamento. — Daisy tentou gargalhar, mas só conseguiu dar uma risadinha nervosa.

— Sabemos de tudo — Beth falou sem rodeios.

Daisy sentou-se na ponta do sofá. Sempre tivera medo que esse dia chegasse, mas esperava ser a única a controlá-lo. Era um segredo que pretendia levar para o túmulo, mas parece que os acontecimentos a pegaram de surpresa. Respirou fundo e preparou-se para a enxurrada de perguntas.

43

O silêncio entre os três parecia arrastar-se infinitamente. Michael falou primeiro. Tinha tentado não demonstrar raiva; afinal, Daisy agira pensando no bem de Beth e de Mary em tudo aquilo.

— Você se lembra disso? — Ele pegou um envelope do bolso interno do paletó.

Daisy estendeu o braço e analisou a própria caligrafia familiar.

— Suponho que seja a carta que escrevi para Mary, não é? — falou baixinho. — Onde a encontraram?

— Na casa da minha mãe — respondeu Beth. — Bem, quando eu digo minha mãe...

— Não fale assim, Beth. — Daisy parecia cansada. — Mary *era* sua mãe, nada muda isso.

— Exceto o fato de que, na verdade, ela não era, certo? — Beth contra-argumentou.

— Ela era de todas as formas que importam. — Daisy segurou a mão de Beth. — Olhe, sei que isso é um choque terrível para você, mas Mary não poderia amá-la mais se ela tivesse dado à luz a você. Não dava para saber na época, mas quando deixei você na porta dela, eu não podia ter escolhido pessoa mais carinhosa e amorosa para criá-la. — Fez uma pausa e acariciou as costas da mão de Beth. — Claro, eu não sabia que ela não entregaria você para as autoridades, mas graças aos céus que ela não fez isso. Foi só quase um ano mais tarde que descobri que ela tinha ficado com você, e vocês duas estavam tão felizes, que eu não podia simplesmente tirar você de lá, podia? Foi a decisão mais difícil que já tive de tomar. Cada fibra do meu ser queria que eu pegasse você e a trouxesse para casa, mas era tarde demais. Teria sido cruel, e eu simplesmente não podia fazer isso com Mary. — Fez uma pausa. — Ou com você.

Beth não parecia convencida e retirou a mão.

— E poderia nos dizer por que voltou a Blackpool para saber se descobria o que tinha acontecido comigo? — Estava ciente de que parecia uma advogada particularmente agressiva.

— Bem... eu... eu só estava curiosa. Quero dizer...

— Não teve nenhuma relação com o fato de eu ser sua neta?

Daisy olhou fixo para Beth e depois olhou de relance para Michael. O rosto dele estava impassível, e suas bochechas pulsavam cada vez que apertava e soltava a mandíbula. Ela queria que ele lhe desse seu sorriso tranquilizador de sempre, mas continuou em silêncio. Ela prosseguiu.

— Quando descobri que Jerry era seu pai, você já estava sendo criada por Mary. O que eu podia fazer? Quero dizer, não é como se ele pudesse ter criado você, não é mesmo? Mantive contato com vocês depois disso, embora nunca tenha dito a Mary quem eu era. Não queria que ela vivesse com medo de que alguém aparecesse para levar você embora. Acabamos nos tornando grandes amigas, como você sabe. Mas, acredite em mim, Beth, se eu soubesse que você era minha neta quando nasceu, eu teria ficado com você, claro que sim. Não há dúvidas nisso.

Beth olhou para as mãos retorcidas de Daisy, a artrite deixava os nós dos dedos inchados e deformados, as veias azuis visíveis sob a pele fina. Embora ela apertasse as mãos com força, não dava para disfarçar o fato de estarem tremendo, e Beth sentiu vergonha por causar tanto sofrimento à senhora. Sentou-se no sofá ao lado dela.

— Sinto muito se fomos duros com você. É só que tem uma coisa que ainda não contamos. — Ela olhou para Michael, que concordou com a cabeça. — A condição de Jake deteriorou muito desde que você foi viajar. — Daisy começou a falar, mas Beth ergueu a mão para detê-la. — Não contamos porque não havia nada que pudesse fazer e sabíamos que provavelmente você voltaria correndo. — Daisy tentou falar de novo, mas Beth a interrompeu. — Por favor, Daisy, deixe-me terminar. Os dois rins de Jake já quase não funcionam mais, e ele precisa de um transplante.

Daisy colocou a mão espalmada sobre o próprio peito.

— Ah, não, o pobrezinho, que notícias terríveis. — Colocou a mão diante do rosto. — Você está certa, devia ter me contado. Eu teria voltado imediatamente.

Beth conseguiu dar um sorrisinho.

— Ele começou a diálise, e isso vai mantê-lo... bem, mas ele está agora na lista de espera para um rim.

— Tanto Beth quanto eu fizemos o teste, mas nenhum de nós é compatível. — Michael juntou-se a elas no sofá. — E estávamos tentando encontrar outros parentes. Mas você sabe como nossa família é pequena, então, as chances não são boas. É por isso que era tão importante descobrir quem era o pai de Beth. Era nossa única esperança.

Daisy lutou para levantar-se do sofá.

— Onde você vai, tia Daisy?

— Onde você acha? Para o telefone. — Ela se virou e o encarou.

Daisy discou o número com cuidado e limpou a garganta. Os toques do outro lado soavam distantes e abafados, e depois de vários cliques, ela se conectou com a voz familiar do outro lado do mundo.

— Oi, aqui é Daisy — começou a dizer.

— Ah, você já chegou. Fez uma boa viagem?

— Nada mal, obrigada.

— Como está o clima aí? Espero que não esteja muito frio e miserável.

— Ele está aí? — Daisy ignorou a pergunta.

— Como? Ah... claro. Deixe-me chamá-lo.

Ouviu a mulher colocar o telefone sobre a imensa mesa de vidro fumê na qual Daisy fizera a maior parte de suas refeições nos últimos três meses. Então a voz desencarnada soou pela cozinha, o som ecoando pelas paredes azulejadas.

— Jerry, sua mãe ao telefone.

44

Jerry colocou o telefone no gancho na parede e apoiou a testa na porta da imensa geladeira espelhada, agradecendo a sensação refrescante. Limpou a marca gordurosa com a manga da camisa, pegou um copo do escorredor e o colocou sob o filtro de água, a mão trêmula ao levar o copo aos lábios e o apoiar na boca ressecada. Podia ver a esposa pela janela, no pátio, limpando a churrasqueira. Abriu a geladeira e pegou uma garrafa de vinho rosé, depois duas taças no armário e foi juntar-se a ela.

— Lydia, meu amor, pode deixar isso por um minuto e se sentar aqui?

Ela ergueu os olhos e franziu o cenho.

— Não levo nem um minuto para terminar. Quero fazer isso enquanto a água está quente. — Enfiou a escova na água com sabão e continuou a esfregar.

Depois de trinta e cinco anos de casamento, ele a conhecia bem o bastante para saber que era inútil discutir. Teria que esperar até ter a total atenção dela.

O verão em Melbourne fazia sua lenta transição para o outono, e alguma coisa no ar da tarde já anunciava as temperaturas mais baixas que estavam por vir. Jerry sentou-se no assento acolchoado do balanço e tomou um gole de vinho, recostando a cabeça e sucumbindo ao movimento calmante. Fechou os olhos e permitiu que as notícias de sua mãe penetrassem nos recônditos mais escuros de suas lembranças. Não pensava no acidente há anos, porque, quando fazia isso, a sensação predominante de culpa era demais para suportar. Tinha decepcionado todo mundo naquele dia, e algumas pessoas pagaram por isso com suas vidas. Ele sabia o que todos pensavam dele naquela época: um estranho sem amigos de verdade e alguns passatempos questionáveis, como ver aviões e tocar o sino da igreja. Lydia era a única pessoa que realmente o entendia e o amara do jeito que era. Se ele tivesse vindo com ela para a Austrália logo de cara, aquele acidente apavorante não teria acontecido.

Pensou em Petula e sentiu seu rosto corar de constrangimento. Sem dúvida, sua mãe tinha a impressão de que a neta fora concebida durante um ato de ternura e amor, em vez de em uma explosão espontânea de frustração que culminou naquele fatídico encontro no *hall* da casa de Petula. Nos meses que se seguiram, Jerry tinha feito de tudo para evitar Petula, tal era a extensão de seu arrependimento por seu comportamento horrível. Não importava que ela tivesse sido cúmplice: ele devia ter se controlado. Em vez disso, deixara seus sentimentos por Lydia embaçar a situação e fora incapaz de pensar direito.

Ele abriu os olhos quando sentiu a esposa sentar-se ao seu lado no balanço, derramando vinho em sua mão.

— Quer mais um pouco? — ela perguntou.

— Obrigado, amor. — Jerry assentiu e ergueu a taça.

— Sua mãe chegou bem? — Ela tirou as luvas de borracha amarela e as largou no chão. — Devo dizer que ela parecia um pouco distante ao telefone. Talvez estivesse cansada.

Jerry virou a haste da taça entre os dedos, perguntando-se por onde começaria. Lydia teria sido uma mãe maravilhosa, mas cada vez que ela perdia um bebê, a agonia se intensificava. O desapontamento esmagador e a devastação tornaram-se muito difíceis de suportar, e depois que a sétima tentativa de levar uma gravidez até o fim fracassou, ela finalmente aceitou que jamais conseguiria gerar uma criança. Agora, Jerry estava prestes a dizer para a pessoa que mais amava que era pai.

— Você está muito quieto, Jerry. Tem algo errado? — Ela deu um tapinha na coxa dele.

Sua esposa sempre fora irritantemente perspicaz, e ele sabia que ela merecia nada menos do que toda a verdade, não importava o quanto fosse doloroso para ele contar, e para ela ouvir. Jerry estava grato por estarem sentados lado a lado e não ter que olhar nos olhos dela. Olhou o vazio diante dele enquanto falava.

— Lydia, tenho algo para contar. — Fez uma pausa e respirou fundo. — Parte você já sabe, sobre o acidente e tudo mais...

— Que acidente? Do que você está falando? — Ela virou o rosto para ele.

— Do acidente em que me envolvi um pouco antes de me juntar a você aqui na Austrália.

— Bom Deus, por que está trazendo isso à tona de novo? Já se passaram quanto? Quarenta anos?

— Isso mesmo — ele confirmou. — Quarenta anos agora em julho. — Ele se virou para olhar o rosto dela, sem maquiagem e com poucas linhas ao redor dos olhos e da boca. Sempre fora cuidadosa em passar protetor solar e, apesar do fato de seu cabelo já começar a ficar grisalho, parecia pelo menos uma década mais jovem do que seus cinquenta e oito anos. Na juventude, ela nunca fora bonita de um jeito convencional, mas tinha amadurecido e se tornado uma mulher linda, e seu corpo, magrelo e sem curvas na adolescência, ainda era invejável.

— Lydia, preciso falar sobre o que aconteceu naquele dia, e então você pode me fazer quantas perguntas desejar. Prometo que responderei todas com a verdade.

— Agora está me assustando, Jerry. Por que está fazendo tanto mistério?

Ele se levantou e a encarou como se estivesse no palco e ela fosse a plateia. Precisava fazer a performance de sua vida. Segurou a taça enquanto falava, feliz por ter algo para ocupar as mãos.

— Eu jamais imaginei que teria que dirigir naquele dia, mas o motorista que Selwyn contratou para nos levar ficou doente, e ele ficou pedindo um voluntário. Ninguém conseguiu acreditar quando me ofereci, porque não imaginavam que eu tivesse carteira de habilitação. De todo modo, consegui levar todos em segurança e passamos um dia agradável. Nos reunimos em um *pub* antes de voltar para casa; todo mundo estava bebendo, claro, mas eu só tomei uma cerveja. Era absolutamente capaz de dirigir, não tenho dúvidas.

Lydia o encarava intensamente, e enfiou as pernas sob o corpo para acomodar-se em uma posição mais confortável.

— Continue, estou ouvindo.

— Bem, nós nos acomodamos no micro-ônibus, e estavam todos de bom humor, cantando e tal. Depois de um tempo, precisei usar o banheiro. Estavam todos ansiosos para chegar em casa, então, todo mundo reclamou quando parei no posto de gasolina, mas eu estava desesperado. Deve ter sido a cerveja que tomei no jantar.

— Então você estava dirigindo quando partiram... De onde mesmo? Blackpool?

Jerry assentiu.

— Os demais ficaram esperando no ônibus eu fui lá para dentro. Havia dois rapazes no banheiro quando entrei e não gostei da cara deles, então, decidi usar o reservado em vez do urinol. Eram caras de aparência rústica, *skinheads*, tatuados, o pacote completo. Quando saí do reservado, começaram a me provocar, querendo saber o que eu tinha que eles não tinham e por que eu não tinha usado o urinol. — Deu uma risadinha. — Você lembra que eu era um ímã para atrair valentões naquela época. Eu simplesmente os ignorei, mas eles me empurraram contra a parede e me seguraram pelo colarinho. Quero dizer, eu não tinha provocado ninguém, mas eles podiam ver que eu era um alvo fácil. Então um deles pegou meus óculos e o esmagou com o sapato, e os dois saíram correndo logo em seguida.

— Pobrezinho, Jerry. O que você fez depois?

— Bem, você sabe como sou cego sem meus óculos; não tinha como eu dirigir o restante do caminho. Voltei para o ônibus e falei para eles que tinha derrubado as lentes e que não conseguia ver o suficiente para dirigir. Eu não podia contar o que realmente tinha acontecido; eu me sentia um bobo.

— Podia ter contado para Daisy; ela teria dado um jeito.

Jerry conseguiu rir.

— É provável que você esteja certa; ela teria dado um jeito. — Jerry consegui rir e abaixou a voz. — De todo modo, o pai de Michael,

Os segredos que nos cercam

Karl, se ofereceu para dirigir no restante do caminho. Não estávamos muito longe de casa, e ele não tinha bebido muito, então, pensei que tudo ficaria bem. Ele assumiu o volante, e eu me sentei atrás, com minha mãe e os outros. Foi logo depois disso que nos acidentamos.

Ele percebeu que Lydia estremeceu sem querer.

— Deve ter sido terrível.

Ele fixou o olhar na cerca do jardim que dava para as águas da baía além, brilhando sob o sol da tarde.

— Foi, mas você não entende... foi minha culpa. Se eu tivesse enfrentado aqueles valentões, eles não teriam quebrado meus óculos e eu estaria no assento do motorista, não Karl. Eu que teria morrido. Michael perdeu o pai por minha causa. Imagine só, ver o próprio pai morrer.

— Não fale assim, Jerry. É claro que não foi sua culpa. — Lydia levantou-se do balanço e o abraçou.

Ela acariciou o rosto dele e deu um beijo em seus lábios. Sua voz estava cansada, mas cheia de preocupação.

— Por que está revivendo tudo isso agora?

— Duas outras pessoas morreram, além de Karl. Um velho chamado Harry, um mendigo adorável com quem minha mãe e eu passamos o dia; e uma jovem chamada Petula, que foi arremessada pelo para-brisa.

— Lembro que você me contou isso. Que horrível, pobre garota.

— O motivo pelo qual estou contando isso agora é que Daisy acaba de me dizer que Petula estava grávida. — Jerry segurou as mãos de Lydia e as apertou com firmeza.

— Ah, não, então o bebê morreu também. De quanto tempo ela estava, você sabe?

— Estava no fim da gravidez. Ela deu à luz uma garotinha um pouco antes de voltarmos para casa. — Ele balançou a cabeça ao imaginar como a cena devia ter se desenrolado, o desgosto evidente em seus traços enrugados. — No banheiro do *pub*, no chão.

Ele observou uma expressão confusa tomando conta do rosto da esposa, suas pupilas indo para a direita e para a esquerda enquanto tentava focar.

— Sou o pai daquela garotinha, Lydia. — Ele levou as mãos dela até seus lábios e as beijou. — Tenho uma filha. É Beth. — Soltou a respiração aliviado, quando conseguiu colocar as palavras para fora, e então acrescentou de modo mais enfático. — Beth é minha filha.

Sem uma palavra, Lydia soltou as mãos dele e virou-se na direção da cerca, encarando o mar. Ele a deixou sozinha com seus pensamentos por alguns instantes, até que não aguentou mais. Aproximou-se dela e colocou as mãos em seus ombros. Ela não disse uma palavra, simplesmente apoiou a cabeça no peito dele. Era só um pequeno gesto, mas dizia que ela entendia. Ele se preparou para lançar a bomba final.

— Tenho que voltar para a Inglaterra, Lydia, e realmente preciso que você venha comigo.

45

Michael e Beth estavam sentados juntos, falando baixinho, quando Daisy voltou para a sala. Eles pararam de conversar ao ela entrar.

— Está tudo resolvido — ela anunciou. — Jerry chega em alguns dias, dependendo de quão rápido vai conseguir um voo.

— Como ele recebeu a notícia? — Beth perguntou. — Sobre ter uma filha, quero dizer.

— É difícil saber, na verdade. Não é algo que eu achei que contaria pelo telefone; na verdade, nunca pensei que algum dia teria de contar isso para ele.

— Você não acha que ele tinha o direito de saber que tem uma filha? — Michael perguntou.

Daisy não se importou com o tom acusatório dele e imediatamente ficou na defensiva. Anos de emoção acumulada ameaçavam transbordar em uma correnteza de autojustificativa. Ela lutou para manter a compostura ao tentar explicar suas ações.

— Você não conhecia meu Jerry naquela época, Mikey. Ele ficou com o coração partido quando a família de Lydia a levou para a Austrália. Eu sabia que ele nunca mais encontraria outra garota que o amasse como ela, e eu estava certa sobre isso pelo menos. Sei que o motivo pelo qual ele não a acompanhou logo de cara fui eu. Ele não queria me deixar sozinha, ele é carinhoso. Feriu-se bastante no acidente e chegou a ficar em coma alguns dias, mas conseguiu se recuperar muito bem. Quando ficou forte o suficiente, insisti que ele fosse visitar Lydia na Austrália. Ele precisava de uma mudança; ficou bem deprimido depois do acidente, não era mais o mesmo. Lydia e ele mantinham contato há alguns anos, desde que ela se fora. Ela escrevia toda semana para ele, vejam só. É o tanto que ela é devotada a ele. — Daisy balançou a cabeça. — Ele tentou continuar sua vida, foi até promovido na Williams & Glyn, mas não tinha amigos de verdade e, certamente, nem sinal de uma namorada. Ele era solitário e se sentia dominado pela culpa de Karl ter assumido o volante.

Michael curvou a cabeça à menção do pai.

— Então, com minha bênção, ele foi para a Austrália — Daisy prosseguiu. — Foi um feito para ele. Lydia, fiel à sua palavra, nunca deixara de amá-lo, ele conseguiu um bom emprego em um banco e construiu uma vida de sucesso lá. — Ela enfatizou o ponto. — Vocês viram as fotos da casa deles em Melbourne; ele nunca teria alcançado esse tipo de sucesso se ficasse em Manchester. Eles têm uma boa aposentadoria, sem preocupações financeiras ou coisa do tipo. Ele compra passagem de avião para mim todos os anos; realmente, os dois são muito generosos. — Fez uma pausa por alguns instantes. — De toda forma, estou me adiantando aqui. Mikey, você pode pegar um copo de água para mim, por favor? Minha garganta está seca.

Ela podia ouvi-lo na cozinha, abrindo a torneira ao máximo até a água sair gelada. Voltou-se para Beth.

— Eu não abandonei você, Beth, e sinto muito que Jake esteja tão mal, mas vou consertar isso, você vai ver.

Michael voltou com a água, e ela tomou, agradecida.

— Quase um ano depois que você nasceu, Beth, descobri que Jerry era seu pai. Bem, foi uma completa surpresa, posso garantir. Eu nunca soube que ele teve um relacionamento com essa tal Petula. Quando descobri, ele já tinha decidido permanecer na Austrália; estava indo bem no emprego e noivo de Lydia. Não era mais um jovem estranho e inepto socialmente, e como mãe posso dizer essas coisas, era um homem confiante com um futuro pela frente. Se eu contasse que ele tinha tido um bebê, havia o risco de ele voltar imediatamente para a Inglaterra, deixando Lydia e todas as perspectivas para trás. Eu não podia fazer isso com ele, podia?

Ela encarou Michael e Beth, procurando algum sinal de confirmação de que tinha tomado a decisão correta. Foi Beth quem falou primeiro.

— Mas você não acha que essa decisão tinha que ser dele, Daisy?

— É fácil dizer agora, mas pense nos efeitos que isso causaria em você e Mary. Seria devastador para ela, e cruel ao extremo arrancar você de lá, quando já estavam criando laços há quase um ano.

— Mas todos esses anos você me negou a chance de conhecer meu pai.

— Percebo isso, meu amor, mas eu estava em um dilema. Só fiz o que achei ser o melhor para todos. — Ela se virou para Michael. — Você está quieto, Michael. O que tem a dizer sobre tudo isso?

— Para ser honesto, tia Daisy, tenho coisas mais importantes com as quais me preocupar. — Seu cansaço era notado em cada palavra. — Meu filho está desesperadamente doente, e só o que me preocupa é encontrar um doador, fazer com que ele melhore e reconstruir a vida dele. Ele tem cinco anos e ainda não teve chance de viver. Todo o resto está no passado e não pode ser desfeito, então, não há motivo para ficar preso a isso. — Ele tirou um lenço do bolso e secou a testa. — Você falou sobre Jake para Jerry?

— É por isso que ele vem para cá: quer conhecer a filha e o neto. — Daisy assentiu. — Vocês precisam entender que tudo isso é um grande choque para ele também. Ele é completamente inocente em tudo isso, mas não hesitou quando contei a ele sobre a doença de Jake. — Ela fez uma pausa e permitiu-se um sorriso cauteloso. — Ele está disposto a fazer o teste, Mikey.

Daisy ergueu a cabeça em direção ao teto, em um esforço para conter as lágrimas que se acumulavam em seus olhos.

— Espero que, um dia, vocês consigam me perdoar de coração.

Michael deu um passo em sua direção e a puxou para seus braços. Era toda a confirmação de que ela precisava.

46

— O que você acha que eu devia usar? — Beth segurou outro figurino diante do espelho; uma pilha de roupas descartadas estava largada ao lado da cama. — Não consigo decidir se opto por elegante ou casual. Quero dizer, eles nunca falam isso nas revistas, não é? Há sugestões para casamentos, como se vestir no trabalho, em um encontro em um jantar casual, mas nenhum conselho sobre como se vestir quando você vai conhecer seu pai. — Ela se virou para o marido, que estava deitado na cama, as mãos entrelaçadas atrás da cabeça, observando-a com um ar divertido. — O que você acha? — Ela mostrou para ele uma calça social cinza que não usava há meses.

— Acho que é formal demais. De qualquer modo, acho que vai ficar grande em você.

— Hmmm, acho que você tem razão. — Ela segurou a calça contra o corpo magro, passara a maior parte da vida adulta em uma ou outra dieta, tentando perder aqueles três quilos a mais. De Atkins a Dukan, passando por sopa de repolho, ela tentara de tudo, mas nada era tão eficiente quanto a "Dieta da Morta de Preocupação com o Filho Desesperadamente Doente". Ela não recomendava. — Acho que vou de jeans então. E esse suéter de *cashmere*.

— Acho que ficará perfeito. Jerry vai adorar você independente do que decidir usar.

— Hmmm — ela ficou pensativa. — Espero que sim. Jake ainda está dormindo?

— Sim, acabei de vê-lo. O aparelho só vai começar a trabalhar em uma hora, e espero que ele ainda esteja dormindo até lá.

— Ótimo. — Beth olhou seu relógio de pulso. — Temos tempo suficiente para verificar o fluido da diálise, tirar a temperatura dele e vesti-lo antes de sair. Eu disse para Elaine que telefonaria para ela quando estivéssemos prontos para ir.

— O que nós faríamos sem ela?

— Ela é uma boa vizinha, sem dúvida, e é maravilhosa com Jake, não é? Na verdade, ele tem um carinho muito grande por ela.

Beth pegou a escova e prendeu o cabelo em um rabo de cavalo. O penteado enfatizava suas maçãs do rosto altas e fazia seu rosto parecer mais fino, mas com um pouco de máscara de cílios e uma camada de brilho labial ficaria apresentável.

Na cozinha, Michael colocou pão na torradeira.

— Uma ou duas fatias?

Ela sabia que devia obrigar-se a comer alguma coisa, mas só a ideia de colocar algo na boca a fazia querer vomitar. Era como se seu estômago estivesse tomado por borboletas e não houvesse espaço para mais nada.

— Ah, só uma, por favor. — Beth olhou para a foto de Jerry que Daisy lhe dera. — Você se lembra dele, Michael?

— De quem? Jerry? Na verdade, não. Eu costumava brincar no quarto dele quando era criança. Daisy tinha guardado todos os brinquedos antigos do filho, e eu me lembro de ele ter um *kit* de geometria incrível que eu costumava usar para desenhar. — Michael ligou o fogo da chaleira e sorria com a lembrança. — E ele tinha um globo terrestre que acendia. Eu adorava ficar olhando a Austrália e não podia acreditar que ele morava do outro lado do mundo.

Beth passou o polegar pela foto.

— Mas ele parece ser um cara legal, não é? Eu me pergunto que tipo de pai ele teria sido. — Balançou a cabeça. — Só não consigo imaginar como deve ser ter um pai.

A torradeira cuspiu três fatias de pão, e Michael começou a passar manteiga nelas.

— Bem, tudo o que posso dizer é que meu pai era a pessoa mais importante da minha vida. Na verdade, eu o idolatrava. Ainda consigo lembrar quando me disseram que ele tinha morrido. Sei que faz muito tempo, mas nunca vou esquecer de estar deitado na cama do hospital, querendo que ele entrasse pela porta dizendo que tudo não passava de um engano. Eu não conseguia acreditar que nunca mais o veria.

— Deve ter sido pior para você, Michael. Você sabia o que estava perdendo. Eu nunca tive um pai do qual sentir falta.

— Vamos olhar para frente, Beth. — Michael lhe deu uma torrada. — É o futuro que importa, não o passado.

A viagem de vinte minutos até o aeroporto pareceu interminável. Daisy estava sentada no banco de trás, olhando pela janela, em silêncio. A pista do aeroporto apareceu diante deles, as luzes tremeluzindo na superfície molhada pela chuva, e Beth tentou engolir uma saliva que não existia.

Ela o reconheceu no instante em que o viu atravessar as portas duplas do saguão de desembarque. Além da foto que Daisy lhe dera, Beth já vira várias outras imagens dele ao longo dos anos e poderia facilmente localizá-lo em uma multidão. O cabelo dele ainda era grosso e escuro, com apenas alguns fios brancos, mas os óculos de armação preta, tão familiares a Beth por causa da foto no aparador de Daisy, tinham sido substituídos por um modelo mais moderno, sem armação. Seu rosto estava coberto por uma barba que começava a nascer e ele parecia exausto. Lydia estava ao seu lado, exibindo uma figura surpreendentemente elegante, com uma *pashmina* rosa-clara pendurada nos ombros. Ele acenou quando os viu esperando do outro lado da barreira e acelerou o passo.

Enquanto Jerry abraçava a mãe, Beth capturou seu olhar por sobre o ombro de Daisy. Ele sorriu e moveu a mãe de lado gentilmente.

— Você deve ser Beth. — Estendeu a mão. — Jerry Duggan. É um prazer conhecer você. — O seu sotaque de Manchester ainda estava presente de certo modo, mas uma inclinação australiana agora dominava suas vogais, e o nome dela saiu mais como "Bith".

— É um prazer conhecer você também... Jerry. — Ela segurou a mão dele e sorriu. Perguntou-se se deveria chamá-lo de pai, mas quando o momento chegou, percebeu que nunca tinha chamado ninguém dessa maneira, e a palavra ficou presa em sua garganta.

— Jerry, é muito bom conhecer você finalmente. Muito obrigado por ter vindo. — Michael se aproximou e estendeu a mão.

— Não precisa agradecer. Nada teria me impedido de fazer essa viagem. Por favor, conheçam minha esposa, Lydia.

O percurso de carro até a casa de Daisy foi, de certo modo, tenso, pois ninguém queria trazer à tona o assunto de Jake ou o motivo de Jerry e Lydia terem viajado mais de dezesseis mil quilômetros para vê-los. Conversaram sobre o voo e o clima e, quando chegaram à casa de Daisy, Beth não via a hora de sair do carro.

— Quem quer tomar um chá decente? — Daisy perguntou enchendo a chaleira. Virou-se para a nora. — Sem ofensa, Lydia, mas não há lugar como nossa casa quando você quer tomar uma boa xícara de chá.

— Nenhuma ofensa, Daisy. — Lydia riu. — Na verdade, concordo com você. Acho que é por causa da água, mais do que qualquer outra coisa.

Reunidos na pequena sala, com canecas de chá nas mãos, todos ficaram sentados em silêncio. Como sempre, Daisy foi a pessoa com coragem suficiente para apontar o elefante na sala, com seu jeito direto.

— Bem, Jerry, você discutiu a questão da doação do rim com Lydia, não foi?

— Claro, e ela está totalmente de acordo. Faremos o que for necessário.

Beth sentiu a garganta apertar imediatamente, e ela brincou com o colar, nervosa.

— Jerry, não temos como agradecer vocês... Quero dizer, simplesmente por considerar isso. É uma coisa tão imensa e nós somos tão gratos.

— É o mínimo que posso fazer. Não estive perto de você todos esses anos, e se eu puder fazer qualquer coisa para ajudar Jake, então será um privilégio para mim. — Ele fez uma pausa e segurou a mão de Lydia. — Afinal, ele é nosso neto.

— Não tenho palavras para agradecer — Michael falou. — Mas, como Beth diz, somos gratos por vocês estarem dispostos a fazer o teste. Temos uma consulta agendada com o Dr. Appleby, nefrologista de Jake, para depois de amanhã. Achamos que assim vocês teriam a chance de superar o *jet lag* primeiro.

— Quando posso conhecer Jake? — Jerry perguntou. — Eu gostaria de conhecer o rapazinho.

— Estávamos esperando que dissesse isso. — Beth sorriu para Michael. — Por favor, venham jantar conosco amanhã à noite, lá pelas cinco. Jake vai para a cama às sete, então, vocês terão umas duas horas para ficar com ele.

Beth notou que Daisy olhava fixo para o colo, puxando um longo fio solto de seu cardigã.

— O que foi, Daisy?

— Ah, não é nada, na verdade. — A velha senhora suspirou. — Só fico triste que circunstâncias tão terríveis tenham reunidos todos nós, e sinto muito por ter esperado a vida inteira para contar para você a verdade sobre seu pai.

— Daisy, está tudo bem. Sei que estava pensando em Mary, e posso entender seus motivos, então, não há razão para se preocupar com isso. Tudo o que importa agora é Jake. — Beth abraçou a avó e apoiou a cabeça em seu ombro, encontrando conforto no cheiro familiar do pó facial de Daisy. Era verdade: Daisy não a abandonara e sempre fora uma presença reconfortante em sua vida desde que era bebê, e Beth sabia que tinha que deixar para trás qualquer tipo de ressentimento.

— Obrigada, meu amor. Isso significa muito para mim. Quero que vocês conheçam Jerry e Lydia também. Vocês quatro precisam passar algum tempo sozinhos, então, não se preocupem comigo. Não jantarei com vocês amanhã.

Beth começou a protestar, mas Daisy a interrompeu.

— Eu insisto. Vocês não precisam que eu atrapalhe.

Jake estava ajoelhado na mesa de centro, um lápis na mão, a língua esticada ao lado da boca, concentrado.

— Quem vai vir me visitar, mamãe?

Os segredos que nos cercam

— Já falei para você, seu vovô, meu papai. — Beth parou de descascar as cenouras por um segundo.

— Mas eu achava que você não tivesse um papai. Por que eu nunca vi ele antes? — Ele ergueu os olhos do desenho.

— Porque ele mora na Austrália, no outro lado do mundo.

— Bem, como a vovó o conheceu então?

Beth não estava preparada para perguntas tão perspicazes, mas era evidente que o filho não era bobo.

— É um pouco complicado, Jake. A vovó era minha mãe adotiva. Minha mãe biológica morreu em um acidente logo depois que eu nasci.

— Ah, certo. Isso é triste. — Trocou o lápis vermelho por um amarelo e perguntou: — Posso comer um pedaço de cenoura, mamãe?

Beth abriu o forno e trinchou a carne. Tinha perguntado para Daisy qual era a comida favorita de Jerry quando ele era criança, e a resposta tinha sido carne assada com todos os acompanhamentos, em especial pudim de Yorkshire[4]. Infelizmente, pudins de Yorkshire eram uma coisa que ela não fazia bem. Não importava qual receita usasse — da Delia, da Nigella —, o resultado era sempre um disco chato com massa crua no meio. Chamou o marido, que estava perto da lareira, lendo o jornal.

— Michael, já abriu o vinho? Ele precisa respirar.

— Sim, amor, fiz isso na primeira vez que você me pediu.

— E já colocou uma jarra de água na mesa?

— Sim, tudo pronto. — Ele não levantou os olhos.

Ela observou seu reflexo na janela.

— Olhe meu estado, meu rosto está todo brilhante e vermelho. — Desamarrou apressadamente o avental. — Vou lá em cima retocar a maquiagem.

— Você está ótima, Beth. — Michael apoiou o jornal no colo.

— Deixe-me julgar isso. Fique atento à campainha.

---

4 N. da T.: Tradicional da Grã Bretanha, é um tipo de "pão" para servir com assados.

Quando ela desceu novamente, parecia refrescada, mas não mais relaxada. Acenou com a escova de cabelo para Jake.

— Venha aqui, você. Vamos dar um jeito nessa juba.

— Ah, isso é necessário mesmo? — Jake olhou para o pai, esperando conseguir algum apoio.

— Eu nem tentaria discutir, filho. Você sabe que ela vai vencer.

Beth passou a escova no cabelo de Jake, dividindo-o e alisando a franja para o lado.

— Pronto, está bem melhor. Ele não parece elegante, Michael?

A campainha tocou antes que Michael pudesse responder, e Beth ficou em pé em um pulo.

— Ah, Deus, eles chegaram. Eu devo abrir a porta?

— Bem, um de nós precisa fazer isso. — Ele sorriu e a beijou no rosto. — Calma, Beth. Você está muito nervosa.

— Eu sei, não posso evitar — ela sussurrou. — Só quero que ele goste de Jake. Quero dizer, e se ele não gostar do nosso filho? Ele pode mudar de ideia.

— Beth, você está sendo ridícula. Olhe para ele.

Ambos se viraram para olhar Jake. Ele estava novamente entretido em seu desenho, e já tinha passado os dedos pelo cabelo, que agora estavam com a aparência despenteada de sempre. Beth deu uma gargalhada.

— Você está certo. Como alguém poderia não amar Jake?

47

Foi embaraçoso no *hall* de entrada estreito, com os cinco amontoados em um espaço tão pequeno. Jake estava atrás de Beth, agarrado nas pernas da mãe e espiava os visitantes com o polegar firmemente preso na boca. Beth se abaixou e o trouxe para a frente dela.

— Jerry, Lydia, este é Jake. — Acariciou o cabelo do menino. — Diga oi, Jake.

— Oi. — Ele tirou o dedo, deixando uma camada de saliva até o queixo, então, deu meia volta e retornou à cozinha.

— Sinto muito, ele é tímido — Beth se desculpou.

— Está tudo bem. Tenho certeza de que eu era igual. — Jerry riu.

— Posso pegar seu casaco, Lydia? — Michael ofereceu. Tirou a peça dos ombros de Lydia e pendurou no gancho da parede. — Vamos todos para a cozinha, por favor.

Lydia olhou ao redor da sala espaçosa, com a cozinha de um lado e um confortável espaço cheio de poltronas quadradas e uma lareira na outra ponta. Portas-balcão davam acesso ao jardim murado.

— Que casa adorável.

— Nós gostamos — Beth comentou. — Passamos quase o tempo todo aqui. Posso cozinhar enquanto Jake está perto o bastante para que eu possa ficar de olho nele. Mas hoje vamos comer na sala de jantar, pois é uma ocasião especial. — Ela se virou para Michael. — Você ligou o aquecedor lá, não é?

— Sim, Beth, liguei. — Ele ergueu os olhos para o teto e bateu palmas. — Agora, quem quer uma bebida?

— Espero que gostem. Não sabia o que serviriam hoje. — Jerry entregou uma garrafa de vinho tinto.

— Ah, não precisava. — Beth pegou a garrafa. — Mas muito obrigada, Jerry, é perfeita. Teremos carne assada.

— Excelente, é meu prato favorito.

— Fiz um desenho para você, vovô. — Jake se aproximou deles com um pedaço de papel apertado de encontro ao peito.

— Estes somos nós? — Jerry se abaixou e pegou o desenho.

Jake assentiu e voltou ao esconderijo atrás das pernas de Beth.

— Bem, devo dizer que acho que este é o melhor desenho que já vi. — Jerry passou os dedos sobre a figura. — Você é bem esperto. Obrigado, vou guardar com carinho.

Ele passou a pintura para Lydia, com um grande sorriso no rosto. Tocou o braço de Beth.

— Parece que perdi muita coisa por aqui.

— Nós dois perdemos. — Ela assentiu.

— Certamente temos muita conversa para colocar em dia — Michael confirmou enquanto terminava de servir quatro taças de Prosecco. — Acho que devíamos fazer um brinde. — Passou as taças para todos e ergueu a sua. — À família.

— À família. — Todos brindaram, seguido por um silêncio ensurdecedor, enquanto tomavam um gole.

— Também posso ganhar um desses? — Jake perguntou.

— Claro que não — Beth respondeu. — Mas você pode tomar um copo de suco de laranja, só um copo pequeno.

— Temos que ser cuidadosos com a ingestão de líquidos dele. — Ela se virou para Jerry.

Jerry limpou a garganta, nervoso.

— É claro.

— Ele é um garotinho lindo — disse Lydia. — Vocês devem ter muito orgulho dele.

— Ah, temos sim — Michael confirmou. — Ele já enfrentou muita coisa, mas está sempre com um sorriso no rosto. Fico surpreso com ele, na verdade.

— Vamos todos sentar na sala, que tal? — Beth levou todos pela porta, Jake segurando seu copo de suco com as duas mãos.

— Posso levar isso até a sala, mamãe? — Os olhos dele estavam arregalados de espanto.

— Só esse, mas tome cuidado para não derrubar. — Beth assentiu solenemente.

— O que você faz exatamente, Beth? — Lydia perguntou enquanto se acomodavam ao redor da mesa de jantar.

— Profissionalmente? Sou *food stylist*, o que basicamente quer dizer que faço as comidas ficarem bonitas para as fotos. Sou *freelancer*, então, trabalho para todo tipo de publicação, mas em geral revistas. Também já fiz alguns livros de receitas.

— Que interessante.

— Sim, é sim. Gosto bastante.

O vinho a deixara mais segura de si, e ela descobriu que estava relaxada e realmente apreciando a noite, em vez de simplesmente suportá-la. Jake conversava com as visitas, a timidez inicial há muito esquecida. Ele se virou para Lydia, que estava à sua esquerda, e sussurrou em seu ouvido:

— Então agora você é minha vovó?

Lydia olhou para Beth e ergueu uma sobrancelha antes de responder. Beth confirmou a pergunta de Jake com um leve aceno de cabeça.

— Ah, bem, sim, Jake, suponho que sim.

— Ah, isso é bom, porque eu tinha uma vovó, mas ela morreu.

— Ouvi dizer, e realmente sinto muito por isso, Jake. Mas, você sabe, eu não quero tomar o lugar dela. — Deu um tapinha nas costas da mão dele. — Por que não me chama de vó, em vez de vovó? — Olhou para Michael do outro lado da mesa. — Está bem assim para você? Quero dizer, como ele chama sua mãe?

— Nós não a vemos muito. — Michael deu de ombros. — É uma longa história. Ela nunca foi uma mãe muito boa e é uma avó ainda pior. Não se preocupe com isso.

— Não gosto dela — Jake declarou. — Ela não tem dentes e tem mau hálito.

— Ah, Deus. Bem, isso é ruim. — Lydia ficou chocada.

— Ela é alcoólatra — Michael explicou. — É um milagre que ainda esteja viva, para ser honesto. — Tomou o resto do vinho e olhou para o filho, que agora passava o dedo na tigela e lambia os últimos vestígios de creme com merengue. — Mesmo assim, ninguém disse que a vida é justa.

Beth estendeu a mão por baixo da mesa e colocou-a na coxa de Michael.

— Daisy preenche o papel de avó para Jake, assim como ela foi uma mãe substituta para Michael.

— Ela ama você como um filho, Michael — Jerry comentou. — Posso garantir isso.

— Já é hora do banho de Jake. Por que não tomamos um café na sala de estar depois disso? — Beth se levantou e começou a retirar a louça.

— A vó pode ler uma história para mim essa noite? — Jake desceu da cadeira.

— Eu adoraria, Jake. Obrigada. — Lydia inclinou a cabeça para o lado e deu um sorriso carinhoso.

Assim que Jake acomodou-se sob seu edredom dos Minions, cheiroso pelo banho de espuma e pelo talco Johnson's Baby, o rosto ainda rosado do banho quente, Beth chamou Jerry e Lydia até o quarto do menino.

— Uau, que quarto especial você tem, Jake — Lydia comentou. — E olhe só todos esses brinquedos de pelúcia na sua cama. Estou surpresa que tenha sobrado espaço para você.

— Esse é meu favorito. Era do papai quando ele era um garotinho. — Jake pegou Galen e mostrou para ela.

— Bem, acho que ele é lindo. — Lydia pegou o macaco comido por traças e o abraçou.

Jerry fez sinal com a cabeça na direção do aparelho ao lado da mesinha de cabeceira de Jake.

— Aquilo ali é... você sabe...

— O aparelho de diálise — Beth confirmou. — Vamos deixá-lo ouvir a história primeiro e depois colocamos o aparelho nele.

— Preso a uma máquina a noite toda. Isso parece triste — Jerry sussurrou.

Jake estendeu o braço até a prateleira e pegou um livro.

— *Os cinco na planície misteriosa*. Estamos no capítulo cinco.

— Ele adora esses livros. No começo, fiquei preocupada que ele ainda fosse um pouco novo, mas ele não cansa de ouvir essas histórias — Beth comentou. — Já terminou *Os cinco e os contrabandistas*, então? — Ela podia ouvir Michael lá embaixo, colocando os pratos na lava-louças. — A história antes de dormir é departamento do papai, então, você é privilegiada, Lydia.

— Eu gostaria de ficar também, se estiver tudo bem para Jake — Jerry falou.

— Oba! — Jake exclamou. — Cada um de vocês pode ler um capítulo.

Beth deixou os três e juntou-se a Michael na cozinha. Ele estava limpando os pratos e passando uma água neles antes de colocá-los na máquina.

— Como acha que está indo tudo? — ela perguntou.

— Eles parecem ser pessoas adoráveis. Agora entendo por que Daisy queria tanto que Jerry ficasse com Lydia. Ela é encantadora.

— Jake parece estar aceitando tudo bem também. — Ela encheu a chaleira e preparou as xícaras e os pires. — Acha que podemos ter esperanças de ele ser compatível?

Michael suspirou, e o ar fez um guardanapo de papel voar até o chão. Ele agarrou a beirada da pia.

— Não consigo nem pensar na alternativa de ele não ser, para ser honesto. — Ele se virou para Beth, a tensão claramente visível em seus olhos.

— Ah, Michael, venha aqui. — Ela abraçou os ombros largos do marido e apertou-os com força. — Eu sou a preocupada aqui, lembra? Você é o forte.

Os dois ainda estavam parados em um abraço contemplativo quando Lydia apareceu na cozinha.

— Terminamos a história, e Jake diz que está pronto para o aparelho.

— Obrigada, Lydia — Beth respondeu.

— Diga para ele que subo em um minuto. — Michael pegou o pano de prato e começou a secar as taças.

— Claro. — Ela subiu dois degraus de cada vez da escada e voltou para conectar o filho ao aparelho que o mantinha vivo.

Lydia pegou o pano de prato de Michael.

— Por que não deixa que eu faça isso? — Apontou para o banco perto da ilha da cozinha. — Sente-se ali, você parece abalado.

Michael a olhou com gratidão, uma pequena risada escapando de seus lábios.

— Beth acha que eu sou o forte da história, mas ela é muito mais prática do que eu. Sou inútil para cuidar do aparelho de Jake e tudo mais. Para ser honesto, isso faz com que me sinta enjoado, mas ela é incrível. É como se fosse uma enfermeira.

— Você quer dizer que é como se ela fosse uma mãe. — Lydia sorriu.

— Você está certa, ela é uma excelente mãe. Eu sempre soube que seria. Demoramos muito tempo para ter Jake, e ela ficou deslumbrada quando ele nasceu. Nós dois ficamos. Mas não durou muito; em poucas semanas ficou aparente que os rins dele não funcionavam direito. Sempre esperamos que não chegasse a isso, mas um transplante é a última esperança dele agora.

— Jerry vai fazer tudo o que puder, posso prometer isso. — Lydia guardou a taça limpa no armário.

— É uma coisa tão imensa para pedir a alguém, ainda mais para alguém que mal conhecemos.

— Ele é da família e quer compensar por todos os anos que perdeu. Imagine descobrir que você tem uma filha quase quarenta anos depois. Foi um choque para ele. No começo, ele ficou zangado com Daisy por ter escondido a verdade, mas agora ele entende os motivos dela.

— Eu jamais poderia ficar zangado com tia Daisy por muito tempo. Minha infância teria sido bem horrível depois que meu pai morreu se não tivesse sido por ela.

Lydia guardou o pano de prato e sentou-se em um banco perto dele.

— Jerry e eu pedimos várias e várias vezes para Daisy ir morar conosco na Austrália. Sabe por que ela sempre se recusou?

Michael pensou na pergunta só por um segundo. Já sabia a resposta.

— Vai me dizer que foi por minha causa, não é?

Lydia assentiu.

— Ela sabia que Jerry estava feliz comigo, sabia que eu cuidaria dele como ela tinha feito. A última coisa que disse para ele antes de ir morar comigo foi "diga para Lydia que ela precisa ventilar seus coletes". — Ela balançou a cabeça. — Só Daisy pensaria nisso. E sabe o quê? Até hoje coloco os coletes dele para ventilar.

Michael parecia intrigado.

— Não sabia que as pessoas ainda usavam coletes. Em especial em países quentes como a Austrália.

— É de Jerry Duggan que estamos falando. — Lydia deu uma risadinha.

Jerry ficou parado na porta do quarto de Jake, as mãos entrelaçadas nas costas, enquanto observava Beth preencher o aparelho com fluido de diálise. Ela trabalhava com precisão e experiência de uma fisioterapeuta habilidosa, e Jake esperava deitado de costas sobre o travesseiro, as mãos erguendo a blusa do pijama para expor a ponta do cateter. Já parecia um procedimento bem ensaiado, embora ele soubesse que Jake só estava recebendo este tratamento há pouco tempo.

— Este fluido passa pelo cateter no abdômen de Jake e fica lá dentro por algumas horas. É chamado de estágio de espera — Beth explicou. — Depois, o aparelho drena o fluido juntamente com todas as toxinas do corpo de Jake e o substitui por fluido novo.

Jerry estremeceu e balançou a cabeça.

— Não se preocupe, vovô. Não dói.

— Várias trocas de fluido ocorrem durante a noite, usando o revestimento no abdômen dele como filtro, efetivamente fazendo o trabalho dos rins.

— Incrível o que dá para fazer nos dias de hoje — observou Jerry. — Imagino que seja completamente seguro.

— Ah, sim, perfeitamente. — Beth olhou para Jake de relance. — Só temos que prestar atenção em caso de infecções, não é, Jake?

Jake assentiu.

— Não posso encostar aqui. — Ele apontou para a extremidade azul-escura do cateter que saía de sua barriga.

— E temos que ter muito cuidado em lavar sempre as mãos, não é mesmo, Jake?

Ela prendeu os tubos ao cateter, um para o fluido da diálise e outro para os resultados da drenagem.

— Aqui está, tudo pronto. — Deu um beijo na barriga do filho e puxou a blusa do pijama para baixo. — Papai vai subir em um minuto.

— Ok, mamãe. — Ele acomodou-se sob o edredom e arrumou Galen ao seu lado, garantindo que a cabeça do macaco ficasse confortável no travesseiro.

— Boa noite, Jake. Foi um prazer conhecer você. — Jerry estendeu a mão como se estivesse concluindo uma reunião de negócios. Ao contrário de Lydia, ele não se sentia confortável perto de crianças. Jake tirou os braços debaixo do edredom e os estendeu para o avô. Jerry inclinou-se, e Jake o agarrou pelo pescoço, dando-lhe um abraço apertado.

Jerry recuou até a porta enquanto Beth apagava a luz principal. O quarto mergulhou na escuridão, com exceção de uma pequena luz noturna que proporcionava um brilho quente e confortável.

— Ele é um camaradinha incrível — ele sussurrou quando saíram do quarto. — Espero de verdade poder ajudá-lo.

48

— Dr. Appleby, este é aqui meu pai, Jerry Duggan — Beth apresentou os dois.

Este é meu pai: como era estranho dizer essas palavras. Estranho, mas maravilhoso.

— É um prazer conhecê-lo, Sr. Duggan, obrigado por vir. Por favor, sentem-se.

Beth, Michael e Jerry acomodaram-se nas cadeiras do consultório, e o Dr. Appleby assumiu seu lugar atrás da escrivaninha, sem perder tempo e indo direto ao ponto.

— Sr. Duggan, doar um órgão é o maior presente que alguém pode dar para outro ser humano, um ato realmente altruísta e generoso, e tenho certeza de que tanto Beth quanto Michael estão muito gratos por você considerar essa hipótese.

— Estou mais do que simplesmente considerando, Dr. Appleby. Vou fazer isso.

— Aprecio seu comprometimento, mas há um longo caminho a percorrer antes que alguma coisa seja decidida. De todo modo, como eu estava dizendo, doar um de seus rins vai permitir que Jake leve a vida normal, que até agora lhe foi negada, e prolongará sua expectativa de vida. Mas não é uma decisão que pode ser tomada levianamente. Entendo que as emoções são fortes, mas você deve a si e à sua família levar em conta os impactos que essa doação terá sobre sua própria vida.

Beth olhou para Jerry de esguelha, desejando que o Dr. Appleby parasse de colocar dúvidas em sua cabeça.

— Com o risco de parecer irreverente, Dr. Appleby, tenho dois rins, mas só tenho um neto.

— Sei que esse é o caso, mas eu não estaria fazendo meu trabalho se não lhe mostrasse todos os riscos. Claro que você será submetido a um exame médico completo nos próximos dias, se o exame de sangue inicial provar que seu grupo sanguíneo é compatível com o de Jake.

— Foi aí que Michael e eu falhamos, no primeiro obstáculo — acrescentou Beth.

O Dr. Appleby bateu com a caneta no bloco de anotações.

— Beth, por favor, não pense nisso em termos de fracasso. Concordo que foi um azar nenhum de vocês ser compatível, mas tente não ver isso como algum tipo de falha de sua parte.

Ele limpou a garganta e continuou com seu tom de voz firme, mas tranquilizador.

— Vou tentar simplificar, Sr. Duggan. Seu tipo sanguíneo precisa ser compatível com o de Jake. Se for o caso, podemos realizar o teste de tipagem de tecidos e, por fim, uma prova cruzada. Mas chegarei a tudo isso mais tarde no processo. Jake é tipo O, o que significa que ele só pode receber de um doador que também seja tipo O.

Jerry se inclinou para frente na cadeira e tamborilou na mesa com os dedos, sem fazer nenhum esforço para esconder sua animação.

— Sei que sou tipo O, Dr. Appleby, doador universal, creio. — Sorriu para Beth e Michael. — Já doei sangue, então, sei meu tipo.

— Se o exame de sangue que você já fez confirmar isso, então podemos seguir para o próximo estágio. Seu sangue será compatível com o de Jake.

O coração de Beth se agitou um pouco conforme a esperança começou a renascer.

— Quando saberemos com certeza? — Michael perguntou.

O Dr. Appleby olhou para o relógio na parede.

— Pedi que dessem prioridade, então, espero que lá pelas cinco. Ligarei para casa de vocês assim que os resultados chegarem.

— Essas são boas notícias, não é mesmo? — Beth sorriu para Michael.

— É certamente um motivo de otimismo, mas não vamos nos deixar levar. Como o Dr. Appleby diz, há um longo caminho a percorrer. — Ele segurou a mão dela.

— Você está em boa forma e, até onde sabe, tem dois rins funcionando? — O médico dirigiu-se mais uma vez a Jerry.

— Totalmente. — Jerry assentiu. — Não tenho nenhum problema de saúde. Mas e quanto à minha idade? Tenho sessenta e um anos.

— Desde que sua saúde seja boa, sua idade não é uma barreira. Semana passada, removemos um rim de um homem de setenta anos, e tanto ele quanto a paciente, sua esposa, estão bem.

— Deus do céu, isso é maravilhoso — Jerry comentou. — E muito encorajador.

— Sim, um doador vivo é sempre preferível à doação de um cadáver por vários motivos — o Dr. Appleby continuou explicando. — Primeiro, o rim é removido sob ótimas condições; em outras palavras, é uma cirurgia planejada, não uma de emergência, e o rim pode ser transplantado para o destinatário sem atraso. Segundo, não temos que ser tão rigorosos com a tipagem de tecidos. Um transplante de um doador vivo pouco compatível ainda será melhor do que um rim compatível de um cadáver, porque o rim sofrerá menos danos.

— Mas há algum risco na doação? Pode explicar quais são? — Michael perguntou.

Beth olhou feio para o marido. A última coisa de que precisavam era que Jerry mudasse de ideia.

— Bem, como em qualquer cirurgia, há alguns riscos, mas são mínimos. Explicarei cada um deles em mais detalhes na próxima consulta. — O médico levantou-se, indicando que a consulta tinha acabado. — Tenho que deixá-los por enquanto, se não se importam, mas agradeço por terem vindo. Telefonarei mais tarde com o resultado do exame de sangue e, então, seguiremos a partir daí.

Jake estava aconchegado sob um cobertor no sofá com Lydia, quando voltaram para casa. Toda a coleção de brinquedos de pelúcia estava enfileirada diante da lareira, com um pedaço de papel e um lápis diante de cada um deles.

— Estávamos brincando de escola — Lydia explicou.

Beth olhou para a lousa que Lydia obviamente tinha descido do quarto de Jake. Havia algumas palavras simples nele: GATO, CÃO e JIRAFA.

— Que diabos é uma jirafa, Jake?

— Mamãe, não seja boba. É aquele animal de pescoço bem comprido.

— Não tive coragem de corrigi-lo. — Lydia conteve uma gargalhada. — Para ser honesta, nem eu mesma me lembrava como escrevia isso. É com um G, certo?

— Sim. De todo modo, obrigada por cuidar dele. Como foi?

— Absolutamente perfeito. Nós nos divertimos muito, não é, Jake?

— Vó — Jake a chamou. — Posso ir na sua casa um dia desses?

— Caramba! — Michael exclamou. — O mais longe que cheguei quando tinha sua idade foi Butlin, em Minehead.

— Bem, nossa casa fica bem longe, mas quando você estiver se sentindo melhor é claro que pode ir. — Lydia deu uma risada.

— Quão longe é sua casa? — Jake pegou seu livro de colorir e começou a pintar o sol.

Jerry abaixou-se ao lado do neto.

— São dezesseis mil, novecentos e cinquenta quilômetros de Melbourne até Manchester.

— Uau! — Jake exclamou. — Deve ser tão longe quanto a lua.

— Não exatamente, Jake. A lua está a trezentos e oitenta e quatro mil quilômetros de distância.

— Isso é tão longe quanto o paraíso. — Jake arregalou os olhos, maravilhado.

— Na verdade o paraíso não é... — Jerry deu uma risadinha.

— Jerry — Lydia o interrompeu. — Já chega.

— Só estou tentando ensinar o garoto.

Beth aproximou-se deles e começou a recolher os brinquedos.

— Agora, vamos lá. É hora de arrumar tudo para podermos pensar no jantar.

Os segredos que nos cercam

— Posso sugerir que encomendemos comida esta noite? — sugeriu Jerry. — É por minha conta. Chinesa ou indiana?

— É muito gentil da sua parte, Jerry, mas precisa ser chinesa. Jake não se dá muito bem com temperos fortes e coisas do tipo, mas adora arroz frito com ovo.

— Então, está decidido — Jerry falou. — Vocês têm o cardápio de algum restaurante que faz delivery?

Depois que pediram a comida para as seis da tarde, Beth ficou olhando o ponteiro grande do relógio sobre a lareira arrastar-se angustiantemente devagar. Ela lançava olhares para o *hall* de entrada, desejando que o telefone tocasse, ao mesmo tempo que sabia temer a resposta quando ela finalmente chegasse. Jerry e Lydia jogavam dominó com Jake, e Michael estava lendo o jornal, embora ela sabia, pelo jeito como balançava a perna para cima e para baixo, que nenhuma palavra que ele lia fazia sentido, e a testa enrugada dele confirmava que estava tão ansioso quanto ela.

— Acham que devo colocar a chaleira no fogo? — ela perguntou, pulando de seu assento. Estava desesperada para fazer alguma coisa, algo para fazer os ponteiro dos minutos andar um pouco mais rápido.

Quando a ligação finalmente chegou, Beth descobriu que suas pernas trêmulas não cooperavam.

— Ah... Você pode atender, Michael? — ela pediu, mas ele já estava quase chegando ao telefone.

Ela se arrastou até o *hall* de entrada e tentou ver o rosto dele, mas Michael estava de costas, e ela só conseguia ouvir o lado dele da conversa.

— Hmmm... Ah eu entendo. Bem, o que isso quer dizer? Entendo, entendo...

Beth colocou-se diante dele e ergueu as sobrancelhas, fazendo com a boca *me conte, me conte.*

Depois do adeus mais longo já visto pelo homem, Michael finalmente colocou o telefone no gancho e ergueu os dois polegares, um sorriso largo levantando suas feições desgastadas. Então, ele abriu os braços e Beth se jogou em cima dele. Ele acariciou o cabelo dela, passando os dedos entre o comprido rabo de cavalo enquanto beijava o topo da cabeça da esposa.

— Definitivamente, tipo O, Beth. O sangue é compatível; podemos seguir para o próximo estágio.

49

Ela ficou se revirando na cama por mais de uma hora, mudando o travesseiro de lado para sentir o frescor do tecido, afofando-o e batendo nele com o punho, e enrolando as pernas no edredom. Mesmo assim, não conseguia dormir. Não sabia o que era pior: tentar ficar acordada quando se estava cansada e querendo dormir, ou deitar ali com os olhos fechados, querendo entrar em um estado de esquecimento.

Beth espiou Jake e percebeu que a perna esquerda do filho estava pendurada para fora da cama. Seu pé descalço estava gelado, e ela o segurou entre as mãos por uns instantes antes de colocá-lo sob o edredom. Ele não acordou; só se mexeu um pouco e virou de lado. O aparelho ainda funcionaria por mais algumas horas, e era sempre preferível que ele dormisse durante todo o ciclo. Ela foi para o andar de baixo e pegou a cafeteira, as mãos trêmulas fazendo-a bater a colher na borda do jarro de vidro. O pó marrom do café espalhou-se na superfície branca e ela xingou, pegando um pedaço de papel-toalha.

Mais de duas semanas tinham se passado desde que Jerry e Lydia chegaram da Austrália, e agora chegara o dia em que finalmente saberiam se o transplante poderia acontecer. Jerry fora submetido a uma bateria de exames exaustivos nos últimos quinze dias, e tudo dependia agora da prova cruzada final. Ele suportara as agulhadas e cutucadas, as perguntas sem fim sobre sua saúde, a análise psicológica, os testes de urina, os raios-X (vários deles) com admirável paciência e bom humor. Também estava firme na crença de que seria compatível e não aceitava nenhuma outra opinião.

E em meio a tudo isso, ele desfrutava seu papel de avô. O pequeno Jake nunca tivera um avô, e todas as expectativas sobre como deveria ser um vinham da televisão ou dos livros de histórias. Mas Jerry não era nada como aquelas representações estereotipadas. Não ficava sentado o dia todo fumando cachimbo e distribuindo balas de caramelo. No pouco tempo em que estava por ali, ele levara Jake ao Observatório Jodrell Bank e ao Museu de Ciências e despertara no neto uma mente inquisitiva que, até então, só se interessara por Lego e carrinhos de brinquedo. Agora, Jake era capaz de dizer o nome de todos os planetas na ordem correta e, juntos, ele e Jerry tinham começado um projeto que resultaria em um modelo do Sistema Solar feito em papel machê. Sempre que observava os dois, Beth pensava no pai maravilhoso que tinha perdido. Ela estava o tempo todo temendo o momento em que ele e Lydia tivessem de voltar para a Austrália, ainda que esperasse que deixassem para trás o maior presente que era possível dar a outro ser humano.

Ela derramou água sobre os grãos moídos e inspirou o cheiro forte quando uma nuvem de vapor entrou por seu nariz. Eles tinham de estar no hospital às dez, ainda faltavam quatro horas, e Beth precisava passar o tempo. Percebeu o anel de sujeira ao redor da base da torneira e começou a raspá-lo com a unha. Aquilo devia ter levado anos para ficar daquele jeito, e ela estava surpresa e um pouco envergonhada por ter demorado tanto para perceber. Deu um pulo quando o celular vibrou e atravessou a curta distância até o outro lado do balcão. *Está acordada? Não consigo dormir. J.*

Ela respondeu no mesmo instante. Eles bem que podiam se preocupar juntos.

Michael ainda estava na cama quando Jerry bateu na porta do fundo.

— Bom dia, querida — ele disse quando Beth o convidou para entrar. Seus óculos embaçaram com o ar mais quente da cozinha.

Ela serviu um café para ele, e os dois se sentaram lado a lado nas cadeiras com vista para o jardim.

— Está meio frio hoje — Jerry comentou.

— Acha que podemos dispensar a conversa fiada? — Beth puxou o roupão para mais perto do corpo e apertou o cinto. — Sinto como se nunca tivéssemos conversado direito... Sabe, sobre assuntos que não sejam doações de rins e coisas assim. Quero uma conversa normal. Quero saber mais sobre você.

— Ok, o que exatamente você quer saber?

— Bem, ah... — Momentaneamente perplexa, ela procurou as palavras certas. — Minha mãe, como ela era?

Era óbvio que ela o pegara com a guarda baixa.

— Ah, Petula? Hmmm, bem, deixe-me ver. — Ele coçou o queixo e olhou para o gramado. — Você não se parece em nada com ela, para começar. Ela era meio... ossuda, vamos dizer; até mesmo um pouco masculina.

— Você a amava?

— Não vou mentir para você, Beth. — Jerry negou com a cabeça. — Eu não a amava; na verdade, fico envergonhado em dizer que eu não a conhecia muito bem. Não vou dourar a pílula; você merece saber a verdade. Eu não diria que não fiquei chateado quando soube que ela tinha morrido no acidente, mas não mais chateado do que teria ficado se tivesse sido a outra garota, Lorraine, ou mesmo Trisha.

Beth enfiou as pernas embaixo do corpo, acomodando-se para uma conversa longa. Pelo menos aquilo tirava sua mente de Jake.

— Então como você a engravidou?

— Você não é de usar meias palavras, não é? — Jerry deu uma gargalhada.

— Não, gosto de chamar as coisas pelos nomes que elas têm. — Ela sorriu.

— Já se passaram quarenta anos, Beth. Não pensei muito nisso desde então. — Ele passou a mão lentamente pela testa. — Eu não sabia que ela estava grávida, lembra? Ela era uma garota um tanto mal-humorada de várias maneiras. Não era como Lorraine, que era muito mais extrovertida. — Riu. — Lorraine não teria olhado duas vezes para mim, disso tenho certeza. De toda forma, Lorraine nos apresentou e nós conversamos um pouco no *pub*. As duas achavam que eu era um cara um pouco esquisito, e suponho que estavam certas de algum modo. Eu tinha dificuldade para me misturar com os demais.

— Seria um mundo bem chato se fôssemos todos iguais, Jerry. — Beth sorriu e deu um tapinha no joelho dele.

Ele assentiu.

— Uma noite, depois de uma festa particular no *pub*...

— Uma festa particular? Tipo beber ilegalmente, você quer dizer?

— Bem, eu não colocaria exatamente nesses termos. Naqueles tempos, as ordens eram para fechar os estabelecimentos às dez e meia, e você tinha meia hora para terminar de beber. Às vezes, Selwyn, que era dono do *pub*, fechava as cortinas, diminuía as luzes e nos deixava continuar lá por mais um tempo. Naquela noite, fui embora com Daisy e Petula, e quando chegamos em casa, minha mãe disse que eu devia acompanhar Petula pelo restante do caminho. Eu estava zangado, posso dizer isso para você, e queria ir para a cama, mas ela insistiu e depois Petula me convidou para um café. — Jerry baixou a voz até ficar um mero sussurro. — Não tenho orgulho de mim mesmo, mas aconteceu no *hall* de entrada da casa dela. Eu não estava pensando direito. Sentia tanta falta de Lydia e me deixei levar.

Beth pensou em seu filho dormindo no andar de cima, preso a uma máquina, uma rotina cansativa que definia a vida dele, as vidas de todos eles.

— Estou muito feliz que isso tenha acontecido, Jerry.

— Quer ver uma foto dela? — Ele enviou a mão no bolso da jaqueta.

— Sério? Você tem uma?

Ele passou uma foto colorida, mas desbotada, para ela.

— Sim, ela foi tirada no dia do acidente, assim que chegamos a Blackpool. Não estou nela, é claro. Como era de se esperar, eu era o único com uma câmera.

— Qual delas é ela? — Beth espiou as nove figuras paradas lado a lado, apoiadas no guarda-corpo.

— A mais alta com cabelo castanho curto. — Ele apontou para Petula, que estava com o braço ao redor da garota parada ao seu lado, a cabeça inclinada para um lado enquanto apertava os olhos contra o sol.

— Meu Deus, essa era minha mãe? Ela parece tão jovem e, definitivamente, não parece grávida. Que horrível deve ter sido para ela tomar a decisão de abandonar seu bebê. Não consigo imaginar alguém fazendo isso.

— Por outro lado, não posso nem pensar no que poderia ter acontecido com você se ela a tivesse levado para casa — Jerry contrapôs.

— Eu sei. Não só eu poderia ter morrido, mas nunca teria tido Mary como minha mãe. Petula não tinha como saber isso, mas ao sacrificar sua chance de ser mãe, ela deu a Mary o maior presente de todos.

— E você também — Jerry confirmou.

Enquanto os dois olhavam a foto, ela se aconchegou perto dele e deitou a cabeça em seu ombro.

— Você sabe o que aconteceu com os demais?

— Este era Harry. — Jerry apontou para um velho com uma barba branca desgrenhada. — Ele também morreu no acidente. E esse aqui era Karl, o pai de Michael.

Beth pegou a foto e analisou-a mais de perto, olhando o belo jovem com cabelo meio comprido, óculos de sol no alto da cabeça, os quadris estreitos acentuados pela calça boca de sino ridiculamente larga. Ele estava recostado, com um cotovelo apoiado no guarda-corpo e a outra mão sobre o ombro de um garotinho parado entre suas pernas.

— Ah, meu Deus, Jerry. Você não tem ideia do quanto isso vai significar para Michael. Ele não tem fotos do pai.

— Como? Nenhuma? Sério?

— Ele disse que a mãe queimou todas.

— Que horror. Por que ela faria isso?

— Acredite, há muito tempo desistimos de entender Andrea.

— E é claro que você conhece esse rapazinho. — Jerry balançou a cabeça e voltou sua atenção novamente para a fotografia.

— Michael — Beth sussurrou. Ela fungou com força procurando um lenço no bolso. — Sinto muito, mas é uma imagem tão comovente.

Pensar que três dessas pessoas não estariam vivas no fim do dia é de partir o coração. Todos pareciam tão felizes, sem se preocupar com nada no mundo, sem ideia de que estavam posando para a última fotografia de suas vidas. — Ela estremeceu. — Espere só até Michael ver isso!

— Espere até eu ver o quê?

Ambos se viraram quando Michael entrou na cozinha, esfregando os olhos para livrar-se do sono, vestido só com um short.

— Michael, onde está seu roupão? Temos visitas.

— Ah, oi, Jerry. — Olhou para o relógio. — Chegou cedo, são só seis e meia.

— Eu não conseguia dormir, então, achei que podia passar por aqui e fazer companhia para Beth. Nenhum de nós consegue sossegar.

— Sobrou café?

— Acho que dá para você tomar uma xícara ainda. Coloque no micro-ondas se não estiver quente o suficiente.

— Estávamos olhando isso. — Ela passou a foto para Michael.

Michael franziu o cenho olhando a foto. Afastou um pouco o braço para poder enxergar melhor.

— Ah, meu Deus, estes são...? — Vasculhou uma pilha de jornais e pegou os óculos, trazendo a foto para mais perto do rosto. — Nunca tinha visto esta foto antes.

— Foi uma surpresa para mim — Jerry contou. — O filme ainda estava na minha câmera um ano depois, quando Lydia e eu fomos para Sidney. Terminei de tirar as fotos e, quando mandei revelar, as imagens de Blackpool estavam lá.

— Olhem meu pai — Michael comentou. — Ele parece feliz. Lembro que estava apertando meu pescoço. Por isso meus ombros estão encolhidos e eu estou rindo. — Ficou em silêncio olhando a foto. Uma imagem de si mesmo aos seis anos de idade tomou conta de sua mente. Sua mãe largada no tapete diante da lareira, o álbum de fotos vazio ao seu lado. Ele nunca a odiara mais do que naquele momento. Lembrava-se de como tivera vontade de queimá-la com chá quente, de machucá-la tanto quanto ela o machucara.

— Você está bem, amor? — Beth perguntou.

Os segredos que nos cercam

291

Ele engasgou com as palavras.

— Sim... sim, estou bem. — Tentou dar um sorriso. — É bom vê-lo novamente. Achei que tinha esquecido do rosto dele, mas isso o trouxe de volta tão claro como nunca. É como olhar para o passado por uma janela. Nenhum de nós poderia imaginar como aquele dia terminaria. Todos parecíamos tão felizes, não é? Vejam Daisy de braços dados com Harry. — Fez uma pausa e balançou a cabeça. — Pobre homem. E olhem para Trisha, com as pernas cruzando o corpo de Selwyn. Dá para dizer que ele está adorando isso, pelo jeito como olha para o busto dela.

— Jerry estava me mostrando Petula.

— É claro, sua mãe. — Ele apontou para a foto. — Aqui está ela, não dá para não ver. Eu não a conhecia, mas ela parecia bem gentil. Mas não tenho ideia de onde você tirou sua beleza, Beth.

— Talvez do pai dela? — Jerry limpou a garganta.

Os dois olharam para ele, e Michael deu uma gargalhada colocando a foto na mesa.

— Definitivamente de você, Jerry.

— Venha, vou fazer um café fresco para você. — Beth deu o braço para o marido.

O tempo passou e finalmente foram ao hospital. A enfermeira os levou até o consultório do Dr. Appleby, apontando as três cadeiras.

— Por favor, sentem-se. O doutor logo estará aqui.

Beth analisou o rosto da jovem mulher, procurando uma pista do que aconteceria naquela consulta. Percebeu que a enfermeira olhava muito para o chão; será que não queria olhá-la nos olhos? Então as notícias não deviam ser boas. Beth sentiu suas axilas úmidas e teve vontade de tirar a jaqueta. Olhou para Michael.

— Está calor aqui ou sou eu? — Sentia gotas de suor no lábio.

— Está um pouco quente, suponho — Michael concordou. — Quer que eu pegue um copo de água para você?

— Não, vou ficar bem. Ele chegará em um minuto. — Beth colocou a jaqueta nas costas da cadeira.

— A espera está quase no fim. Só mais alguns instantes e saberemos. — Jerry pegou a mão dela e deu um aperto tranquilizador.

A prova cruzada era o exame final antes da cirurgia do transplante e servia para ver se Jake desenvolveria anticorpos que atacariam o rim doado. O sangue dos dois era misturado, e se as células de Jake atacassem e matassem as de Jerry, então, a prova cruzada era considerada positiva e o transplante não podia ser feito. Jake teria que esperar uma doação de alguma pobre alma que perdesse a vida. Mas se a prova cruzada desse negativa, a cirurgia aconteceria em quarenta e oito horas.

Nenhum deles falava nada, o silêncio interrompido apenas por Jerry brincando com a caneta, e Michael balançando o joelho para cima e para baixo, fazendo a cadeira ranger no ritmo do movimento. Beth colocou a mão na coxa dele.

— Desculpe, amor. Não consigo evitar. — Ele sorriu se desculpando.

Ela virou-se para Jerry e tirou a caneta da mão dele.

— Ah, sinto muito. — Ele se levantou e começou a andar em círculos no consultório.

— Jerry — Beth o chamou. — Eu só quero que saiba que, independentemente do teste final, sempre estaremos em dívida com você pelo simples fato de ter aceitado fazer todos esses exames. O fato de estar disposto a doar um de seus rins para um garotinho que você mal conhece é uma das coisas mais altruístas que já vi. — Pegou um lenço dentro da bolsa e secou as palmas das mãos úmidas. — Michael e eu ficamos arrasados por não termos sido capazes de ajudar nosso filho, mas saber que você estava disposto até mesmo a tentar significa o mundo para nós.

Jerry parou de andar e encarou os dois.

— Ele é sangue do meu sangue, Beth. — Abriu os braços e deu de ombros como se tudo o que tivesse feito fosse oferecer seu último chocolate para Jake. — Eu faria qualquer coisa por ele. É meu neto.

— Obrigado, Jerry. — Michael se levantou e apertou a mão dele.

— Por que o Dr. Appleby está demorando? — Beth olhou para o relógio na parede pela décima vez nos últimos minutos. — Está quinze minutos atrasado.

Antes que alguém pudesse dizer qualquer outra coisa, a porta se abriu, e o Dr. Appleby entrou, seguido por dois residentes. Agora era a hora: todas as esperanças deles estavam nas próximas palavras que sairiam da boca do médico.

Ele analisou a prancheta em suas mãos, então, virou uma página. Assim que digeriu toda a informação, ergueu os olhos para os rostos ansiosos reunidos diante de si. Beth encarou diretamente os olhos dele, e ele a olhou de volta, mas não disse nada. Nem precisava dizer.

Epílogo

Beth sempre ficava nervosa ao voar, e essa turbulência em pleno voo não ajudava em nada para convencê-la de que aquele era o meio de transporte mais seguro. Olhou para Michael, absorto no sistema de entretenimento do avião, alheio à ameaça iminente de suas vidas. Ela puxou a manga da camisa dele.

— Michael.

— O que foi? — Ele tirou os fones de ouvido.

— Todas essas sacudidas... Você acha que estamos seguros?

— Claro que estamos. Dificilmente um avião cai por causa de turbulência.

— Dificilmente quanto?

— Nunca. — Michael deu uma gargalhada. — Hoje em dia, os aviões são projetados para suportar esse tipo de estresse. Logo atravessamos isso, pare de se preocupar. — Ele apertou o braço dela, para tranquilizá-la, antes de colocar os fones no ouvido novamente, deixando-a preocupar-se sozinha.

— Gostaria de beber mais alguma coisa?

Beth sorriu para a bela e jovem comissária de bordo inclinada sobre seu assento, admirando sua pele impecável e suas feições de boneca.

— Eu gostaria de outra gin tônica, por favor. Bem grande.

— Certamente, madame.

Beth acomodou-se no assento mais uma vez. Se a equipe de voo tinha permissão para andar pelo avião servindo bebidas, então, a turbulência não devia ser tão séria assim. Ela tomou a gin tônica, reclinou o assento e tentou dormir.

Já Jerry, em terra firme, abriu a geladeira espaçosa e pegou uma garrafinha de iogurte. Tirou a tampa de papel-alumínio e tomou de uma só vez antes de colocar todas as suas vitaminas no balcão. Pegou-as uma por uma e tomou com um copo de água. Sabia que era mais importante do que nunca cuidar de si mesmo, e embora não fosse muito musculoso, seu corpo era esbelto e seu coração era forte. Sua velha bicicleta da década de setenta podia parecer algo que um vigário usaria, e o tornara sujeito a vários tipos de gozação na época, mas era o que o ajudara a manter a forma, economizara uma fortuna em combustível e alimentara um amor pelo ciclismo que permanecia até os dias de hoje. Ele vivia só com um rim há quase quatro anos, e isso só o deixara mais determinado a permanecer saudável. Era uma sorte que o clima de Melbourne fosse adequado para isso; dificilmente era muito quente ou muito frio, e a reputação de muita chuva era infundada. Ele supunha que eram apenas rumores criados por moradores invejosos de Brisbane ou Sydney.

— Você vem, Lydia? — chamou a esposa.

Ela apareceu na escada com uma calça esportiva cinza-clara e um colete verde-limão. O cabelo estava preso em um coque no alto da cabeça, puxando a pele ao redor dos olhos. Com os braços morenos torneados à vista, ela não parecia nem perto de seus sessenta e dois anos.

— Estou só procurando meu tênis, desço já.

Toda manhã, às sete, os dois faziam uma caminhada acelerada pela praia, parando para um cappuccino no café na outra ponta antes de fazer o caminho de volta. De vez em quando, repetiam o percurso à tarde, só para ver a colônia de pinguins voltar para casa ao crepúsculo, do quebra-mar em St. Kilda. Jerry se voluntariara como guia dos pinguins e sempre ficava feliz em responder às perguntas dos visitantes, embora passasse a maior parte do tempo pedindo aos turistas que não usassem o flash nas fotos nem enfiassem os bastões de selfie nos ninhos das aves.

Chamou a esposa mais uma vez.

— Lydia, vou te esperar lá fora. Vou fazer alguns alongamentos.

Lydia desceu correndo as escadas.

— Já estou aqui. Precisamos realmente fazer isso hoje? Ainda tenho muita coisa para fazer.

— Vou ajudar você, e temos tempo mais do que suficiente; eles não vão chegar antes do meio da tarde.

— Você é mesmo uma criatura de hábitos, Jerry Duggan. — Ela ficou na ponta dos pés e o beijou no rosto.

Enquanto seguiam para o saguão de desembarque, Michael fazia um esforço corajoso para manter o carrinho repleto de malas estável. Já Beth olhava a multidão de pessoas que esperavam para receber os passageiros. A maioria era formada por motoristas de táxi, de ar aborrecido, segurando placas com nomes, e não demorou muito para que ela localizasse Jerry e Lydia, que acenavam.

— Bem-vindos à Austrália. — Jerry sorriu. — Fizeram uma boa viagem?

Beth ajeitou a filha que dormia em seu ombro e abraçou o pai só com um braço, o cheiro familiar de limão fresco dele causando uma onda de afeto. Ela o apertou com força.

— Um pouco turbulenta, mas chegamos sãos e salvos. — Ela o afastou na distância do braço e o estudou de cima a baixo. — Você parece bem, pai; um pouco elegante demais, talvez. Espero que não esteja exagerando.

Jerry sorriu e virou-se para Lydia.

— Ela está aqui há trinta segundos e já está me dizendo o que fazer. — Fez carinho no cabelo loiro da neta, e a garotinha se mexeu e virou para olhar para ele, esfregando os olhinhos sonolentos.

— Olá, minha querida. — Jerry empurrou a franja dela de lado.

Ela se virou novamente e enterrou a cabeça no pescoço da mãe. Fora uma jornada árdua para uma garotinha de três anos.

— Ela está cansada, é só isso, pai. Logo ela se solta. — Beth deu uma gargalhada.

Jerry bateu palmas.

— Agora, onde está aquele meu neto. — Viu Jake parado atrás do carrinho cheio de malas. — Meu Deus, olhe como você cresceu. Quase não reconheci você. — Abriu os braços. — Que tal um abraço no seu velho avô, hein?

Jake saiu correndo e quase derrubou Jerry ao abraçá-lo.

— É bom ver você, rapaz. — Deu um beijo no alto da cabeça do menino. — Vamos lá, é hora de irmos para casa tomar um copo bem gelado da limonada caseira da vovó.

O toldo listrado de amarelo e branco protegia o pátio do calor do sol. Lydia colocou na mesa uma imensa jarra de limonada, cheia de fatias de limão e folhas de hortelã e arrumou os copos. Uma nuvem de fumaça azul subia pela cerca do jardim.

— Esse é nosso vizinho Bruce, assando camarão na grelha. — Jerry explicou.

Michael deu uma risada com a boca cheia de limonada, o líquido saindo pelo nariz.

— Bruce está assando camarão na grelha? Por favor, me diga que ele é casado com Sheila e então teremos o pacote completo de clichês australianos.

— Não, na verdade, a esposa dele se chama Maisie. — Jerry franziu o cenho.

— Michael está só brincando com você, pai — Beth explicou.

— O quê... ah, entendo, sim, Bruce e Sheila, o típico casal australiano, entendo.

Eles caíram em um silêncio confortável enquanto tomavam suas bebidas. Embora falassem regularmente por Skype, Beth não via Jerry e Lydia desde que eles tinham ido para a Inglaterra no ano anterior, para o funeral de Daisy. Mesmo aos oitenta e oito anos de idade, Daisy vivia sozinha, resistindo ferozmente às tentativas de ser levada a um lar para idosos. *Isso é para gente velha*, ela insistia. Quando fora encontrada sentada em sua poltrona favorita, com o tricô ainda no colo, Michael presumira que estava dormindo; nada o preparara para o fato de que ela estava serenamente morta. Ela tivera uma vida longa e em grande parte feliz, mas isso não servia muito de consolo para Michael, e a dor permanecera gravada em seu rosto pelos meses seguintes. O único pedaço de conforto era que ela vivera tempo suficiente para conhecer sua bisneta.

Beth deixou a cabeça descansar na espreguiçadeira enquanto observava Jake chutar uma bola de futebol na parede da garagem ao lado do jardim. Ele era apenas uma criança normal com excesso de energia e um gosto pela vida que ela jamais imaginara ver.

— Posso brincar também?

Jake se abaixou e colocou a bola aos pés da irmãzinha. Ela mirou um chute bem forte, mas seu pé escorregou por cima da bola e ela caiu sentada com tudo no chão. Beth levantou-se da cadeira imediatamente, mas Michael colocou a mão em seu braço.

— Acho que o irmão mais velho consegue resolver isso.

Jake ajudou a irmãzinha a se levantar e secou suas lágrimas com a manga da camiseta.

— Pronto, Daisy, está tudo bem agora.

Beth segurou a mão de Michael e a apertou enquanto observavam os filhos brincando no gramado ensolarado. Daisy Duggan tomara uma decisão impossível todos aqueles anos atrás, quando deixara um bebê recém-nascido na porta de uma desconhecida, e todos os dias Beth era grata por Daisy ter tido coragem suficiente para seguir seu coração. Tomou um gole da bebida gelada que tinha diante de si e pensou na jornada que a levara até aquele momento, até aquele lugar distante que agora chamavam de lar. Tinha chegado tão perto de perder tudo o que lhe era mais caro, mas a sombra do seu passado tinha desaparecido. Era hora de viver na luz.

Um pouco sobre a história que me inspirou

O desastre na mina Gresford

Embora Thomas Roberts trabalhasse em uma mina de carvão fictícia em algum lugar em Lancashire Coalfield, minha inspiração para o que aconteceu com ele e seus colegas foi baseada em um fato real.

No sábado, 22 de setembro de 1934, próximo das 2h08 da madrugada, um dos piores desastres em minas na Grã-Bretanha ocorreu na mina de carvão de Gresford, perto de Wrexham, em North Wales. Uma violenta explosão destruiu o túnel Dennis, a quase setecentos metros da superfície. As condições de trabalho sempre foram ruins no túnel; a ventilação era inadequada, e o ar quente e úmido era propenso a queimar (pela presença de gás metano). Incêndios eclodiram e bloquearam o acesso principal, e apenas seis mineiros que estavam fazendo uma pausa no meio do turno conseguiram escapar. Durante dois dias, as equipes de resgate lutaram contra as chamas, mas depois de um tempo, foram obrigados a se retirar, pois as condições eram consideradas perigosas demais. No total, 262 mineiros que trabalhavam na seção Dennis foram mortos, juntamente com três membros da equipe de resgate. Apenas onze corpos foram recuperados, e os restos mortais das outras vítimas foram sepultados dentro do túnel danificado e selado para sempre. O desastre causou a última vítima alguns dias mais tarde, quando a vedação do túnel explodiu e um trabalhador na superfície foi morto pelos destroços que voaram.

A causa da explosão nunca foi provada, porém a investigação encontrou uma série de fatores que contribuiu para o desastre, incluindo falhas nos procedimentos de segurança e um gerenciamento ruim da mina. Mais de meio milhão de libras foi arrecadado para o fundo do desastre, mas, apesar disso, os mineiros passaram por dificuldades incalculáveis por causa do fechamento temporário da mina e a subsequente perda de renda.

A mina foi reaberta para a produção de carvão em janeiro de 1936, com exceção da seção Dennis, e fechada de uma vez por todas, por motivos econômicos, em 10 de novembro de 1973. Duzentos e sessenta e seis mineiros perderam a vida no desastre de Gresford e nunca devem ser esquecidos.

Agradecimentos

Agradeço à minha agente, Anne Willians, que sempre me dá bons conselhos, à equipe talentosa e, especialmente, à minha editora, Sherise Hobbs, que é mais sábia do que posso dizer e me mantém sempre na direção correta.

Agradeço aos que leram os primeiros rascunhos e tiveram coragem o bastante para dar sua opinião sincera. Entre eles, estão meu marido Rob Hughes, meus pais Audrey e Gordon Watkin, e minha boa amiga Grace Higgins.

Agradeço à Caroline Ramsey pela ajuda com as questões relacionadas ao parto, e a Rick McCabe do Escritório de Registro Geral, em Southport, por sua ajuda generosa sobre os procedimentos para registrar nascimentos na década de 1970.

Por fim, agradeço a todos que leram meu primeiro romance, *Tudo aquilo que eu não disse: Duas garotas. Uma carta*. O entusiasmo e o amor de vocês pelo livro me inspiraram a escrever este aqui.

Primeira edição (fevereiro/2021)
Papel de Capa Cartão 250g
Papel de Miolo Pólen Soft 70g
Tipografias Archer Light e DaisyWheel
Gráfica LIS